KB231710

나는
여기가
좋다

나는 여기가 좋다

한 창 훈   소 설

문학동네

나는 여기가 좋다

하긴 표주박처럼 살았다.

바다 한가운데 몇 뼘 땅일 뿐인 섬과

몇 발자국 나무판자인 배에 떠서 살았던 것이다.

저쪽에는 좀 남았구나 싶던 붉은 기운이 순간 사라지자 사방
은 칠흑 같은 어둠이다. 섬에서 일직선으로 달려온 배는, 그사이
노을이 지고 어두워졌기에, 어둠을 목표로 항해를 한 듯하다. 멀
고 가까운 가늠이 사라져버린 곳에 밤의 혼령이 함북 쏟아져내
려 뭐라 설명하기 어려운 질감이 들어찬다. 바다나 허공이나 하
늘이나 온통 한 색깔로 뒤섞이자 이번에는 마치 세상이 뒤집혀
바닷물이 하늘을 향해 쏟아진 것 같다. 바닷물이 허공을 적시고
구름과 별을 물들인 것이다.

터져 부서지고 말 것처럼 달아오른 엔진 소음 때문에 배는 공
동묘지 가운데를 울면서 뛰어가는 아이처럼 급하기 짝이 없다.
그 탓에 뱃부리는 편할 틈이 없다. 끊임없이 치솟아올라 허공과

멈칫, 부딪힌 다음 급한 원을 그리며 떨어지다가 부르르 떨면서 다시 솟구쳐오른다. 거기에서 날아온 물방울이 브리지 유리에 총알처럼 부딪힌다. 배가 운다.

GPS 화면을 들여다보는 사내의 얼굴은 푸른빛이 옮아와 혼령의 그것처럼 변한다. 해저 수심이 오십에서 육십, 칠십, 급하게 꺾여간다.

"멀미 나는가?"

사내는 브리지 구석을 바라보며 묻는다. 아내는 대답 대신 고개만 끄덕인다. 그는 이제야 생각났다는 듯 항해등을 켠다. 어둠 속에 숨어 있던 갑판이 달려들 듯 확 밝아지고 갑판이 밝아지자 배를 중심으로 빛의 우산이 만들어진다. 퍽, 튀어오른 물방울이 한순간 반짝 빛난다. 우산 속으로 은빛 비가 내린다.

뱃전에서 부서지는 물보라도 빛을 받아 몸통은 바다 깊은 곳에 숨기고 긴 혀만 날름거리는 괴물의 그것처럼 변했다. 항해등 불빛은 아내의 머리칼에도 찾아왔다. 길게 웨이브진 머리카락 끝이 흰색으로 변해 마치 머리카락부터 늙는 병에 걸린 듯 보인다.

머리칼뿐만이 아니다. 크림 바른 곳이 빛나기는 하지만 주름과 거친 피부를 애써 감추려는 표시 같아 처량맞아 보이기까지 한다. 그녀는 그와 떨어져 문에 몸을 기대고 있는데 바닷물이 창을 덮칠 때마다 움찔거린다. 늙었다. 하긴 곧 쉰이다. 눈자위는 처지고 손에 근육도 생겼다. 사내한테 시집와 자식 낳고 이십오 년을 넘게 살았다. 그 시간이면 팔팔한 처녀가 염색약 사러 다니는 아줌마로 변하는 데 충분하다. 울컥 치솟는 열정 식혀 반듯하게 눕히고도 남을 시간이다. 그런데 그 시간을 다 보내고 나서야 아내는 떠나겠단다. 영영 가겠단다. 왜, 어디로.

"이제 다 왔으니 조금만 참소."

어둠을 도착항으로 삼았으니, 어두워졌다는 것은 도착할 때가 됐다는 소리이기도 하다. 아내 입에는 불만이 들어 있다.

"파도가 너무 치요. 그냥 돌아갑시다. 사람 죽겠구만."

"주의보 내린 것도 아닌디 이 정도 파도에."

GPS에 도착지점 표시가 나타난다. 엔진을 다운시키자 거친 폭발음이 사라진다. 곤두박질과 이륙을 되풀이하며 거칠게 돌진하던 배는 순간 어쩔 줄 몰라한다. 남아 있는 관성과 파도의 저항이 뒤엉켜 갈피를 못 잡고 좌우로 급하게 요동을 친다. 휘청, 아내는 선반 모서리를 붙잡고 쓰러지는 것을 간신히 모면한다. 안절부절못하고 있는 것이 납치되어 끌려온 모습이다. 하긴 싫다는 것을 억지로 끌고 오기는 했다.

사내는 고개를 뽑아 주변을 살핀다. 보이는 것이라곤 제가 밝혀놓은 등불뿐이다. 먹물 한 점 떨어져 무색의 수면에 검은 방울 만들듯, 바다 위의 불빛은 어디로 가지도 못하고 여전히 주변 서너 발 정도만 비추고 있다. 당장 눈앞은 밝지만 그 빛은, 결국 어둠을 더욱 짙게 만들고 있을 뿐이다. 그러니 보이는 것은 없다. 빛의 장막 너머 파도 일렁이는, 무한대의 바다만 있을 뿐이다. 근처를 떠도는 혼령이 본다면 감히 사람의 눈으로 어둠의 깊이를 측정하고 있다고 타박할 것이다. 하지만 배를 멈추면 좌우를 살피는 것이 그의, 어부의, 오랜 습관이다.

이 자리는 그가 살고 있는 섬과 제주도 중간쯤으로 갈치어장이 형성되는 곳이다. 그러나 최근 몇 년간 어장이 죽어버린데다 그나마 철이 지나 아무도 없다. 망망한 밤바다 한가운데 불빛 하나 정지하고 한 시간 넘게 맹렬하게 달려온 배는 비로소 숨을 몰아쉰다.

배는 이 년 어장 다니다 삼 년 내리 선착장에 묶여 있었다. 어장이 죽고 나자 선원들 인건비와 기름값이 안 빠졌다. 놀면 손해가, 움직이면 손해가 되었다가 가지고 있으면 있을수록 손해로 바뀌었다. 그는 끝내 배를 내놓았다. 그 기간 동안, 욕심부려 큰 배 장만한 걸 후회하기도 했다. 말리는 아내 말을 들을걸, 했다.

이 행보는 혼자 작정하고 있었던 것이다. 며칠 전 제주도 사람이 와서 배를 보고 갔다. 팔리기 전에, 이제 내 배를 가지고 어장을 나갈 수 있을 것 같지가 않기에, 마지막으로 낚시 한번 가보자, 했던 것이다. 철은 지났지만 그래도 식구들 한동안 먹을 것은 낚아놓을 수 있겠지, 싶었다.

배는 결국 어제 팔렸다. 이틀 뒤 잔금 들고 와서 가지고 가겠다고 했으니 그게 내일이다. 오늘이 지나면 그는 선주도, 선장도 아니다. 그냥 섬사람인 것이다. 선장을 처음 맡았던 스무 살 이래, 몇 년간의 상선 선원생활을 빼고는, 선장 명함을 내놓은 적이 한 번도 없었다. 선장으로서 첫 행보 때 동지나해 거친 파도 뚫고 나아가 배 가라앉을 정도로 민어와 농어를 잡아 만선으로 돌아오던 그 기억은 이제 배 잃은 섬 중년의 아련한 추억으로만 남을 것이다. 계약서에 도장을 찍을 때 그는 몸에서 피가 빠져나간 것 같았다. 배가 팔렸다고 하자 아내가 말했다.

"하고 싶은 말이 있소."

"하소."

"난 이제 섬을 떠날 거요. 가서 두 번 다시 돌아오지 않을 거요."

그는 아침에 일어나 수협으로 갔다. 그곳에서 갚을 돈을 헤아려보았다. 뱃값을 모두 주어도, 잔금에 연체이자 더해 한 척은 더 팔아야 하는 액수가 남아 있었다.

집으로 돌아오자 아내는 방 청소를, 분명하게 말해보면 짐을 싸고 있었다. 지금 뭐 하는 건가? 간다고 했잖소. 떠난다니, 택도 읿는 소리지. 난 진심이요, 오래오래 생각한 것이니 흘려듣지 마시오.

아내는 또박또박 말을 이었다. 그는 아내가 정말 간다는 것을 눈빛 보고 알았다. 그 속에는 수평선 같은 것이 들어 있었다. 고개를 돌리지도 않았고 애원도, 원망도 없었다.

세상 일이 어디 맘대로 되집디여. 하루하루 성실하게 살다보믄 분명 좋은 날이 있을 것이요. 그러니께, 영화 아부지, 속상하다고 성질내지 말고, 있잖소, 어쨌든 가족 울타리 안에서는 화목해야 안 되겠소. 이렇게 애원할 때의 눈빛은 딸아이의 것을 닮았었다. 그런 눈빛을 할 때면 찌개를 끓이고 숟가락을 가지런히 놓았다.

원망과 분노의 눈빛도 있었다. 그것은 그를 노려보던 아들의 눈빛과 같았다. 아부지가 어장도 안 되고 빚만 자꾸 늘어나고 그래서 나도 모르게 그래부렀다, 미안하다. 만약에 한 번만 더 그러면 아부지가 물에 빠져 죽어불란다, 하면 어쩔 수 없이 순해지던 눈빛까지도. 모두 그가 상심에 지쳐 취해버렸던 그 다음 날이었다.

그 동안 수평선 같은 눈빛은 한 번도 본 적 없었다.

내일 아침 배로 섬을 뜰 것이요. 자꾸 뭔 소리여. 영화랑 살거요, 영식이 제대하믄 영화는 졸업하니께. 무슨 수로 살어? 뭔 일을 해서든 애들 굶기지는 않을 것이요. 어허 이 사람이, 꼭 배 팔리기 기다렸단 듯이. 그렇소, 배 팔리기 기다렸소. 진짜 갈란가? 말했잖소.

"누워 있으소."

"바람이라도 쐬게 나갈라요. 무섭기도 하고."

무섭기도 하고, 소리가 작다. 어둠 속으로 들어와버린 배. 파도 뒤집힐 듯 출렁이는 바다. 눈을 씻고 봐도 지나가는 배 한 척 없는 고립. 아내는 무서운 것이다. 그는 집어등도 켠다. 엔진을 약하게 해놓은 탓에 보통의 백열등을 켜놓은 것만하다. 갑판이 조금 더 밝아지고 어둠의 혼령들은 반 뼘 정도 뒤로 물러난다. 물러나서 혀를 내밀고 춤을 춘다.

"오다 생각했는디 말이여."

그는 갑판 어창에서 채비를 꺼내며 입을 연다.

섬 하나 없는 난바다이지만 한여름 갈치어장이 시작되면 이곳엔 야경만으로 하나의 도시가 만들어지곤 했다. 그가 살고 있는 섬과 제주도에서, 소식 듣고 서해나 동해에서까지 배가 몰려와 집어등을 켰다. 집터 고르고 골목 만들듯 일정한 거리를 두고 떠 있는 집어등 불빛은 바다 수면에 용접을 하는 듯도 했고 보석가게 하나 새로 개업한 듯도 했다.

하지만 연이은 폐업으로 끝내 그 기능을 잃어버린 시장처럼, 용접공도 철수해버리고 보석가게도 문 닫고 잠수해버렸다. 그는 그곳으로 낚시를 던진다. 파도치는 와중에도, 풍덩, 추 떨어지는 소리가 들린다. 이제 집어등 불빛에 멸치가 모이고 멸치를 주식으로 삼는 것들이 덩달아 따라와 미끼를 무는 게 순서다.

"당신도 늙었구나 이런 생각이 들었네."

"간 세월이 얼만디……"

아내 말에는 힘이 없다. 당장의 멀미 때문이겠지만 더이상 의욕이 없는 사람의 특징 같아도 보인다. 미련을 버리면 말이 담담하게 나오는 법이니까. 그녀는 몸을 약간 틀어 밤바다 속을 물끄러미 바라본다.

"당신 정말 이뻤는디."

사라진 것 유독 아깝듯이 떠나는 사람 새삼 정드는 법인가. 그의 눈에는 파도와 어둠이 잠시 사라지고 작은 입술을 한일자로 앙다물고 있던 처녀가 떠오른다. 다방 탁자의 밀크잔도, 유명 여배우처럼 화려하게 파마를 한 머리카락도 보인다.

그는 왼쪽 팔에 짓눌려 튀어나와 있는, 예전에는 처녀였던 아내의 가슴을 훔쳐보듯 바라본다. 저 품에 기대어 얼마나 많은 잠을 잤나. 오랜 항해와 작업의 피곤은 바다에서 쌓인 것이라 바다가 풀어주지는 않았다. 천근만근 맨살이 찢어질 것 같던 그 피로를 저 몸이 맡았다. 수협에 생선 위판을 하고 돌아오면 저 몸은 늘 집에 있었다. 고생했소. 집은 별일 읎었는가. 예, 파도는 심하지 않았소? 흑산도 지날 때 고생 좀 했구만. 좀 잡히기는 했소? 늘 그 정도지 뭐. 그리고 아내에게 몸을 실었다. 젖가슴과 아랫도리도 어디 가지 않고 늘 그곳에 붙어 있었다. 가슴에 얼굴을 묻고 몸을 밀고 들어가면 돌풍 만난 배처럼 떨렸고 이윽고 깊고 진한 피곤이 바람처럼 빠져나갔다. 그렇게 살았다.

아내는 피식 웃는다.

"그런 소리로 날 잡으요?"

"글쎄, 가버린다는 말 자체가 워낙 느닷없는 거여서."

"하긴 당신도 정말 잘난 사내였소이. 떡 벌어진 몸에 스무 살에 마이구리(만선)한 소년 선장으로 유명했으니께. 당신 아니었으믄 죽어도 이 섬에서는 결혼 안 했을 거요."

사내도 슬쩍 웃음이 난다. 그러자 이 상황이 무슨 연극 한 대목처럼 아무런 실감이 나지 않는다. 에이, 자꾸 장난하지 마, 툭 치면 아내도 배도, 알았어 알았어, 농담이었어, 이러며 배시시 웃을 것 같다.

입질이 없다. 그는 다시 줄을 끌어올린 다음 던진다. 막연한 희망과 충동의 분노가 이 배와 함께했다. 잘살고 싶었다. 우리나라 바다의 생선을 몽땅 독차지해서라도 잘살고 싶었다. 배에 돈다발을 가득 실어 아내와 자식들에게 안겨주고 싶었다. 어장도 첨단화의 경쟁. 크고 좋은 배에 좋은 장비가 돈을 벌어들였다. 그래서 욕심을 냈다. 이젠 그 배가 없어진다. 섬에서 배가 없다는 것은 괭이 없이 갱도를 들어간 광부와 같은 것. 총 없이 전투에 나가는 군인과 다를 바 없는 것. 이제 그 꼴이 된다.

"난 전생에 뭔가 큰 죄를 졌어라우."

그녀는 깊은 밤바다를 바라보며 말을 잇는다.

"무슨 말인가."

"섬에서 태어났응께."

"난 좋기만 하구만."

"그래서 사내들은 몰르요. 여자한테 바다와 섬이 뭔지. 한 번도 내색을 안 했응게 모를 것이요."

"……"

"옛날에, 언젠가 배에서 나 오줌 마렵다고 했을 때 당신이 뭐라고 했는지 기억나요?"

"그냥 대충 누라고 했겄지. 배에 변소가 어딨다고."

"섬에서 여자란 게 그것 같은 것이요."

"배가 다 그렇지. 그럼 어쩌다 마지못해 타는 당신 위해 변소를 만들라고? 다른 여자들은 그냥 대충 잘도 처리하등만."

아내는 머리를 팔에 묻는다. 가슴이 더욱 도드라진다.

"그게 그 소리요. 나는 그런 여자들처럼 못 한단 말이요. 탔다 하믄 꼭 멀미하는 것 보고도 모르요? 배뿐만 아니요. 몇 발짝만 걸으면 바다, 뒤로 걸어도 바다, 옆으로 걸어도 바다. 길 아닌 곳은 모두 밭 아니믄 산…… 이렇게 갈 곳 몇 개만 빤히 정해져 있는 것이 섬 여자요."

파도 하나가 배를 높이 들었다가 툭 떨어뜨렸다. 사내의 몸이 휘청거리고 아내는 갑판에 달라붙는다.

"다 마찬가지지. 그냥 사는 거지 뭐."

"그냥 사는 것은 육지에서도 할 수 있소."

"……"

"내 평생 생각한 것이, 내가 왜 섬에서 태어났을까 하는 것이요. 죄를 지어 벌을 받았다는 것 말고는 해답이 안 나왔소."

"그러면 여기에서 죄갚음 한다고 생각하면 되잖어."

"그 죄가 기억이 나믄 좋겠소. 기억에 없으니 억울하요."

그때 입질이 왔고 그는 반사적으로 줄을 낚아챈다. 올라온 놈은 갈치. 다행히 물었다. 놈은 무지갯빛 몸뚱이를 거칠게 털다가 바닥에 눕는다. 등지느러미가 날렵하면서도 우아하게 물결을 탄다. 수정처럼 눈이 맑다. 깊은 바닷속을 제멋대로 헤엄치다 한순간에 사내의 손아귀에 들어온 것. 소유권이 저 스스로에서 사내에게 옮겨온 것. 불빛 찬란하게 반사되는 놈을 보며 그는 잠깐 아득해진다.

이 맛에 어장을 해왔다. 이것으로 먹고살았고, 이것 때문에 빚을 졌다. 이것 때문에 즐거웠고 이것 때문에 불안했다. 그러자 마치 독약으로 빚어놓은 고운 구슬 하나 보는 듯하다. 연이어 한 마리 더 올라온다. 휑하던 갑판 위에 소박한 활기가 돈다.

아내는 엉거주춤한 자세로 도마와 칼을 집어온다. 아무 말 없이, 그중 하나 은색 가루 벗겨내고 칼끝으로 지느러미 끊어낸 다음 포를 뜬다. 그가 평생 어부로 살아왔듯이 그녀도 어부의 아내로 살아온 것이다. 싫든 좋든, 산골이 싫어 뛰쳐나온 사람이 결국 장작 패고 불 땔 때는 짓을 제일 잘하듯, 그녀는 노련하게 칼질을 한다. 갈치는 제 살이 발라지는 것을 빤히 바라보다가 등

뼈와 꼬리만 쥔 채 풍덩, 고향으로 돌아간다. 접시에 가지런한 살점만 남는다.

"잡수시오."

양념장 찍어 한 점 씹으며 그는 무겁게 입을 연다.

"정말 갈 건가?"

"내 마음은 이미 정해졌다고 했잖소. 당신이 어떻게 할 건가만 정하시오."

"내가 안 따라가겠다믄 어떡할란가."

"이혼합시다."

어쩌면 아내는 마지막 상을 차려준 것인지도 몰랐다.

"이혼이 동네 개 이름이여? 그렇게 쉽게 내뱉게."

"세상을 당신 혼자만 산 거 아니요. 당신 말대로 나도 늙어가는 사람이요."

"아 그래, 좋은 시절 다 보내고 나서 인자사 뭐 한다고."

"당신 소원이 이런 배 하나 가지는 거였소. 그때 말리는 나한테 뭐랬는지 기억하요? 어장 안 돼 빚더미에 올라앉아도 좋다고, 이런 배 하나 못 부려보면 죽어서도 후회할 거라고 했었소. 내 심정이 그러요."

그는 그 달던 갈칫살 맛을 잘 모르겠다. 어둠 속에서 바람이 몰려와 접시를 기웃거리다가 반대편으로 휭 사라진다. 바닷물에 젖은 먹장구름이 바람 따라 흘러가는데 워낙 층층 두꺼워 하늘이 통째로 움직이는 듯하다. 아내가 바라보며 묻는다.

"당신은 바다가 좋지라우?"

바다가 좋다? 동료 어부들과 술 한잔 하면 흔히들 떠드는 소리가 그거였다. 관광객이 지나다 물어도 그 대답. 그런데 바다가 좋은 걸까? 정말로 바다를 사랑하는 걸까? 그런 생각을 구체적으로 한 번도 해보지 않았다는 것을 그는 오래지 않아 깨닫는다.

새벽 검푸른 바다 위로 솟아오르는 붉은 해. 그곳을 향해 배를 몰고 나아갈 때 브이 자로 퍼지는 흰 물결. 그물에 가득 잡힌 생선. 만선으로 돌아올 때의 기쁨. 수평선 너머로 퍼지는 노을. 밤바다를 장식하는 집어등의 빛. 고된 어장 일을 끝내고 나서의 달콤한 휴식. 그래, 다들 아름답다. 근데 그걸 좋아하는 걸까.

아버지는 왼쪽 엄지발가락이 없었다. 발가락 관절 아래 발톱 부분이 깨끗하게 깎여나간 채 굳어 있었다. 아부지, 발 왜 이러요? 어린 그가 물었다. 쥐가 묵은 거다. 쥐가 묵어요? 남태평양 갔을 때여, 나흘을 내리 다랑어를 잡고 나서 쓰러져 잠이 들었는디 일어나보니 이만한 쥐가 갉아묵고 있드라, 살 갉아묵고 피를 싹싹 핥는디 얼매나 무서운지 아픈 줄도 모르겄드라, 부식이 다 떨어져서 묵을 것이 없은께 사람 살한테 달려든 거여.

아버지는 이빨 자국 그대로 살이 굳은 발가락을, 마치 새로 심은 씨앗에 물 주듯, 씻고 또 씻었다. 그러나 그 작은 발가락 하나 끝내 새로 만들어내지 못했다.

꼭 훌륭한 선장이 되어라.

그것은 아버지가 발가락 하나 쥐 뱃속에 남겨두고 저세상으로 돌아가면서 그에게 남겨둔 말이다. 선원으로만 살았던 아버지는 쥐에게 먹히지 않을 방법으로 선장이 되는 것을 꼽았던 것이다.

유언이 아니라도 그는 뱃사람이, 바다가 좋았다.

너는 울다가도 뱃소리만 들으면 울음을 그쳐부렸어, 바다에만 나가면 해가 저물어도 돌아올 줄을 몰랐다니께. 그가 기억 못 하는 그의 과거는 그런 것이었다. 증언은 틀리지 않았다. 어린 그는 학교 가서도 유리창 너머로 들리는 통통통 기계 소리 미세한 차이로 누구네 배라는 것을 알아맞히곤 했다. 학교 파하면 동네 배마다 건드려보고 다녔다. 엔진을 만져보고 소음기를 들여다보느라 얼굴과 손바닥에 검댕 가실 날이 없었다. 공부 안 하고 딴 짓만 한다는 어른도 있었지만, 바다에 관한 호기심과 배에 대한 관심을 누구보다도 흐뭇해한 이는 아버지였다.

또래들 중에 그를 따라올 사람이 없었다. 수영도 제일 빨랐고 바다에 관한 지식과 물때 알아맞히는 데도 최고였다. 스무 살 되던 해 그는 가장 이른 나이로 고깃배 선장이 되었다. 넓은 대양을 마음껏 활개치고 싶어 상선을 타고 태평양 인도양 대서양을 다니기도 했다.

훌륭한 선장. 어쩌면 그것은 훌륭한 남편이 되는 것만큼이나 어려운 것인지 모른다. 어떻게 해야 훌륭한 남편이, 아버지가 되는지 알 듯하면서도 번번이 잘 모르듯, 그는 자신이 훌륭한 선장이 되는 법을 전혀 모르고 있다는 생각이 든다. 생선 잘 잡는 선장? 파도 잘 타는 선장? 풍랑에 겁 안 먹는 선장? 배를 잘 관리하는 선장? 안방에 하루 누워 있는 것보다 파도치는 바다 한가운데 열흘 떠 있는 것을 선택하는 선장?

물론 그는 늘 그랬다. 그 모든 것에서 남들보다 나았다. 그런데 훌륭한 선장은 못 된 듯하다. 최소한 훌륭한 선장이란, 끝까지 제 배를 포기하지 않는 이 아닌가.

"잘 모르겠어. 내가 바다를 좋아하는지."

"습관이요."

"그렇겠지. 배 타는 것 말고는 하나도 안 해봤으니까."

"그랬소, 당신은. 늘 바다와 배만 보고 살았소. 그러다 이렇게 된 거요. 그러니 인자 여기서 뭘 어떻게 하겠소?"

"흐음."

"사실 옛날부터 이 말 하고 싶었소. 그런데 바다와 배를 쳐다보는 당신 눈빛이 불타는 것 같아서 미루고 또 미루었소. 이 배 지을 때, 내 말 안 듣고 빚 얻어 이렇게 크게 지을 때, 그때는 혼자 밤도망이라도 치고 싶었소. 근데, 차마 못 했소, 내가 먼저 판은 깨지 말아야겠어서."

"그랬는가?"

"배 내놓았을 때도 참았소. 배만 팔리면, 배만 팔리면 빚도 좀 줄어들 테고 그때 말하자, 했었소."

"그래, 그랬을 것 같네. 고생 너무 시켜 미안하네."

"지금이 그때요. 인자는 이렇게는 못살겠소. 난 갈 거요."

수평선 같은 눈을 들여다보기 버거워 눈을 돌린 것이기는 하지만, 그는 배를 한번 살펴본다. 너울 타 위로 치솟았다가 곤두박질을 치는 앞부리가 먼저 들어온다. 배는 어떤 눈을 하고 있을까. 아내처럼 수평선 같은 것을 하고 저 어두운 밤바다를 바라보고 있을까. 곤두박질을 칠 때마다 뱃전에서는 물보라가 튕겨나오는데, 언뜻 보아 왈칵왈칵 우는 듯도 싶다.

거대한 닻이 양옆으로 누워 있고 각단지게 밧줄로 묶여 있다. 저 닻줄을 풀어본 게 언제던가. 쿠르릉, 바닥을 향해 닻 풀던 소리가 갑자기 귀에 선하다. 따져볼 것도 없이, 저 배를 어선중개센터와 저 멀리 제주도 교차로에 내놓은 이래, 삼 년 동안 늘 저 자리였다. 그 아래 갑판도 마찬가지다. 타원형의 외곽 안에 차례대로 창고와 어창, 물칸이 있다. 물론 지금은 다 비어 있고 맨 위쪽의 창고 칸에 쓰다만 그물이나 장화나 장갑 따위가 가지런하게, 그러나 오래도록 움직임 없이 퀴퀴하게 누워 있을 것이다.

그사이 고등어 갈치 섞여 몇 마리 더 올라온다. 아내는 슬그머니 몸을 일으키더니 파도에 몸을 가누지 못하고 쓰러지듯 다시 앉는다. 얼굴빛이 푸르스름한 게 멀미 기운이 올라온 게 완

연하다.

"소주 한잔 먹어버리소."

대답이 없다. 대신 물보라만 다시 왈칵 올라온다. 그는 싣고 온 얼음 봉지를 뜯는다. 잡아놓은 것을 얼음 조각에 채우고 나서 소주병을 따고 따른다.

"한잔 묵어버리라니께."

"싫소. 그만 갑시다."

"한 상자는 채워야지."

"한 상자 채워서 뭐 할라고."

"당신이랑 애들이랑 묵으라고."

"내가 고기 잡아달랍디까? 잡아주믄 좋아서 춤이라도 출 줄 알았소?"

"그래도 잡아노면 누가 묵어도 묵지."

"이제 새끼들하고 어떡해서든 살 궁리 해봐야 할 판국에 이 고기 한 상자 어디다 쓰겄소."

"내가 해줄 것이 뭐 있간디."

글쎄, 좀 뜬금없기는 하지만 이런 밤, 어찌 되었든 그는 이 짓 말고는 할 게 없기는 했다.

"뭘, 해주고 싶소?"

"……"

"그럼 여기 깨끗하게 정리하고 같이 가자니깐."

“가서 난 뭘 하고.”

“영화 아부지. 당신 아직 안 늙었소.”

“안 늙어서 그래, 뭘 하라고.”

“요즘은 환갑도 너무 젊어 잔치 안 하잖소. 근디 인제 오십이
요. 당신 근력이믄 육지 가서 뭘 못 하겠소.”

“나보고 노가다 하라 그 말인가?”

“나도 당신이 노가다 같은 것 하믄 싫지만, 그렇지만, 노가다
라도 해볼 생각을 해야지. 이 섬에서 뭘로 산다고 미련을 못 버
리요. 인자 배도 없는 사람이.”

그러는데 입질이 그중 무거웠고 올라온 것은 어른 뼘 굵기의
갈치이다.

“굵소.”

아내의 그 말이 아니라도 그는 잠시 복잡한 심정에서 빠져나
온다. 이 정도 굵기는 모처럼이다. 그는 흐뭇하여 강렬하게 반사
되는 무지갯빛만 바라본다.

“지져묵으라고 영화한테 보내믄 쓰겄네.”

“이건 좀 팔았으믄 좋겄소.”

그새 바람이 좀 모질게 불었나보다. 깊이를 알 수 없는 먹구
름 한쪽이 터지면서 아스라이 별 무더기가 뜬다. 떴다 해도 그
게 갠 것은 아니라서 바람은 여전하다. 바람이 문질러 별은 발
버둥치는 듯 아른거린다.

“윽.”

끝내 아내는 탈이 나고 만다. 비틀비틀 일어서는데 창백한 얼굴이 아예 사색이 된다. 머잖아 고물 쪽에서 토하는 소리가 들려온다. 그는 가볼까 말까 망설인다. 멀미 때문에 싫다는 것을 억지로 태운 것이 후회도 된다. 허나, 이런 밤 이런 낚시 말고는 딱히 할 일 없듯이, 떠나겠다는 아내를 방에 두고 혼자 나오지도 못할 일이었다.

육지에서 배를 타러 들어온 신참들이 종종 있었다. 선원인력관리소를 통해서 들어온 그애들은 눈이 째졌거나, 광대뼈가 튀어나왔거나, 팔목에 문신을 했거나, 이를 악물고 있거나, 곧 싸울 것 같은 자세거나, 좀 멍하니 얼이 빠져 있거나 했다. 도망쳐 왔든, 사람들에게 내밀렸든, 가족 생계를 책임지러 왔든, 무작정 호기심에 왔든 그것은 물어볼 게 못 됐다.

밧줄 한번 당겨보지 못한 애들이지만 그나마 없으면 출항조차 못 했다. 그애들을 데리고 제주해 중국해까지 갔다. 첫날부터 멀미를 했다. 제아무리 눈에 힘준들, 문신이 꿈틀대든 말든 얼굴이 샛노래지면서 토하기 시작했다. 그러면 소주를 먹였다. 플라스틱 바가지에 가득 소주를 따라주면 보는 것만으로도 구역질을 하며 두 손을 저었다.

“먹을래, 아니면 저 바닷속으로 들어갈래.”

그 말 하나에 두 눈 질끈 감고 마시는데, 입 떼른 죽어, 끝까지 묵어, 이렇게 억지로 먹이면, 열에 아홉은 마침내 얼굴에 화색이 돌고 멀미가 멈췄다. 일은 비로소 시작되었다. 그것은 괴롭힘이 아니었다. 이미 무덤으로 들어가버린 어부들의 시대부터 내려온, 더이상 좋은 방법을 찾아낼 수 없는, 방식이었다.

하긴 그랬다.

그도, 맨 처음 어선에 올랐던 사춘기 시절부터 잠을 생선과 바꾸었던 숱한 조업과, 태평양 대서양 넘던 상선의 시절에도 그 방법을 썼다. 몸이 아프면 소주, 외로움이 사무치면 소주, 작업 중에 잠이 쏟아지면 소주, 일할 기운이 안 나면 소주, 다쳐 피가 철철 흘러도 소주.

그러고 보니 함께 배를 탔던 사람들은 어디에 있을까. 스무살 선장 시절 경남 어디에서 왔던, 어린 선장이 기분 나빠 한사코 입을 안 열던 기관장은, 송출선(외국 선주의 상선) 함께 탔던 사람들은, 제주 바다에서 소주 바가지를 던지고 바다로 몸을 던져버린, 덕분에 그가 뛰어들어 끌어올렸던, 서울에서 왔던 그놈은, 지금쯤 어디에서 뭐 할까.

갑자기 모든 것이 약속이나 한 듯 떠나버린 것 같다.

그는 아내 토하는 소리를 들으며 자신이 섬에서 태어난 이유는 무엇일까를 잠깐 생각한다. 한 번도 불만을 품어본 적은 없었지만, 이렇게 모두 사라지는 날을 앞두고 있자니 혹 자신도 아내처럼 무슨 죄 때문에 태어난 것은 아닐까 싶기도 하다.

"새끼까지 싹쓸이를 해야 돼. 아주 씨새끼까지 다 훑어 잡아 묵어부러 바다가 망해야 된당게. 씨팔, 페트병 이런 거 바로 던져야 돼. 마구 오염을 시켜야 돼. 그래야 미련을 끊고 여기를 떠날 수가 있어. 그래야 새끼한테 이 일을 안 물려줄 수가 있는 거여."

이렇게 주정하던 오선장은 이곳을 뜬 지가 이미 칠 년째이다. 서울 인근 어디에서 살았는데 지금은 모르겠다는 풍문이 얼핏 들려오기도 했다. 무엇을 하고 있는지는 모르지만 최소한 자식에게 뱃일을 안 물려준 것만은 확실하다. 그러나 고향 떠난 이가 소식이 없다는 것은, 찾아오지 않는다는 것은, 사람들 볼 낯짝이 없다는 표시라는 것을 그는 오랜 경험으로 알고 있다.

사내 나이 오십. 워낙 튼튼한 몸이라 근력도 괜찮은 편이다. 가장 힘들다는 뱃일로 살아왔기에 다른 일인들 못 할 게 없다. 문제는 새로운 일이나 기술을 배울 시기가 지나도 한참이나 지났다는 것이다. 배는 도사지만 차 운전조차 할 줄 모른다. 그런데 아내는 나가자고 한다.

상자가 거의 차간다. 파르르거리던 놈들은 얼음 사이에 반듯하게 누워 있다. 이것으로 이곳에서의 볼일도 슬슬 마친 것이다. 돌아갈 일만 남았다. 그런데, 돌아갈 마음이 생기지 않는다. 섬으로 돌아가는 순간, 꿈꾼 듯, 배와 아내가 훌쩍 사라질 것 같다. 오래 전부터 그랬던 것처럼, 방에 홀로 앉아 있는 풍경 속으로 빨려들 것만 같다. 그래, 모처럼 옛날 마누라랑, 배랑 잘 만나봤느냐, 이런 말이 하늘에서 들려올 것도 같다.

돌아온 아내는 그사이 더 상해 있다. 아닌게 아니라 멀미라기보다는 오십 년 동안 형벌지에서 감옥생활을 한 수인의 모습이다.

"소주 한잔 넣어버리라니까."

"사람이 이런디 돌아갈 생각은 안 하고 뭔 소주요. 소주가 약이요?"

아내는 새된 소리로 악을 지른다.

"도대체 바다가 뭐요? 뭐냐고 당신한테."

그래놓고 몸을 획 돌려 울컥, 쓴물 한 모금을 또 토해낸다. 신음이 목구멍이 아니라 뼈와 뼈가 잇대어 있는 곳에서 나오는 것 같다. 하필 그때 입질이 와서 그는 고등어 한 마리를 낚아올릴 수밖에 없다.

"알았네. 간다니께."

"대답해보시요, 바다가 뭐냐고."

"……"

"당신이야 바다가 좋겠지만 우린 아니여."

그러면서 바다를 향해 입 안에 괸 것을 뱉는다. 경멸과 저주의 침이 있다면 저런 형태일 것이다.

"당신 몇 년 동안 상선 타고 외국 나가 있을 때도 영화 낳아 기르면서 여기에서 시집살이 내색 한번 안 하고 당신 기다렸소."

입질이 왔고 챘으나 놓친다. 그는 놓친 게 다행이라고 생각한다.

"하긴, 어쩌면 상선 탈 때나 귀국해서 남의 배 선장으로 다닐 때가 더 나았소."

"……"

"이 배 지어놓고 선주 되고 나서는 그놈의 빚 때문에 기도 못 피고, 사람들 만날 때마다 주눅이 들어서 말 한마디 제대로 못 하고."

빚과 보증인 눈빛에 눌려 살았던 지난 몇 년이 그의 뇌리를 스친다.

"맞소, 나도 내가 내조를 잘해서 이 지긋지긋한 가난에서 탈출했으면 좋겠소. 인생역전할 수만 있다면, 내조 아니라 내조 할 애비라도 할 생각이었소. 당신이 치킨 장사를 한다믄 치킨 들고 동네방네 다리 부러져라 댕길 수도 있고 슈퍼를 한다믄 스물네 시간 슈퍼를 지키고 앉을 수도 있겠소. 근디 뭐요. 어장도 못 하고 있는 어부의 마누라는 뭘 해야 돼요? 그나마 그 배마저 달아 매놓고 팔리기만 기다리고 있는디 내가 뭘 해야 돼요?"

가슴이 막혔는지 아내는 말을 멈추고 주먹으로 목을 누른다.

눈물에 마스카라가 번진다. 입질이 다시 왔고 이번에는 물린다. 그는 아내 바라보느라 손을 쉬었고 갈치가 목을 돌려 물려는 것을 반사적으로 느끼고 낚싯바늘 걸린 상태로 목줄을 잡아당겨 목뼈를 부러뜨려놓는다. 곧바로 놈은 얌전해진다.

"당신은 결국 뱃놈이요."

그는 발끈한다.

"그래 나 뱃놈인 거 몰랐어? 모르고 시집왔어?"

"내가 한 말은 그런 뜻이 아니요."

목에 무언가 걸린 목소리다.

"그럼 뭔가?"

"당신은 육지를 무서워하고 있소."

그 말에 발끈한 게 한순간에 발목 잡힌다.

"여기서는 모두 잘났다고 추켜세워주는디, 육지 가믄 그렇지를 못하니께, 그게 겁나서 못 가는 것 아니요?"

"……"

"결국 바다가 당신을 망친다는 것을 모르요? 생각해보시요. 이 배 때문에 우리 빚더미에 올라앉기 전에는 당신 이러지 않았소. 술 취해 행패부리지 않았단 말이요…… 사람 사는 곳은 여기가 아니고 육지란 말이요. 거길 놔두고 뭐가 좋다고 바다 한가운데 이 나무판때기 위에서만 살라고 그러요."

그는 다시 눈앞이 아득해진다. 하긴 표주박처럼 살았다. 바다 한가운데 몇 뼘 땅일 뿐인 섬과 몇 발자국 나무판자인 배에 떠서 살았던 것이다. 아주 넓게, 거치적거리는 것 없이 살았다고 생각했는데. 가슴이 막힌다.

"아버님이 당신한테 했던 것처럼 영식이한테도 그렇게 말할 라요?"

아내 목소리는 가라앉아 있다. 노쇠한 모습이었고 그게 보는 사람으로 하여금 짠한 마음을 일으킨다. 어찌 보면 우는 대신 늙어버리는 것을 택한 듯도 하다. 그러자 사내는 공연히 제가 한바탕 울어버리고도 싶다. 그는 고개를 젓는다. 훌륭한 선장이 되거라. 그 말을 아들한테 할 생각은 물론 없다.

"그렇다면 애들한테 보여주시오. 육지에서 사는 방법을."

그녀는 관자놀이를 누르다가 다시 토한다. 아무것도 나오지 않는다. 때문에 아내의 헛구역질은 가슴 깊숙이 박힌 무언가를 뽑아내는 것처럼 보인다. 평생 도리질하고 의심하고 원망하던 것을 기어이 내팽개치려는 모습이 거기에 있었다. 그리고 쓰러 질 듯 조타실로 들어간다.

잠시 파도와 바람과 어둠 속에 앉아 있던 그는 고기 상자를 내려다본다. 얼음 뒤집어쓴 갈치와 고등어는 푸른 눈동자로 그 를 올려다본다. 날 버리고 갈 건가요? 이렇게 묻는 것 같다.

한동안 식구들 반찬거리라도 할 생각이었는데 결국 니들은 섬 을 버리고 떠나는 나의 길양식이 되거나 혼자 길을 나서는 마누라의 보따리가 되었구나. 그는 그 말을 속으로 했는지 바깥으로 내놓았는지 스스로도 분간이 안 된다.

그러자니 심장이나 간이나 콩팥 따위가, 마치 생선 칼질할 때처럼, 한 쾌에 묶여 주르륵 빠져나가는 것만 같다. 횟집 수족관의 참돔처럼, 호흡 가쁜 허공으로 아가미와 내장 뜯기고, 피를 흘리고, 척추를 흔들며 마지막 숨을 가까스로 내보내고 있는 것 같다. 결국 바다가 당신을 망친다는 것을 모르요? 아내 사라진 빈 갑판에 혼령 하나 척 하니 들어앉아 말을 흉내내고 있다. 당신은 육지를 겁내고 있소. 그래 그럴지도 모른다. 바다가 좋아서가 아니라 여기를 벗어나는 게 무섭고 싫은 것일 게다. 쥐똥이 된 아버지 발가락은 어느 구석에서 구르고 있을까.

그는 보공 채워둔 얼음 사이에서 아직도 처연히 올려다보는 생선을 관 덮듯 천 대어 묶어놓고 상주처럼 무겁게 조타실로 들어간다.

"금방 갈 테니께 조금만 참소."

구부린 채 누운 아내는 중환자실 환자처럼 신음만 내뱉는다. GPS는 목표점에서 이 킬로미터 벗어났다고 반짝거리고 있다. 그는 집어등을 끈다. 불빛 우산이 확 줄어들면서 제 세상 만난 어둠이 배를 휘감는다.

손때가 묻은 운전대를 그는 한번 쓸어본다. 잘 가라. 좋은 주인 만나라. 그릉그릉 대답을 하고는 배는 이윽고 속도를 높인다.

바람을 등에 업은 탓에 롤링이 심하다. 고르게 파도를 타지 못
하고 좌우 함부로 쏠리며 거칠게 질주를 한다. 물보라가 거듭
조타실 창문을 때린다. 그는 그게 제 마음만 같다고 생각한다.

밤눈

눈이 따시다는 것을

나는 그 사람이랑 있으면서 알았소.

산다는 것은 겨울에 따뜻한 것입디다.

여인네는 약간 성가시기는 하지만 사람 사는 것이 다 그렇지 않으냐는 표시로 슬쩍 어깨를 흔들며 돌아왔다. 묶어올린 머리 뒤로 눈이 내리기 시작했다. 눈은 더없이 하얗고 머리칼은 유난히 새까매 누군가 일부러 만들어놓은 양극단의 세상 같았다. 그는 왁자한 한 떼의 손님을 받아 상을 차렸기에, 땀 식으면 달음박질 귀찮듯, 다시 말을 이어가기 어색했을 텐데도 무리없이 조금 전의 얼굴이 되었다.

아까침에 그 막걸릿집 이야기 했잖애라우. 그 이야기를 해서 그런지 생선 굽는디 노래가 하나 생각납디다. 어쩌자구 자꾸 이러는지, 흐흐. 그런 노래 있잖애라우. 가다보면 어느새 그 건널목, 건널목. 기차가 지나면, 하는 노래 말이요. 혹시 아시요?

나는 그 노래가 '젊은 날의 초상'이라는 제목을 달았었고 '젊은 연인들'이라는, 두 명인가 세 명인가 하는 여자들이 불렀으며 지금 기억으로는 젊은 사람은 아니었던 것 같은데 어쨌든 적당히 삭은 듯한 허스키 목소리가 잘 어울렸다고 말했다. 여인네는 가수 이름이 그랬던 것 같소, 대꾸를 하고는 말한 김에 기억나는 대로 불러보라고 부추겼다. 내내 듣던 입장이었던 나는 굳었던 입이라도 풀어보고자 좀 흥얼거렸다. 불러보니 가사는 모두 기억이 났다.

가다보면 어느새 그 바닷가, 바닷가. 작은 섬 너머로 그대 있을 것 같아 나 여기까지 왔어요. 외로워서 만나고 아아, 외롭게 헤어져, 외로운 사람끼리 잊지 말고 살아요. 눈물 많은 사람끼리 서로 잊지 말아요.
가다보면 어느새 그 건널목, 건널목. 기차가 지나면 그대 있을 것 같아 나 여기까지 왔어요. 가다보면 어느새 그 벤치, 그 벤치. 귀에 익은 그 목소리 들려올 것만 같아 나 여기까지 왔어요.

그는 말을 이었다.

맞소, 노래가 그랬소. 그 건널목. 기차는 아침 일곱시, 여덟시

사십분…… 아이고 인자는 가물가물하다, 그때는 시간을 쫙 꿰
는디. 하여튼 잊을 만하믄 건널목에서 철커덕철커덕 기차바퀴
소리가 났지라우.

저녁 여섯시 사십분에 광주 가는 비둘기호가 있었어라우. 저
만치에서 기차가 오믄 일부러 안 보요이. 건널목 작대기가 내려
있어도 뻔히 너머가 보인게. 그 사람 차가 있는지 없는지 훤히
보이지라우. 일부러 안 봤소. 없는 거 보기 싫응게. 무심한 척
행주질도 하고 도마질도 하고 그러다가 철크덕철크덕 기차가 지
나갈 때 그때서야 이렇게 내다보요. 노래처럼. 기차가 지나가믄
그 사람이 꼭 있을 것 같아서.

기차 꽁다리가 쑥 빠지믄 그 사람 차가 눈에 들어왔소. 진회
색 엘란트라 지엘아이(GLi). 지엘에스아이(GLSi)도 아닌 지엘아
이. 그것이 그 사람 차였소. 눈이 순한 차. 아반떼 같은 것은 골
난 년처럼 눈꼬리가 이렇게 째져서 독하게 보이는디 그 차는 순
했소. 주인하고 차는 서로 닮으요이.

어이 마담. 우리 확 가버릴까?

오줌 누기 위해 나가다 들른 것처럼 해서 늙은 사내 하나 문
틈으로 눈길보다 먼저 그런 말을 들이밀었다. 물론 사내는 내가
돌아보기 전에 이미 나를 힐끗거린 다음이었다. 여인네는 아이
고 알았어요, 하는 얼굴로 잠깐 더 잡수고 계시요, 하고는 끄응,

일어섰다. 나는 다시 잠시의 이별을 노래하느라 잔 들지 않을
수 없었다.

사람이 그러면 못써.

아이구 색시 도망간 사람처럼 자꾸 왜 이러실까.

뭐여 지금.

혼자 오신 손님이라 좀 그렇잖아요.

염병하고 있네. 다음부터는 우리도 낱개로 와야 쓰겠구만.

벵어 이거 오늘 들어온 것인디, 통 안 자셨네.

우리같이 뻣뻣한 것들끼리만 앉어 있응게 맛이 나야지 어디.

이런 말들이 여닫이문 너머에서 내 귀로 흘러오고 있었다. 주
름 없는 양복과 가지런한 몇 가닥의 머리칼로 보아 인근의 군청
에서 엊그제 퇴직한 관리들로 짐작되는 그들은 나를 좀 질투하
고 있었다.

그러거나 말거나 내 접시에도 놓인 병어는 게으른 어부가 마
누라한테 들볶이다 못해 마을 앞바다에 시늉으로 놓은 그물에
들었는지 물이 좋았다. 은색 껍질이 유난히 맑았다. 나는 등 쪽
으로 수저를 밀어넣어 흰 살을 한 점 떠먹었다.

정다방에 커피나 좀 시켜봐.

사내들의 질투는 아직 안 가라앉은 듯했다.

커피 자시고 싶으므 내가 타디릴까?

누가 커피를 맛으로 시키나. 마담 얼굴 뵈기 싫어서 그러지.

아까 보니게 가슴 큰 것 하나 새로 와서 오봉 들고 댕기등만. 그 것한테 한 시간 끊고 오라고 해.

앗따, 눈까지 오구만. 배달 오다가 젖 쏠려 자빠지믄 어쩔라구.

허허. 거 볼만하겄다.

돈 아깝게 뭐 하러 커피 시키요. 그냥 내 것이나 좀 주무르고 말어.

사내들은 와르르 웃었다. 아무래도 여인네는 사내 다루는 수완이 남다른 듯했다. 하긴 맨손으로 막걸릿집부터 시작하여, 자택인지 전세인지는 알 수 없지만 앞으로도 백 년은 갈 듯한, 서까래 대들보 분명한 이 정도 허우대의 기와집 식당에, 관청을 끼고 장사할 정도가 되었으면 요리솜씨만으로는 될 일이 아니었다.

그런다구 사전 예약두 없이 손이 바루 들어오믄 어쩌자는 거요.

사둔 사타구니에도 들어가는 것이 손인디.

아주 개족보시구만. 그럴 줄 알고 오늘 장에 가서 틈새 읎는 사리마다 새루 사서 입혀놨소.

상표가 뭔디?

독립문.

문에 왜 틈새가 없어. 밀면 미는 대로 열리는 것이 문이지.

어따, 그냥 문이 아니고 독립문이라니께요. 독립.

워디.

여인네가 서서 치마를 올리고 있다는 것은 그들의 웃음을 듣고 알 수 있었다. 질투는 사라졌다.

요것이 한 장은 육천원인디 두 장이믄 만원이단 말이요. 손님 따라 입을라고 이렇게 꽉 째는 것하구 좀 헐렁헐렁한 것하구 두 장 샀소. 색깔 죽이제라우?

거기 가리는 디 오천원밖에 안 되는 것이여? 그럼 벳기는 디도 그 돈이면 되겠네.

물건이 물건 값이지 워디 포장지 값이가니요.

아 글쎄, 물건은 포장 따라가는 법 아니드라고.

아주 그냥 개살구만 골라 주워 잡수시겠구랴.

이봐, 마담. 세월이 우리들한테만 붙은 것은 아니여. 마담 나이에 이렇게 찾아들어오는 손님은 절하고 받아야 써.

위는 바람을 많이 타 쪼그라졌어도 아래는 이십대요. 목욕탕 가면 각종 사모님들이, 어째 거기 언니는 위아래가 나이를 따로 묵었네이, 이런당게요. 이만 관람 끝.

……

취해 빙판에 낙상하면 송림식당 욕하실 테니 술보다는 밥이나 마저 드시고 아, 이 벵어 비싸게 들인 것이단 말이요.

그들은 눈이 흐뭇했을 테고 나는 귀가 즐거웠다. 그렇게 콩 찌고 팥 삶고 하다가 한잔 더 하자, 고만 가자 하는 사람 두루 인진쑥 달인 물로 입가심시켜 내보내고 나자 밤은 깊었고 내리는 눈 또한 더욱 또렷해졌다. 여인네는 다시 돌아왔다.

좀 잡샀서요? 요 동네 영감들이 좀 세.

영감들보담은 주인이 더 세다고 내가 답하자 그는 피식 웃으며 사내들이 어지럽게 만들어놓은 발자국을 한동안 지그시 바라보았다. 오래지 않아 발자국은 흰 천을 덮고 땅속으로 들어갔다. 말은 그제서야 이어졌다.

그 사람은 여기 공단 비파계로 전근 온 사람이었소. 우리 가게에 자주 오는 공단 사람들 묻어서 처음 왔는디 첨엔 그저 그런 사람이었어라우. 있어도 그만 읎어도 그만, 뭐 그랬단 말이요. 네 명이 오나 다섯 명이 오나, 자리가 부족해서 맘에나 걸릴까…… 뒤 번 따라와 개심심하게 앉아 있다가 가등만 어느 날 슬그머니 혼자서 옵디다. 그래봤자 대폿집에 혼자 오는 손님이 워디 한둘이요?

그 대목에서 그는 소주잔을 비웠다. 술은 붉은 입술 속으로 알뜰하게 들어갔다.

남편을 일찍 만났소. 뭣이든 간에 첨이란 것은 워낙 빈약하잖애라우. 말 그대로 첨인께. 암것도 모르고 살았고 그러다 아들 하나 낳고 조석으로 지지고 볶고 하다가 갈라섰소. 나는 남편이 싫었고 남편은 내가 싫었소. 입 달린 아들 하나만 수중에 달랑 떨어집디다. 십원짜리 한 장을 못 들고 나왔으니께.

넘의 집 주방일 하며 한동안 살았는디 안 되겠습디다. 월급 몇 푼으로는 애 뒤도 못 대겄드랑게요. 죽으나 사나 내 가게를 해야겄다 싶어 달라이자 빚내서 단칸방 딸린 그 막걸릿집을 얻은 거요. 일 많지라우. 혼자서 다 항께. 한 삼 년 착실히 하니께 빚은 갚아집디다만, 아주 작심을 품고 살았으니 사내가 하나 오든지 한 다스가 오든지 쳐다나 봤간디요.

그렇게 혼자 삐죽삐죽 들어와 막걸리 한 병 마시고 밍숭밍숭 갑디다. 맨날 그랬지라우. 싱겁디싱겁게 앉아서 기껏 하는 소리가, 두부 볶을 때는 양념을 어떻게 하느냐, 막걸리는 어디에서 떼오느냐, 아이가 몇 학년이냐, 아침에는 몇 시부터 하느냐, 뭐 그런 것이나 묻고는 또 가만히 있다가 담배나 피고, 훔치다 만 행주나 만지작거리고 그랬소. 술도 영 약해. 막걸리 한 병이믄 그냥 삼수갑산이여. 아주 개심심했지라우.

거기까지 해놓고 그는 힘주어 잔 부딪친 다음 병어 살 한 점을 마치 구슬처럼 떼어 씹었다. 나는 잔을 따르고 받았다.

놀다 간 게 정인가 자고 가야 정이지, 하는 말 들어봤소? 진짜 그럽디다. 농협창고 짓는 사람들이 그때 나한테 밥을 부쳐먹고 있었는디 그 사람들이 저녁때는 일수 찍듯이 날마다 들러 술을 마셨소. 그날도 그 사람들이 와서 저녁 내내 가게가 시끄러웠소. 목수 오야지하고 미장 오야지하고 쌈이 났다요. 화해한다고 와서 술 몇 잔 먹고는 새로 한판 더 붙읍디다. 그러니 정신이 없었지라우. 멱살 잡고 밀고 땡기다가 탁자 넘어지고 유리창 깨지고 했응게 말 다했지 뭐.

노가다들 억지로 밀어내다시피 보내고 막 문 닫을라고 하는디 그 사람이 들어왔소이. 시내에서 술을 좀 마셨는디 그냥 들어가기 허전해서 숙소 가기 전에 딱 한 병만 더 먹고 가겄다요. 어쩌겄소. 어쨌든 단골인디, 얌전한 사람인디.

근디 반병도 채 못 먹고 아주 맛이 가서 탁자에 엎드려 잡디다. 가라고 아무리 깨워도 못 일어나지 뭐요. 일어나는 것이 다 뭐여, 숫제 바닥에 쓰러지듯 누워버리는디. 어쩔 수 없이 방에 데리고 와서 눕혔소. 그냥 죽어가등만요. 그때 우리 아들이 중학교 일학년이었소. 낼모레 제대하요. 컴퓨터 전공하다가 이학년 마치고 갔어라우. 하여튼 자는 애를 가운데로 막아놓고 이쪽에 누웠소.

철크덩철크덩 기차 소리가 나니께 갑자기 그 사람이 입을 엽디다. 흐흐, 그 사람. 머리를 쓴 거지. 안 취했어 사실은. 취한 척했지. 안 갈라고. 나랑 잘라고.

기차가 가고 있네요.

벌써 한시라는 소리요. 깼으면 그만 가시오.

어디 가는 기찬지 알아요?

순천 가는 통일호랍디다.

순천이 종점인가요?

부산인가 부산진역인가까지 간답디다.

스무 살 때 처음으로 부산에 간 적이 있었는데.

난 아직 못 가봤소, 대구는 가봤는디.

세상만사 다 잊고 저 기차를 타고 싶소.

타시오.

혼자서는 싫소.

뭔 소리요?

거기랑 같이 타고 싶소.

이 양반이 시방 뭔 소리를 하신다냐, 술 취한 단골손님 억지
로 내보낼 수 읎어서 재워드렸드니.

거기랑 같이 저 밤차를 탔으면 좋겠소.

……아무 일 없었소. 손 한번 안 잡았응게. 그냥 그 사람이 밤
새 이런 이야기 저런 이야기를 오래도 했소. 자기 어렸을 때 이
야기, 고등학교 때 어떤 여학생 따라갔다가 뺨 맞은 이야기, 재
수할 때 부산 해운대에 갔다가 쫄쫄 굶고 가게 께끼통 얼음 얻
어먹으며 하루 종일 지낸 이야기. 옛날 께끼통에는 이렇게 고무

주머니에 얼음 넣고 소금 뿌려놨잖소. 하여간 그런 이야기, 군대에서 밤 구워먹다 군복 태운 이야기, '이뿐이 비누' 하나로 모포 열일곱 장 빨았다는 이야기, 속리산 문장대에서 얼어죽을 뻔한 이야기, 영화 이야기, 소설 이야기, 음악 이야기…… 뭔 이야깃거리가 그 사람은 그렇게 많았는지.

이번에는 내가 그의 잔에 부딪치고 그가 따랐다.

정이란 것이 그런 겁디다. 아무리 단속을 해도 모기장에 모기 들어오듯이, 세 벌 네 벌 진흙 처바른 벼락박에 물 새듯이 그렇게 생깁디다. 말했듯이 손구락 하나 안 잡았는디, 새벽에 그 사람 갈 때까지 잠도 안 잤는디, 세상에, 한 지붕 아래 한방에 누웠다는 이유로, 날밤을 같이 샜다는 똑 그것 때문에 그 사람이 남 같지가 안 합디다.

그는 그래놓고 남동생 물건 숨겨놓은 누나처럼 씨익 웃었다. 반듯하게 튀어나온 코끝에서는 형광등 불빛이 반짝였고 위로 솟구친 눈꼬리가 조금 더 길어졌다.

솔직히 그 사람, 힘도 별로 없고 테크닉도 별로였소. 내가 인자 슬슬 한 걸음 나가볼까 싶으면 저는 벌써 숨을 헐떡이며 산을 내려왔응께. 나를 데리고 올라가야 할 것 아니드라고, 흐흐.

내가 한번 불붙으면 웬만해서는 소방이 잘 안 되는 체질인디, 그 사람하고는 사실 한 번도 그렇게 해보질 못했소. 하룻밤에 많아야 두 번. 한번 올라오면 금방 내려가면서도 아주 공장 하나를 통째로 짊어진 것처럼 헐떡였으니.

그래도 그 사람이 그리 좋고 행복했었소. 뭐가 좋았을 게라우? 정력도 션찮고 대범하지도 못한 사람인디. 아마 대충 짐작 하시겠지만 내가 웬만한 사내는 눈에 잘 안 차는 체질이요. 사 내들 몇 놈이 뎀벼도 겁 하나도 안 나요. 그런 나가 그 사람이 그렇게 좋았단 말이요. 뭐였겠소. 내가 뭣 때문에 그 사람한테 홀딱 넘어갔을게라우?

바로 말이었소.

그 사람이 하던 말이 그렇게나 좋았단 말이요. 밤새 나를 껴 안고 조근조근 하던 그 말들. 그 여고생을 못 잊어 낙엽 진 길을 몇 날 며칠을 걸었다는 그 말. 내 눈을 들여다보며 눈동자 색깔 이 어떻고, 머리카락 만지며 채석강 노을빛이 어땠더라고 속닥 이던 말. 술만 취하면 마누라를 패고 기억도 못 하는 사내가 있 었는디 탁발 온 스님 말이 남편은 전생에 소였고 마누라는 주인 이었다, 그때 맞은 매를 되갚으려고 그러니 홍두깨는 버리고 커 다란 싸리빗자루를 만들어놓으면 싸릿대 하나씩 한 대로 쳐서 몇 번 만에 업보가 풀릴 것이다, 했다는데 우리는 서로 아끼고 사랑만 하니 전생에서도 애타게 좋아만 하다가 죽었을 것이다, 내 손을 만지며 하던 그런 말이 그렇게 좋았단 말이요.

그렇게 재미나고 정답던 말을 인자 누가 또 할란고…… 음악도 많이 들었어라우. 아까 그 노래도 들었지만 이런 노래도 있었소.

무작정 당신이 좋아요. 이대로 옆에 있어주세요. 하고픈 이야기 너무 많은데 흐르는 시간이 아쉬워. 멀리서 기적이 우네요. 누군가 떠나가고 있어요……

그 노래가 딱 내 마음이었어라우. 품에 안겨 내가 그 노래를 부르면 그 사람은 내 귀에다 대고 또 부르고. 그 노래만 들으믄 그냥 몸이 녹았어. 둘 다 음악을 좋아했는디, 밤에 잘 때는 어떤 것 안 듣고 주로 〈아들을 낳기 위한 발라드〉, 이런 것만 들었소 우리는.

〈아들린을 위한 발라드〉라는 피아노곡을 떠올린 나는 헤헤 웃었고 그는 깔깔댔다.

시인들은 왜 시를 쓰나 몰라. 유행가가 있는디…… 뭔 말이 필요 있다요. 무작정 좋은디, 유행가처럼 그냥 좋고, 더욱 좋고,

또 좋은디.

그는 그 대목에서 담배 한 대를 청했다. 담배연기는 한참이나 여인네의 가슴 깊숙한 곳에 머물렀다.

이 장사 시작하고부터 한동안 피웠다가 그 사람 만나고부터는 통 안 땡겨서 끊었는디 그 뒤로는 이렇게 생각 간절할 때마다 간혹 한 대씩 피우요.

그러나 그는 참고 참았다가 생각이 사무칠 때만 피운다는 담배를 반의 반도 채 못 피우고 일어나야 했다. 끝방에 머물렀던 손님들이 간다며 불렀던 것이다. 여인네는 담배를 나에게 맡기고 일어났다. 아이고 그래, 다 잡샀서요? 오늘은 내가 이야기 때문에 정신이 없네, 하면서 소복이 쌓인 눈밭에 슬리퍼로 레일을 만들었다.
필터에는 붉은 립스틱이 스치듯 묻어 있어 마치 여인네의 비밀스러운 물건을 대한 듯도 했다. 나는 그것을 눈높이로 들어 올려 푹푹 쏟아지는 눈의 세상에 향으로 피웠다.
눈이 떠나온 곳으로 올라가는 한 줄기 연기는 과거나 그리움이 현재의 모습으로 물화되어 나타난 듯도 했고 세월이 주는 어떤 춤사위 같기도 했다. 그리고 립스틱 냄새는 역시나 독한 것이어서 내 입에는 비릿한 것이 들어찼다. 그렇다면 아침마다 화장을 할 수밖에 없을 여인네가 립스틱 바르고, 또 이렇게 필터에 묻혀가며 담배를 피우는 것은 결국 그리움이나 독한 어떤 것을 되새김질하는 것일지도 몰랐다. 그러자니 이 비릿하면서도 알싸한 게 마치 멀리 떠난 사내의 냄새 같기도 했다.

오늘 새 사리마다를 샀등만 이것이 질이 안 나서 한번 바닥에 붙으믄 잘 떨어지지를 안 하네.

누님하고 맘묵고 한잔할라고 왔는디 조졌구만이라.

흐흐. 열매는 둘수록 무르익어.

저번 약속한 것 때메 일부러 왔는디. 눈 오는 날 오라고 해놓구선.

옴마, 옴마. 그랬구나. 맞어.

섭하요.

우선 이거 한 잔씩 하고.

안 먹을라요.

그래두 내 집 왔는디 이것 한 사발씩 해야지. 오후 내내 달였구만.

이래서 또 술 묵으러 오게 한단께. 병 주고 약 주고.

내 비록 술 팔아도 몸 베리게 하고 싶지는 않어.

예의 쑥 달인 물 한 잔씩 받아 마신 젊은 사내들은 마침내 사람 몸을 획득하고 막 동굴을 빠져나온 듯 여인네에게 집착하고 있었다. 그리고 배웅하는 그를 양쪽에서 손목 그러잡고 포획해 버림으로써 저 신령의 약초 기능을 살려내고 있었다. 그들은 한 순간 눈의 장막 너머로 사라졌다.

나는 벽에 기대어 사람들 떠난 입구를 바라보았다. 담을 넘어 온 이웃의 측백나무 가지 끝을 수놓으며 눈은 거듭 내렸다. 허전하면서도 푸근했는데, 담소 나누던 여인을 다른 사내에게 빼앗기기는 했지만 글쎄 주인이란 어쨌든 자기 집으로 돌아올 수밖에 없지 않은가. 더군다나 내가 먹은 것에 대한 계산도 남아 있었다.

그러면서 나는 졸지에, 아까부터 부엌에서 주방일 돕던 아주머니도 퇴근한 듯하여, 텅 빈 식당을 지키는 신세가 되어버렸다. 눈은 내리고 또 내렸다. 하염없이 가라앉는 것들을 바라보며 나는 한잔 마셨다. 언제 오마도 알리지 않고 대문을 나섰으니 금방이라도 눈을 털고 나타날 것 같은데 사람 빠져나간 곳은 적막하기만 했다. 말을 다정다감하게도 했다는 사내가 떠난 것처럼 여인네가 나를 떠난 듯했다.

눈 내리는 빈 가게에 이렇게 앉아 있자니, 가난과 병마에 지친 사람이 소원 들어주는 여의주를 우연히 얻었는데, 신출기묘 조화 덕에 부자가 되었는데, 오래 가지고 있을 것은 못 되었던 것이, 가난했을 때의 자신보다 더 피폐하고 곤란한 사람에게 건네주지 않으면 몸이 자꾸 오그라붙는 증세가 심해져서, 막대한 재산을 지니고도 지독하게 가난한 이들의 세상 속으로 자꾸 찾아들어가야 하는, 옛날 어느 곳에선가 있었다는 그 저주가 생각나기도 했다.

그러니까 여인네는 지나가는 과객 하나 앉혀두고 속에 쌓인 것을 씨월거리고는 지금쯤 저 대문 밖으로 훨훨 길 떠나고 있을지도 모른다고 나는 좀 중얼거렸는데, 중얼거리다보니 아들을 낳기 위한 발라드나 사리마다 운운하던 모습이 나그네 홀리는 암뱀의 교태 같기도 하고 만담으로 사람들 배를 잡게 하고는 저는 술 한 병 쌀 반 홉 사들고 어두운 골목길 사이로 집 찾아가는 가난한 희극배우의 모습 같기도 했다.

그들 떠난 발자국을 눈이 또 한번 매장하고 나자 그는 돌아왔다. 역시나 어딘가 갔다가 돌아온 여인은 아름다웠다. 그는 마침내 돌아왔다는 안도감보다는 적잖은 시간 동안 자신의 가게에 나를 잡아두어서 미안해했다. 그사이 반듯하게 걷지 못하는 중년의 사내 둘이 들어와 찾다가 훗날을 기약하고는 되돌아나갔노라고, 집 지켰던 과정을 간단하게 말했다.

사실 언제부터 노래방 한번 가자고 약속한 것이 해필 오늘이었는디 젊은 것들이라서 나를 그냥 힘으로 끌고 가불등만. 이왕

간 것 그 노래 부르고 왔소. 무작정 당신이 좋아요, 그것. 가다 보면 어느새 그 건널목, 그것하고. 아이구, 한 놈이 뒤에서 무작스럽게 끌어안고 잡아댕기등만 부라자가 다 돌아갔네.

나는 잘했다고 대답했다.

우리는 이런 눈을 밥눈이라고 했소.

여인네는 돌아온 자신의 발자국에 내리는 눈발을 한동안 바라보다가 말을 이었다.

어렸을 때 나는 산골에서 살았어라우. 첩첩산중 깊은 곳에 생기다가 만 것 같은 그런 마을이었는디 단풍 좀 든갑다 싶으면 눈이 펑펑 오는 그런 곳이었지라우. 논농사는 아예 못 하고 그러니 소돼지는 숫제 못 키우고 비탈밭 밭농사나 포도시 했으니 이런 겨울은 시래기하고 빼깽이 그런 것이나 묵음서 나요.
빼깽이 아요? 호호, 나도 까마득하게 잊어버린 것인디, 거기하고 이런 이야기 하다봉게 뚱금없이 생각나능만요. 허, 그 빼깽이.

나도 여인네와 비슷하게 웃으면서, 시골 출신이라 알고 있다고 말하고, 그게 생고구마를 잘라 말린 것 아니냐고 반문했다.

　거긴 나보다 아랜 것 같은디 그런 것을 다 아네. 하이고 고것 하나 씹어봤으면 쓰겄다. 고것이 얼마나 깡깡하게 말랐는지 잘 씹어지지도 않는 것이 배고플 때는 그래서 묵을 만하요. 오래 묵응게. 몇 개 묵고 나면 아구가 뻐근한 것이, 그래도 꼬시긴 해.
　그나마 정월 지나면 그런 것도 거진 다 떨어지요. 얼마나 배가 고픈지 모르요. 집이고 부모고 다 있어도 영낙읎는 그지(거지)여, 그지. 눈이 퀭하니 꺼져갖고. 호호. 손이고 발이고 틀 대로 터서 피는 찍찍 나지. 몰골이 어땠겄소. 굳이 거울 안 봐도 돼. 언니나 오빠 보믄 그것이 바로 내 모습이었응게.
　유독 춥고 눈도 많이 오는 해가 있었소이. 시래깃국 한 사발 퍼먹고 돌아서면 배창시가 부르르 한번 떠요. 그러면 또 고파. 그때 이런 눈이 왔소.
　오메, 밥 온다.
　그때는 어찌 그리 다 짜잔했으까. 담벼락에 눕다시피 기댄 언니가 이렇게 콧물을 주욱 닦음서 그럽디다.
　아이 봐봐, 밥 내린당께.
　아닌게 아니라 주먹만한 함박눈이 소리 소문도 없이 내리는디, 그렇게 들어서 그런지 참말로 쌀밥 덩어리 같습디다. 숟가락만 갖다받치고 소금만 뿌리믄 딱이겄습디다. 언니랑 둘이 쪼그

리고 앉아서 주먹밥이다, 떡가루다, 튀밥이다, 히히, 함서 발이
얼어터지는 것도 모르고 한정 없이 쪼그리고 앉아서……

　오줌통이 꽁꽁 얼어붙은 날이었소. 오빠가 끝내 영양실조로
쓰러지니께 아부지가 나섭디다. 토끼나 고라니라도 잡아오겄다
고 말이지라.

　옛 애인의 시기보다 더 먼 과거로 한행비한 그는 그래놓고 다
시 담배를 청해 물었는데 불은 이곳에서 붙여도 생각은 쉬 돌아
오지 못하고 있었다. 소리는 없되 모습 또렷하고 보기엔 푸근해
도 막상 만지면 떨리게 차가운 탓에 눈이란 그런 것이기는 했
다. 이렇게 실폭하니 한 사흘 더 내리면 여인네는 아예 몇백 년
전으로 돌아가, 저잣거리 모퉁이에서 우연히 만난 사내가 땡전
한 푼 없는 주제에도 말을 참으로 다정다감하게 하더라고 감탄
하게 될지도 모를 일이었다.

　아부지가 고기를 잡으러 갔웅게 얼마나 기다렸겄소. 느그 아
부지가 토깽이 잡아오믄 그것 묵자, 해서 숫제 굶었웅게 그냥
눈이 빠질 지경이었지라우. 아무리 기다려도 오지 안 합디다. 원
래 기다리는 것은 더 안 오는 법 아니요? 해가 산을 타고 미끄러
지다가 꼴깍 넘어가면 산골은 그냥 바로 등화관제요이.
　이제나 올라나 저제나 올라나 하다가 인자는 지쳐 자울자울

하는디 그때서야 오빠 이름 부르는 소리가 납디다. 새벽에 나간 다녀오마, 소리가 달 떠서야 돌아온 것인디, 아부지긴 합디다. 하기는 한디, 삽짝을 열자마자 오빠 이름 한마디 불러놓고 풀썩 쓰러졌소. 뭐 들고 왔나부터 쳐다봐질 것 아니요? 등에 뭔가 업혀져는 있습디다. 토끼도 아니고 고라니도 아니고 뭔 짐승이 하나 축 처져 아부지 등을 올라타고 있둥만요.

아주 동태가 된 냥반을 끌고 들어와서 뜨신 물 자시게 하고 아랫목에 눕혀 한참 주무르니께 사람 얼굴로 돌아옵디다.

이것이 뭐요, 아부지.

늑대다 늑대. 얼른 조용히 물 끓여라.

흐흐. 온 식구 달라들어 그 야심한 밤에 털 끄슬리고 각을 뜨고 해서 삶어 고것을 뜯어먹었지라우.

나도 담배 하나를 물며 늑대고기 맛은 어땠냐고 물었고 그는 조금 더 들어보라는 얼굴을 했다.

다음날 넘의 동네 사람이 마을사람들이랑 찾아왔소. 도둑놈 잡으러 왔다요. 뭔 소리겄소? 우리 아부지, 하루 종일 산을 헤매다가 토끼 꼬랑지 하나 구경도 못 하고 돌아오다가 넘의 동네 외딴집 개를 목 졸라 죽여가지고 왔던 거요. 아무리 조심해도 그 배곯던 시절에 개 끄슬리는 냄새를 동네에서 왜 모르겄소.

뒤를 안 잡힐라고 개를 업고 이 언덕도 타고 넘고 저 산도 타고 넘고 했다지만 쏟아지던 눈이 하필 개 숨 끊어지던 그때부터 딱 그쳤으니 이래도 걸리고 저래도 들통나지라우. 허 참. 갯값 물어달라고 덤벼드는 그 사람한테 멱살 잡힌 채 아부지는 꼼짝도 못 하는디 그때사말로 이런 눈이 또 내리기 시작합디다. 있는 돈 없는 돈 탈탈 털어 내주는 것 들고 그 사람 돌아가는디, 그날 그 눈은 왜 그리 춥던지.

뭔 이야기 하다가 이런 이야기까지 나왔으까.

눈 때문이라고 나는 대답하며 내리는 눈이란 어쩌면 하늘도 뭔가 이야기를 한다는 소리 아니겠냐고 괜히 덧붙였다. 그는 빙그레 웃었다.

거기 말씀하시는 것이 꼭 그 사람 말하는 것 같어라우. 흐음. 눈이 따시다는 것을 나는 그 사람이랑 있으면서 알았소. 겨울에, 그 사람 품에서 이야기를 듣다가 탄불 갈러 나오면 이런 눈이 내리고 있었소. 그러면 물 흥건한 정지의 노란 탄불이며 잠시 두고 온 그 사람 품이 왜 그리 따시던지. 멍하니 눈 내리는 것 보다가 후다닥 들어가면 그 사람은 내 손에 묻은 물 한 방울 한 방울 일일이 닦아주고, 혀로 핥아주고. 흐흐. 산다는 것은 겨울에 따뜻한 것입디다.

그 사람, 내가 사랑했던 사람.

나는 우리 사랑이 성공한 사랑이라고 생각하고 있소. 헤어졌지마는 실패한 것이 아니다 이 말이요. 연애를 해봉께, 같이 사는 것이나 헤어지는 것은 중요한 것이 아닙디다. 마음이 폭폭하다가도 그 사람을 생각하믄 너그러워지고 괜히 웃음이 싱끗싱끗 기어나온단 말이요. 곁에 있다면 서로 보듬고 이야기하고 그런 재미도 있겄지만 떠오르기만 해도 괜히 웃음이 나오지는 않지 않겄서라우. 아, 곁에 있는디 뭐 하러 생각하고 보고 싶고 하겄소. 그러니 결혼해서 해로한 것만큼이나 우리 사랑도 성공한 것 아니겄소.

그 대목에서 그는, 이편에서 보면 만족스러우나 반대편에서 보면 조금은 쓸쓸한 그런 얼굴을 했다. 어떤 얼굴을 하든 그것은 탓할 게 못 되었다. 다만, 그저 좋기만 한 것으로는 성공이라고 보기 어렵지 않냐, 나는 토를 달았다. 눈은 계속 내리고 있었다.

우린 한 번도 안 들켰소이.

그는 자신이 말했던 것처럼 싱끗 웃었다.

나야 매인 것 없는 홑몸이지만 그 사람은 그렇지 못했지라우.

부인에 자식 둘이 있응게. 거기와 정리하고 나랑 맺을 사람도 아니고 그것은 나도 반대였소. 누구랑 또 부부로 산다는 것이 싫었응께요. 허긴 그러고 보면, 나도 물장사 팔자긴 한갑은디, 하여튼 그 사람은 자기 부인과 아이들을 겁나게 사랑했소.

사랑은 제각각이라등만 확실히 그럽디다. 거기 사랑 따로, 나도 따로. 나는 그 마음이 이해가 되었소. 그런 사람인께 내가 좋아했던 것이겄지라우.

하여간 삼 년 연애를 했는디 들키는 것은 고사하고 의심 한번 안 받았소. 그러니께 부인은 내 존재를 전혀 모르고 있다 이 말이지라우. 재채기하고 가난하고 사랑은 숨길 수가 없다고 합디다만 우리는 숨기는 데 성공했어라우.

그래놓고 그는 술을 따랐다. 따르고 잔을 바라보기만 했다. 그런 여인네의 뒤로 밤눈은, 가로등 아래에서는 삼각형으로 내리듯이, 처마 탓에 하나의 사선을 그어놓고 갑자기 나타난 듯해서 무대배경 같았고 그러고 있자니 무슨 단막극 한 장면 같기도 했다.

우리 사랑이 성공한 이유는 한마디로 룰을 지켰기 때문이요.

그는 마치 유언을 하거나 오래도록 간직해온 비밀을 털어놓듯 입을 열었다.

그 사람하고 나하고 첨에 붙었을 때 약속을 했소. 일주일에 딱 두 번 만나자. 회사로 전화하지 말자. 삐삐는 치되 요 옆 복덕방 전화번호로 치자. 뭐 그런 것.

가장 큰 약속이 전근 삼 년에 이 년 반 남았으니 이 년 반만 사귀자. 그 뒤로는 절대 만나지 말고 마음속에만 담아두자, 라는 거였소. 그 사람하고 그것도 그렇게 했소. 정확히 이 년 반 동안 빈틈없이 사랑했고 그 다음 그 사람은 서울로 갔소. 그 뒤로는 한 번도 안 봤소. 그래서 나는 성공한 사랑이라고 말하요.

무언가에 성공해버린 사람의 모습은 아마 저럴 거라고 나는 생각했다. 그러면서 둘의 성공을 위해 치하라도 할 요량으로 술을 따랐다. 그는 이제는 그만 마셔야 할 것 같다며 고개를 틀다가 그렇다면 마지막 한 잔만, 하고는 받았다. 받으며 천천히 올라오는 수면을 바라보았고 그러다 말을 이었다.

오늘 그 사람이 전화를 했소.

눈은 함북 내리고 또 내려 아예 세상을 온통 과거로 만들어버리고 있었다. 지금 저 문을 열고 나서면 좌우로 미끄러지는 자가용이나 케이크 상자를 들고 종종걸음치는 아가씨의 검정 부츠나

까르륵까르륵거리는 여학생들이나 밀고 당기고 하다가 우당탕 넘어지는 젊은 사내들이나 모두 눈 속에 파묻혀 아예 없어졌을 것만 같다. 군청도 오래된 유적처럼 한자리 차지한 채 한쪽으로 기울어가고 있을 것 같았다. 한 천년 얼음의 시기가 이미 시작되었거나 어쩌면 이미 마무리되어가고 있을지도 모를 일이었다.

눈은 빈 술병에도 반사되고 있었다. 나는 술에 취한 것인지 눈에 취한 것인지, 여인네의 이야기에 취한 것인지 딱히 구분되지 않았는데 굳이 구분할 필요는 물론 없었다. 그는 성공이 지나쳐 약간 허전한 사람의 눈빛을 했다.

헤어지고 나서 첨이었소.

성공 뒤에도 이야기는 남아 있었다. 그리고 그가 옛이야기를 좀 느닷없이 털어놓게 된 이유도 그것 때문인 듯했다.

칠 년 만에 그 사람 목소리를 들었어라우. 화장터가 있는 산 중턱이랍디다. 눈이 내린다고 합디다. 여기도 하매 그때부터 눈이 왔을 것이요.

누가 죽었는지 말은 안 합디다. 말을 안 하고 있는디 울고 있다는 것은 안 봐도 알겠습디다. 그냥 눈이 오기 시작한다고 한마디 해놓고 한참이나 그러고 서 있고, 별일 읎었냐고 묻고 나서 또 그러고, 전화번호가 안 바꼈다고 해놓고 또 그러고.

그 정도로 상심했으면 가까운 사람이 잘못됐을 것인디, 어쩐 일이냐고 물어도, 그냥 눈만 온다요.

어쩌면 눈은 누군가의 무덤을 만들려고 오는지도 몰랐다.

나는 끝내 캐묻지 못하겠습디다. 그냥 그 사람 숨 쉬는 소리만 들었소. 숨 쉬는 것이 꼭 옆에서 조근조근 말하는 것 같았어라우. 맘이 영 좋지 않기는 합디다. 사랑하는 사람이 몹쓸 일을 당했는디 아무런 도움도 못 주고 있으니 말이요. 그냥, 몸은 성하냐, 회사는 잘 다니냐, 그런 것만 묻고…… 그리고 그 사람은 전화를 끊었소.

혹 만나자는 약조를 했냐고 묻자 그는 고개를 흔들고 나서 말을 이었다.

한 번만 만납시다, 이 말을 얼마나 하고 싶었었끄라우. 내가 그렇게 하고 싶었응게, 그 사람도 그랬겠지라우. 근디 안 했소. 말했지라우? 룰을 지킨다고. 우리는 이미 마무리가 됐응게, 성공했응게. 그러믄 된 거요. 부인이 잘못됐는지, 아이가 잘못됐는지 그것을 내가 끝내 물어보지 안 한 것처럼, 그 사람도 그런 말일절 안 했듯이 말이요. 몇 년 만의 전화가 그것이 다였소. 숨소리만 들었당게요.

그러면 또 한번의 화장터행이 생겼을 때 다시 서로 숨소리를 들어보겠다고 이번에는 내가 좀 희극배우처럼 말을 했는데 그는 웃지 않았다.

아닐 것이요. 인자 영영 안 할 것이라는 느낌이 듭디다. 나도 그랬고. 어쩌면 우리는 죽고 나서야 알고 보니 진짜 성공을 이제야 했다고 말해질란가도 모르겠소. 아무튼 나는 그 사람하고 약속은 끝까지 지킬 것이요. 그것을 지키는 것이 내 사랑이요.
하, 눈도 참말 잘도 온다. 아까 맘이 영 안 좋아서 일도 손에 안 잽히고, 그렇다고 문 닫을 수도 없고, 닫는다 한들 뭐가 있는 것도 아니고, 그냥 누구라도 잡고 옛날이야기를 좀 하고 싶었는디, 딱 그때 그쪽이 혼자 들어오십디다. 마치 내 말 들어줄라고 오신 양반 같었다니께요.
들어줘서 고맙소이. 인자 문 닫을라요. 눈이 너무 많이 와서 손님 가시기 길 나쁘겄네. 그래도 이런 눈은 춥들 안 한게요. 그럼 안녕히 가시게라우.

그는 술상을 치우기 시작했다.

올 라인 네코

이 먼 섬에서 결심이 무너졌다.

그것은 선택이었고 사랑이었다.

그것 말고는 갖다붙일 이유가 없었다.

물기 털어낸 태양이 부력을 받아 둥실 떠오르고 있고 그럴수록 선착장은 하얗게 말라가는데, 새벽부터 갈칫배 들고 나느라 어수선하던 어판장은 해광호를 끝으로 고즈넉해졌다. 해광호가 흘린 고등어 한 마리 물기는 했으되 삼키지도 못하고 날아가지도 못한 채 머뭇거리는 갈매기를 한참이나 바라보던 소장은 그러느라고 다물었던 입을 다시 열었다.

"우리 이러지 말자, 김양."

"이양이라고 했잖아요. 김양은 미화다방이고요."

"맞다. 왜 이렇게 자꾸 헷갈리냐. 야, 박순경. 나도 이제 머리가 다된 모양이다. 아주 못쓰게 돼부렀당게."

"……"

“암튼 이양, 우리 이러지 말자. 응?”

“그래요, 이러지 말고 내보내줘요.”

“보내주는 것이야 쉽지. 그러니 인정할 것은 인정해.”

“뭘 인정하라는 거예요?”

“잤잖아.”

“……”

“아, 잤잖아.”

“아니에요. 잠시 들른 것뿐이에요.”

“들러? 정말 속 뒤집히는 소리 들린다 들려. 뭐 한다고 새벽 여섯시에 노을장엘 들러?”

“……”

“그 시간에 워떤 놈이 커피 시키든?”

“그냥요.”

“그냥? 그냥이라…… 세상에 도깨비보다도 속을 모르겠는 것이 그냥이라는 것인디.”

“말했잖아요. 오빠 잘 자고 있는가 그냥 가봤어요.”

“김양, 아니 미안하다, 이양. 나 이 계급장 화투판에서 딴 것 아니다, 응? 바다에서 낚은 것도 아니고.”

“알아요.”

“알면, 택도 읎는 말로 자꾸 시간 끌지 말고.”

“거짓말 아니니 보내줘요. 일해야 해요. 자봉할 수는 없잖아요."

"이건 공무여. 느네 사장한테 말해서 자봉 안 하게 해줄 테니까 그냥 말해."

"소장님이 아무리 말을 잘 해줘도 나 때문에 생긴 일이면 자봉이에요."

"아이고, 그래. 그러니 그냥 사실대로 불어. 얼마 받고 잤어?"

"아닌디."

"이게, 진짜. 내가 기껏 불러다가 알아듣게 말했잖어."

"왜 안 믿어주세요, 진짜로. 속 터지겠네."

"뭐, 속이 터져? 니 속이 터진지 내 속이 터진지 씨언하게 한번 열어보까, 이 가시내야. 박순경, 이 아가씨 불렀던 것이 언제여?"

"우리다방이…… 사흘 전입니다."

"그래, 성매매 특별단속이라고 그렇게 일렀건만 그새를 못 참고 성을 매매해부러?"

"성매매 안 했다니깐요."

"그럼 뭐야!"

소장은 참기가 힘들다는 듯 또는 지금쯤엔 일갈을 질러야 효과적이라는 듯 악을 꽥 질렀다.

"다방 아가씨가 새벽 여섯시에 여관에서 나왔어. 여관방에는 남자가 있고. 이게 뭐여, 이것이 성매매 아니고 뭐냐고, 이 가시내야. 확 처발라버리기 전에 솔직하게 말 못 해?"

"사랑이에요."

소장은 순간 전진에 전진을 거듭하던 돌격대가 낭떠러지를 만난 듯한 얼굴로 변했다.

"뭐, 뭐시여, 사아랑?"

사실 미정은 대답이 궁했다. 걸려도 더럽게 걸렸다. 조심하느라 전후좌우 두루 살펴 복도에 개미새끼 한 마리 없는 것을 확인하고는 도둑질하고 나온 것처럼 발뒤꿈치를 서둘렀다. 아무에게도 눈에 안 띄었다. 문제는 현관이었다. 현관 앞이 바로 마을 길이었고 새벽부터 바지런을 떨며 지나가는 이들이 없지 않았던 것이다.

늙은 사내 하나가 그물 메고 바깥에 서서 누구와 이야기하고 있는 것을 바라보다가 뒷문으로 빠져나왔다. 뒷문은 가스통과 밭둑이 있는 곳이다. 가스통 두 개가 연달아 서 있고 강아지 하나 간신히 빠져나갈 만한 공간 너머에 눈높이 정도의 돌담이 있다. 그 위에는 이제 막 싹 돋아나는 마늘이 바닷바람에 파랗게 질린 채 눈만 빠끔히 내놓고 있는데 누구 혹 없나, 살피는 그 순간 밭둑 위로 걸어오는 이와 눈이 마주친 것이다.

그게 면장이어도 괴롭고 기름집 강사장이어도 불편하고 갈칫배 오선장이어도 편치 않고 누구네 집 식솔인지 전혀 구분이 안

가는 생면부지의 얼굴이라도 찜찜한데, 많고 많은 인물 중 맞닥
뜨린 게 하필 파출소 소장이었다. 가슴이 쇠뭉치처럼 철렁 내려
앉고 떨렸다.

소장은 제자리에 서서 여관 건물과 그를 번갈아 바라보았다.
미정은 못 본 척 고개 돌려 천근 같은 걸음을 재촉했다. 하지만
저쪽에서는 당연히 못 본 척할 수 없었다.

"어이, 아가씨."

"……"

"못 들은 척하지 말고 이리 와봐."

미정은 그대로 걸려들었다.

"아가씨가 미화다방이던가? 은하수다방이던가?"

"……"

"엊그제 우리 소에 왔었지? 어디였더라. 하여튼 왜 여관에서
나와?"

마땅히 대꾸할 말이 안 떠올랐는데 그럴 수밖에 없는 게, 이
른 시간의 여관 뒷문이라는 게 어느 누구라도 할 말 없게 만드
는 그런 곳이었다.

"오빠, 잘 자는가 보려요."

순간 나온다고 나온 대답이 그거였다.

어제 배달하다 흘린 컵 찾으러 왔다거나, 새벽바다 구경 가다
가 뒤가 급해 잠깐 가까운 화장실엘 들렀다거나, 하다못해 어머,

제가 왜 여기 있는 거죠? 분명히 다방 내실에서 잤었는데 도대체 어떻게 된 거죠? 아이고 무서워, 이러거나, 정 안 떠오른다 해도 죽기 아니면 까무러치기로, 마침 잘 오셨어요, 글쎄 있잖아요, 조금 전에 무슨 비명이 들려서 와봤는데 아무도 없네요, 분명 누군가가 칼에 찔린 것 같았는데, 흔적도 없으니 어떻게 된 것일까요, 안 그래도 파출소에 신고하려고 했어요, 이럴 수도 있고 이판사판으로, 어제 커피 외상값 받으러 왔어요, 객지 손님이라서 지금 아니면 못 받아요, 이렇게라도 둘러댔어야 했다. 그런데 얼결에 오빠 보러 왔다고 해버렸으니 방에 오빠라고 부르는 (하긴 이 섬에서 커피 사 마시는 사내 중에 환갑 넘은 이 빼고는 모두가 오빠이기는 하지만) 사내가 있다는 것을 먼저 일러바친 꼴이 되어버렸지 않는가. 소장은 역시나 똥 누러 왔다가 알밤 주웠다는 표정이었다.

"오빠가 있다, 오빠는 어디에 있나, 여관방에 있다. 완전히 영화 한 편이구만. 그래, 오빠는 몇 호실에 있는디?"

미정은 입을 다물 수밖에 없었다. 그리고 아주 골치 아프게 일이 꼬인다는 것을 이렇게 파출소에 끌려온 뒤로 내내 절감하고 있었다.

소장이 관내 다방과 주점 아가씨들을 하루에 한 명씩 불러 면담 겸 교육, 교육 겸 훈시, 훈시 겸 내사, 내사 겸 취조, 취조 겸 인물감상을 한다는 소식이 돈 지 열흘이 되지 않아 우리다 방 미스 리, 가명으로 다혜, 호적명으로 미정을 부른 게 사흘 전이었다.

소장은 머리끝부터 발끝까지 한목에 주욱 훑어보고 나서 물었다.

"온 지 얼마나 됐어?"

"넉 달째예요."

"이름이 다혜. 본명은?"

"미정이요."

"빚 달려 있어?"

"예."

"액수."

"이천요."

"여수서 왔어?"

"예."

"여수 어디여?"

"말해야 돼요?"

"싫으믄 말고. 사장이 핸드폰 쓰게 해?"

"예, 언니고 형부고 다 잘해줘요."

"조금이라도 문제 있으면 이야기해봐. 모든 편의를 다 봐줄 테니까. 핸드폰 뺏지는 않어?"

"예."

"구타하거나 협박하거나 하지도 않고?"

"정말로 잘해준다니까요."

"팔목 한번 올려봐."

"……"

"아팠거나 일신상의 이유로 벌금 문 적 있어? 아가씨들은 자봉이라고 한다지?"

"아직 자봉 단 날 하루도 없어요."

"야물구만. 하여튼, 지난 9월 23일부터 '성매매 알선 등 행위의 처벌에 대한 법률'과 '성매매 방지 및 피해자 보호 등에 대한 법률'이 시행되고 있어. 알고 있지?"

"들었어요."

"성 매수자는 일 년 이하 징역 또는 삼백만원 이하 벌금이고 매매자도 무조건 처벌이야. 성을 매매한 것뿐만이 아니야. 시간 끊는 것도 금지야. 처벌받아."

"……"

"시간 끊어 술 따라주는 것도 걸린다고. 알아들어?"

"뭘로 먹고살아요?"

"다방에서 차 팔고 배달하고 그것 말고는 절대 안 돼."

물론 여러 날 전부터 하루도 빠짐없이 뉴스에 나오고 여수경찰서 서장 이름으로 안내문도 나오고 해서 무엇은 되고 무엇을 하면 안 된다는 것은 알고 있었다. 성매매라는 것은 몸을 파는 행위여서 당연히 안 되고 티켓 끊은 손님과 술 마시고 노는 것도, 말 그대로 웃고 대화 나누는 것도 법에 걸린다는 것이다.

앞부분은 문제될 게 없었다. 미정을 비롯한 이 섬의 아가씨들은 육지에서 밀려난 뜨내기지만, 뜨내기 중에서도 정도가 심한, 사연도 독하고 걸린 빚도 많아 사망진단받기 아니면 뒤로 나자빠지기로 들어온 축이지만, 이른바 성매매만은 피하는 게 불문율이었다.

비록 커피를 끓이고 술 따르고 노래 부르고 블루스를 추기는 하지만 몸 파는 지경까지는 절대 안 간다는 다짐도 없지 않은데다, 좁은 섬에서 어느 다방 어느 아가씨가 어떤 사내랑 잠을 잤다네, 소문나는 것이 한순간이라 더욱 그랬다. 소문나버리면 소문만으로 쳐다보는 사람들이 많아 불편한데다가 입도(入島)제품 보증기간이 그 순간 끝나기 마련이었다. 사내들이 다른 손 거쳐간 아가씨를 잘 찾지 않는다고 선배들도 말하고 저도 익히 알고 있었다.

문제는 시간 끊는 것이다. 천오백원짜리 커피만 팔아서는 오십 톤급 멸칫배가 만선으로 항구에 돌아와 자, 멸치 한 마리에 오원 세 마리 십원, 이렇게 파는 셈이라, 돈 되기 어려웠다. 착실히 돈 모아 빚 갚고 나가려면 아무래도 시간을 끊어 나가야 하는데 그것을 막아놓으니 공급자나 소비자나 순식간에 아우성이 일었다.

하여 생긴 방편이 이십 분마다 커피 마시기이다.

누구한테서부터 시작됐는지는 정확히 모르지마는 법이 강하면 법망 피하는 술책도 다양해지는 법. 듣자니 아가씨 없이 술 마시기를 훈장 어른과 독대로 앉아 있는 것만큼이나 괴로워하는 어떤 선원이 한 시간만 같이 놀자고 아가씨를 조르고 조르다가 안 되자 그럼 이십 분마다 커피 한 잔씩 가지고 오라고 했다고 한다. 차 배달은 이십 분이 한계인 것이다.

아가씨가 십팔 분까지 술집에 앉아 있다가 다방으로 돌아온 다음 다시 커피 두 잔 타들고 가서 십팔 분까지 앉아 있고…… 뭐 그렇게 해서 술을 마셨는데 술상 옆에는 마시지 않은 커피잔만 수두룩 쌓이고 급하게 마시다보니 취하기만 억세게 취한다고들 며칠 전부터 전해졌다.

"성매매특별법이 시행되고부터 한 달 동안 특별기간이란 것도 알고 있지? 지금이 그거여. 한 달 동안 특별수사대가 전국을 샅샅이 훑고 있어. 이런 섬이라 괜찮겠지 하면 큰일나. 도서지역만 전담하는 팀이 있어. 저기 백령도부터 시작해서 어저께 목포 앞에 있는 비금도에 들어갔다니께 보길도 청산도 지나면 여기 금방 들어온단 말이여."

"……"

"솔직하게 까놓고 말해불자고. 그애들한테는 걸리지 마. 그

애들에게 걸리면 아가씨도, 매매했던 남자들도 좆되지만 나도 아주 개박살이야, 알어? 그러니 정, 성을 매매하고 싶으믄 특별기간 지나서 하고 걸리더라도 나한테 걸려. 알겠지? 단단히 새겨듣고 인자 가봐."

이렇게 면담 겸 교육, 교육 겸 훈시, 훈시 겸 내사, 내사 겸 취조, 취조 겸 인물감상을 한 지 고작 사흘 만에, 판 년도 구속이고 산 놈도 구속이라 다들 겁을 먹고, 옛날부터 조선공사 사흘이라고 우습게 보던 이들도 그러기에 이 기간만큼은 피해야 한다고 해서 도내(島內) 화류계 인력수급과 화대시장이 꽁꽁 얼어붙은 판국에, 행여 재수 없이 불똥 맞을까 싶어 커피 앞에서 농담 한마디도 아끼는 형국에, 하필 이 살얼음판에, 여관에서 나오다 소장에게 직통으로 걸린 것이다.

미정은 간밤에 용철과 잤다.

무시하고 거절하고 외면하다가, 설마 섬에 있는 동안 이런 일이 벌어지리라고는 생각도 못 하다가, 세상이라는 것이 생각도 못 한 일이 얼마나 자주 벌어지는가를 증명이라도 해내듯(하긴, 섬에서 커피를 배달하게 되리라는 것도 꿈도 못 꾸었던 일이지만) 사내와 함께 잔 것이다.

그것은 설득이었고 항복이었고 선택이었다. 한 사내의 대책 없는 접근에 자신이 세웠던 방호벽을 스스로 허물었던 것이다. 역시, 사내란 이래야 한다고 결심하고 면사포 없는 신부처럼 다

소곳이 여관방 열고 들어갔던 게 어젯밤이었다. 늦게 만난 것 벌충이라도 하듯 부지런한 첫날밤을 보낸 것이다. 그런데 성매매라니.

용철은 섬 사내이다. 사내이며 노총각이다. 무스 대신 샛바람이 달라붙어 한껏 치솟은 채 굳은 머리카락이며 건강한 기운이 과잉인 상태로 부리부리한 눈이며 폼 없이 무조건 치솟아오른 콧날이며 넉넉하게 찢어진 입과 뱃일에 단련된 억센 손발이 그가 섬사람이며 뱃사람이라는 것을 한눈에 알 수 있게 했다. 하지만 섬의 사내들은 거의 다 그런 모습이라서 그 모습만 가지고는 기억에 남을 수 없었다.

"나랑 삽시다."

섬에 들어온 첫날부터 얼굴을 자주 등장시키던 용철은 전날처럼 요구르트 한 병 사주고는 빤히 쳐다보며 이렇게 말했다. 미친놈. 그러나 손님 대접으로 미정은 입을 다물고만 있었다.

며칠 뒤 통발배에 커피 여섯 잔 배달해주고 돌아오던 길에 오토바이 앞을 가로막은 건 다시 용철이었다.

"나랑 살잔께요."

동네마다 하나씩은 꼭 있는 그런 인물로 판단됐고 그런 이는 피하는 게 상책이라 아무 말 없이 오토바이를 반대로 몰았다. 또 며칠 뒤 시간 끊어오는 손님이 있어 노래방에 가봤더니 같은 사내였다.

“나는 다혜씨랑 살고 싶은디.”

시간을 채워야 할 필요가 없었으면 그대로 나갔을 것이다. 미정은 남은 오십오 분을, 이봐요 아저씨, 돌 던진 게 장난이라 해도 개구리는 맞아 죽어요, 농담도 사람 골라가면서 해요, 노래 안 해요? 또 그러신다, 비록 오봉댄서지만 우리도 자존심이라는 게 있어요, 알아요? 사람 이렇게 무시하면 안 돼요, 정말, 하다가 제 설움에 겨워 눈물까지 찔끔했다.

“그래도 삽시다.”

다음날 용철이 전화를 했다. 이러면 스토커다, 어떻게 할까 하다가, 좁은 섬에서 무조건 피할 수만은 없다는 판단으로 미정은 선박수리소 사십오 톤 철선 그늘 아래에서 용철과 마주 섰다. 눈 똑바로 뜨고, 난 이미 사내 때문에 몸과 마음이 만신창이가 된 상태이며, 그래서 사내라면 속에서 신물이 넘어오며, 하루라도 빨리 섬에서 탈출하기 위해 돈 벌어야 한다는 독기 외에는 아무것도 없다고 딱 부러지게 일렀다.

아닌게 아니라 돈에 떠밀려 육지와 백 킬로미터도 더 떨어진, 갈매기와 어선만 있는 이곳에 왔을 때 마음을 독하게 먹었다. 무조건 쓰지 않는다, 옷은 가지고 들어온 것 돌려입으며 버티고 떨어진 화장품도 가장 기본적인 것만 산다, 어떡해서든 두 해 안으로 빚을 갚는다, 이렇게 독기를 부렸다. 미정의 방에서 몇 달 머물다가 빚 더 얹혀 더 먼 섬으로 팔려가고 말았다는, 외로

움 견디지 못하고 씀씀이가 마구 헤퍼지고 말았다는 경상도 어디 출신 아가씨의 예를 들고서 더했다.

한동안 연락이 없었다. 포기한 줄 알았는데 그사이 멀리 어장 나갔다 왔다며 불쑥 찾아와 또 말했다.

"어째도 좋소. 나랑 삽시다. 어장 나가 있는 동안 다혜씨 생각만 했소."

사내의 강렬한 눈빛을 막아내며 몸과 마음만 만신창이가 아니라 한때 알았던 사내 때문에 빚이 이천만원이나 걸려 있다는 말을 아니 할 수 없었다.

"고것은 내가 무조건 갚아주겠소."

미정은 다시, 말씀은 고맙지만 내가 못나 결국 이렇게 되었고 항구에서 사랑이란 이름으로 멋모르고 행해졌던 그 어수선과 불편과 고통을 이제는 내 손으로 보란 듯이 깔끔하게 처리해버리고 싶으며 훗날 자유로운 몸이 되었을 때 사내다운 사내 만나 연애도 다시 하고 결혼도 할 생각이며 그것은 섬이 아니라 육지가 될 것이라고 차분하게 말했다.

다음날 전화가 또 왔다.

"밤새 생각해봤는디요, 아무래도 내가 말을 잘못했는갑소. 같이 살잔 소리 인자 안 하께요. 하지만 좋아한단 말이요. 사랑한당께요."

그 말은 학생들 암기과목 공부하듯 여객선 터미널에서, 싸롱 불빛 아래에서, 배 갑판 위에 물옷 입은 채 서서, 해수욕장 모래밭이 시작되는 곳에서, 노을 지는 방파제에서, 면사무소 골목 입구에서, 우체통 옆에서 거듭 되풀이됐다. 그리고 파도 거칠게 쳐올라오는 다리 난간에서도 이어졌다.

"도대체 왜 이러세요."

"사랑한당께요."

"진짜예요? 왜요, 도대체 왜 나를 그래요? 왜 나한테 그래요?"

"좋은 것이 죄요?"

"……"

"외로운께요, 외로우믄 고것 하나만으로도 사랑하게 되등만요. 다혜씨도 외로울 것 아니요. 나는 외로운 것이 치가 떨리요. 그런께 나도 다혜씨도 둘이 같이 안 외로웠으믄 좋겠소."

"그래, 사랑이다 이 말이지?"

소장의 눈빛을 말로 바꾸면 살다보니 별…… 이 말에서 한 짝도 에누리 없었다.

"그래요."

"그래, 남자랑 투숙했다는 것을 스스로 자백은 했는데, 사랑이라, 흐흐."

"……"

"박순경, 노을장 전화해서 지금 투숙객 몇 명인지 확인해봐."

버튼을 누르고 여기 어디다고 말하고 물어보고 듣고 끊은 박
순경은 대답했다.

"지금 일곱 방에 손님이 있는디 남자 혼자 자는 방은 모른다
고 합니다."

"뭐, 알아도 대답하겠어. 흠. 이 아가씨 데리고 방을 다 열어
봐? 이양, 누구야? 진짜로 사랑이라면 떳떳할 것 아냐."

"우린 떳떳해요."

"그러니까 말이야. 누구랑 사랑을 나눴냐 이 말이여."

소장의 얼굴은 살다보니 나 원 참, 에서 이거 건드려보는 재
미로 오전은 때우겠구나, 로 바뀐 듯도 했다.

"말 못 해요."

"지금 이런 태도는 우리의 심증만 더 굳혀주는 거야."

"우린 정말 사랑해서 잤어요. 경찰이 연애도 못 하게 해요?"

"흐. 사랑이라면 나 아니라 경찰총장, 아니 대통령이 나선들
막을 수 없지. 그런 조문이 헌법에 있는지 없는지는 몰르지만
국가가 개인의 사랑을 어떻게 통제해? 하다못해 가정을 버린 불
륜도 피해당사자가 고소를 해야 법이 움직이는디."

"……"

"그런디 지금 아가씨는 성매매의 혐의를 받고 있다는 걸 까묵
지 마."

파출소 밖에서는 아침 여객선에서 출발신호 기적과 함께 뭐라

고 확성기 소리도 들려 소장은 잠시 말을 멈추었다. 아, 여객선. 아침햇살이 우산살처럼 퍼지는 바다를 직선으로 가르며 항구로 가는 여객선. 얼마나 저 배를 타고 싶었나.

미정이 여객선 멀어져가는 풍경을 물끄러미 바라본 것은 처음 한두 번이었다. 그 풍경은 보면 볼수록 마음을 누르고 몸을 무겁게 만들어서 그 시간이면 일부러 텔레비전 소리를 크게 하거나 노래를 틀었다. 그런데 지금은 파출소 통짜유리를 통해 출발 준비하는 모습이 훤히 보였다.

"올 라인 네코."

확성기를 통해 들려오는 선장의 말이다. 소장은 배가 완전히 빠져나간 다음 신문할 생각인지 말 대신 담배를 택하고 눈도 그쪽으로 보냈다. 선착장에는 해경 소속 의경이 어선 한 척을 붙들고 실랑이를 하고 있다. 낚시꾼들 싣고 온 배였다. 어선이 낚싯배를 하는 것은 단속 대상이라 꼬투리가 잡힌 모양인데 아니, 내 조카들 실어다주는 것도 법에 걸려? 우리나라 무슨 법이 이 모양이여, 뭔 법이 자기 배 가지고 식구 태우는 것도 막어? 내 세금 가지고 그렇게 하라고 누가 갈치던? 뭐 이 정도 내용으로 선장이 삿대질하며 악쓰는 소리가 들려오고 있다. 오늘따라 여객선 갑판에는 유난히 낚시꾼들이 많다. 신고 메고 차고 들고 하느라 사람이 짐보따리처럼 변한 낚시꾼들은 그래서 전쟁에 나서는 중무장 보병 같은 모습이다. 문제는 소장 부하인 의경 둘도 근처에 서서 멀뚱하니 그쪽을 바라보고 있는 거였다.

"저 자식들 저기서 뭐 하는 거야. 순찰 돌라니깐 기껏 저것 구경하고 있네."

얼을 쏙 빼놓은 선장은 생긴 틈을 타 서둘러 밧줄 벗겨내고 부아아앙, 줄행랑을 쳤다.

"저것 봐라, 저것. 해경이나 육경이나 어째 애들 하는 것이 저리 어리벙허냐, 저놈들 대학 다니다가 왔단 거 맞어?"

그러는 사이 여객선은 엔진 소리를 높이며 서서히 뒤로 물러나기 시작했고 뒤꽁무니 쪽에는 흰 물보라가 가득했다. 미정이 자신도 모르게 핏, 웃음이 난 것은 올 라인 네코, 그 말 때문이었다.

"올 라인 네코."

어제 노을장 401호에서, 긴 입맞춤을 하고 나서 붉은 눈으로 그녀를 내려다보던 용철이 그 소리를 했다.

"예?"

"올 라인 네코."

"뭔 소리예요?"

"섬밥 몇 달 먹었는디 아직도 그것 모르요?"

"항구 가시내가 섬 가시내 되긴 했지만 여기 와서 는 것이 술밖에 더 있가니?"

"좋소, 앞으로 바다의 사나이와 살 사람이니께 잘 들으시오.

올은 전부, 라인은 줄, 네코는 말 그대로 네코. 네코하다, 그러니까 걷어내부러라 이 소리여.”

“근데?”

“여객선 출발할 때 그런 소리 못 들어봤소?”

“여객선은 쳐다도 안 봐요. 마음만 복잡해져.”

“……하여간 배는 이런저런 밧줄로 잔교에 묶여 있잖어. 선장이, 인자 배를 출발할 것잉게 줄을 다 걷어내라, 이 말이요, 올 라인 네코가.”

“근데, 그 소리를 왜 하는데?”

“다혜, 아니 미정씨를 묶고 있는 것을 다 걷어내부러라, 이 소리여. 그러니께, 옷을 다 벗어라, 이 말이지.”

“아이 참.”

미정은 손바닥으로 용철의 어깨를 쳤고 용철은 흐뭇한 얼굴로 내려다보았다.

“뱃사람이랑 살라믄 잘 알아들어놔야 돼. 알았소?”

“몰라.”

“이제부터 용철이하고 미정이는 항해를 시작한다 이 말이여. 비바람 맞으면서도 우리 행복을 위해 거친 바다를 씩씩하게 뚫고 나간다.”

“……”

“그러기 위해서 선원은 캡틴의 말을 잘 들어야 써. 아, 올 라인 네코."

"아이."

"어허. 올 라인을 얼릉 네코하랑께."

"아, 아. 알았어, 알았어."

미정은 옷을 벗었다. 항구에서 살았던 사내랑 헤어지고 닫아 걸었던 몸이었다. 한때는 죽어도 남자 앞에서는 옷을 벗지 않겠다는 결심을 한 적도 있었다. 사내의 달콤한 말에 넘어가 신세 망치는 짓을 안 해야겠다는 다짐이었다. 그러다가 이 먼 섬에서 결심이 무너졌다. 그것은 선택이었고 사랑이었다. 그것 말고는 갖다붙일 이유가 없었다.

그리하여 노을장 401호는 난데없이 풍랑 속의 배 한 척이 되었다. 밤새 격랑이 몰아치고 잠깐 동안 수평을 되찾았다가 뒤이어 새로운 파도 속으로 찾아들어 부딪히고 흔들리고 치솟아오른 다음 타고 넘었다.

"이봐, 시끄럽게 하고 싶지 않아서 그렇지 맘만 묵으면 지금 노을장 다 뒤질 수도 있어. 그래도 좋아?"

미정은 잠깐 동안 궁리를 했다. 소장은 충분히 그러고도 남을 것이다. 손님이 있다는 일곱 개 방 두루 열어가며 지난밤에 우리다방 이양과 동침한 놈이 너냐, 할 것이다. 그렇다면 그 시끄럽고 불편한 풍경을 어떻게 감당할 수 있단 말인가.

우리다방 이다혜가 성매매특별법 위반 혐의를 받고 있다, 노을장에서 어떤 남자랑 잤다는데 누군가 파출소 지나가다 보니 저 윗마을 용철이더라, 용철이 잡는다고 경찰이 노을장을 이 잡듯이 뒤져 다들 빤스 바람으로 난리가 났다더라, 둘 다 구속된다더라…… 이런 소문이 교차로신문 돌듯 돌아다닐 게 뻔하지 않겠는가. 소문으로 사는 곳이 섬인데.

미정은 힐끗 시계를 봤다. 아홉시 오분. 밤을 새우다시피 했으니 아직 자고 있을 것이다.

"제가 직접 전화할게요."

소장은 니가 그러면 그렇지, 하는 표정으로 전화기를 건네며 자신의 테이블에 빽빽하게 박힌 상호명에서 번호를 찾아 직접 눌러주었다.

아까 박순경한테서 전화가 왔던데 뭔 일이냐, 대들 듯이 물어오는 주인의 구시렁거리는 소리가 잦아들고 한참 만에 용철이 받았다. 오빠 저기, 무슨 일이냐, 나 파출소에 있다, 뭐? 전화로 설명하기는 어려우니까 잠깐 오라, 왜 파출소에 있느냐, 아무튼 일단 와보라.

소장이 다시 담배 하나 무는데 의경 둘이 충성, 하면서 들어왔다.

"야, 임마. 늬들 왜 그 모양이여. 육경이 뭐 할라고 해경 근무하는 데 얼쩡거려? 해경 애들이 손이 부족하다고 하더냐, 발이 부족하다고 하더냐, 이 새끼들아. 농땡이를 깔라믄 나 안 보이는 데서 까든지. 니들 오늘 책임지구 스티커 하나 끊어와. 어이구, 하나같이 다들 왜 이 모양이냐."

그렇게 파출소 식구들끼리 찌든 볶든 미정은 귀에 하나도 들어오지 않았다. 그도 그럴 것이, 대한민국 어디에서나 청춘남녀가 여관에 갈 수 있는 일인데도, 불타는 밤을 보내고 애틋한 눈으로 헤어진 다음이 뜬금없는 파출소행이라는 게 오롯이 미정 저 탓이기 때문이다.

미정이 대학생이라면, 대기업 총무과 직원이라면, 백화점 판매 담당이라면, 화장품 방문판매원이라면, 아, 시집이나 가 이 웬수야, 다 큰 처녀가 방바닥에 붙어 있는 꼴 보자니 속에서 천불이 난다, 이런 소리 듣는 백수 노처녀라면 숫제 여관에서 산다고 한들 어떤 경찰이 뭐라고 하겠는가. 문제는 다방 아가씨라는 것. 단지 그것 때문에 현행범처럼 파출소에 잡혀와 꼼짝 못하고 있고 애인까지 같은 혐의를 받고 있는 것이다.

그러니 이 상황이 말 그대로 느닷없어, 그랬구나, 내가 사랑해서 밤을 보낸 여자가 화류계였구나 싶은 자각이 들게 할지도 모를 일이었다. 사람 마음은 간사하기 짝이 없는 구석이 있어서, 변소 들어갈 때와 나올 때 마음 다르다고 흔히들 떠들어댄 대로 사내 얼굴색이 변할지도 모르는 거였다.

물론 미정은 자신의 선택을 믿었다. 외롭다는 하소연도, 당신도 외롭지 않았으면 좋겠다는 그 마음도 거짓이 아닌 것으로 받아들여졌지만, 대책 없는 저돌성 이면에는 말로 시작하고 말로 진행하고 말로 처리하고 말로 때우는 것들과는 다른 구석이 있구나, 했던 것이다.

그렇게 스스로 판단했기에 혹 안면을 바꾼다면 그것은 사내 잘못 본 자신에게도 책임이 있어, 하룻밤 당했다, 그 정도로 마무리지을 배짱도 있었다. 그래 이 새끼들아, 결국 니들이 원한 건 팬티 바깥이 아니었구나, 다들 하나같이, 뭐 이런 소리나 한 번 갈겨주면 될 일이었다.

하지만 사람의 마음이라는 게 한 축이 결단이라면 또 한쪽은 전전긍긍, 말이 되든 안 되든 이런저런 생각이 밤하늘 별빛처럼 꼬리에 꼬리를 물고 반짝반짝 나타났다 사라지는 것 아닌가. 충분히 이해한다는 얼굴로 나타나서 우리는 성매매 관계가 아니라고 밝힌다 한들 다방 여자라는 꼬리표가 평생을 붙어다니겠구나 싶기도 한 것이다.

약속대로 가시버시로 산다 쳐도, 훗날 첫정 다 식고 딴 곳에 눈 돌릴 때가 와서, 빚에 묶여 있는 것 빼내줬더니 이게 되레 큰소리네, 이러면, 아니 그것은, 그래 나 다방에서 오봉 날랐던 년이라는 것 모르고 연애했냐, 대들면 되지만, 나 너 때문에 파출소에까지 끌려갔었어, 이렇게 나오고, 사실 어떻게 한번 해보려고 했는데 그놈의 성매매특별법 때문에 어쩔 수 없이 너랑 산다, 이렇게 나온다면?

한번 그런 생각이 들자 이때를 위해 모아두었다는 듯 불안한 그림들이 연달아 나타나고 그 다음 것을 위해 자리를 비워주는데, 그러다가 서너 단계 앞 장면으로 돌아가고 이랬다저랬다, 하여간 뒤죽박죽 고약한 마음이었다.

오래지 않아 용철은 나타났다.

미정은 순간 자신의 불안한 예측대로 돌아가는 것이 차라리 더 낫겠다는 생각이 들었다. 두 눈 더욱 돌출시키고 콧날 세운 용철이 불난 집 들이닥치는 소방관처럼 앞뒤 볼 것 없이 파출소 유리문을 밀고 들어와 곧바로 물대포 쏘듯 달려들었기 때문이다.

"뭔 일이여, 이? 이것이 도대체 뭔 일이여."

"가만, 자넨 예전에 숭어배 타던."

소장이 안면이 있다는 표시를 내거나 말거나 단박에 말을 자르며

"숭어배고 뭐고, 도대체 뭔 일이여 시방. 미정씨, 왜, 왜 여기에 있어."

드잡이도 마다하지 않겠다, 드잡이가 다 뭐냐, 총칼 든 전투도 불사하겠다는 얼굴로 거듭 쏘아붙였다.

"오빠, 잠깐만, 이야기 좀."

"미정씨는 쫌 있어봐. 뭣 땜시 이 사람 잡아놨소, 뭘 잘못했소?"

　소장은 혹시 한술 더 떠 일부러 설치는 것은 아닌가, 숨은 것을 찾느라 눈을 가늘게 찢으며 입을 열었다.

　"이름이 어떻게 돼?"

　"내 이름 알아서 뭐 할라요."

　"뭐? 허 참, 암튼 어제 이 아가씨와 잤지?"

　"예, 잤소."

　"요즘 이차 값이 한 십만원 하나? 더 하나?"

　"뭔 이차?"

　"돈 줬잖아."

　"내가 뭐 하러 줘."

　"이봐, 자네와 이 아가씨는 성매매특별법 위반 혐의야. 말 조심해서 해."

　"성매매특별법? 그것은 아가씨들 티켓 끊지 말라는 것 아니오."

　여차하면 들이받거나 그것도 여의치 않으면 열 손가락 가락지 낀 채 소장을 안고 바다로 뛰어들 것 같은 용철을, 미정은 잡아끌어 앉혀두고 이래저래 해서 이렇게 되고 저러저러해서 저렇게 된 것이라고 간단히 설명했다.

　"그러니까, 소장 이 양반이 시방 우리가, 저 뭐시냐, 성매매, 그런께."

　"……"

"기가 막혀 말도 잘 안 나오네. 그러니께, 시방 내가 돈을 주고 미정씨랑 잤다 이 말 아니여?"

옆에 선 박순경이 대신 고개를 끄덕이고 소장은 찢어진 눈초리를 풀지 않고 있었다.

"오메, 그것이 말이여, 막걸리여."

혼난 것은 혼난 것이고 재미는 재민지라 의경 둘도 어디 가지 않고 멀뚱하게 서서 이쪽만 바라보고 있다.

"아니, 이보시오 소장님. 애인하고 잔 것 가지고 경찰이 뭔 이유로 내가 돈 주고 거시기했다고 그러요?"

"말귀 못 알아듣는구만. 9월 23일부터 '성매매 알선 등 행위의 처벌에 대한 법률'과 '성매매 방지 및 피해자 보호 등에 대한 법률'이."

닫아두었던 소장의 입이 열렸는데 곧바로 다시 닫아야 했다.

"그것은 뭔 말인지 알았으니께 더 할 필요 읎소. 우리는 애인 사이요. 결혼을 약속한 그런 사이란 말이요. 결혼 약속한 사이끼리 여관에 간 것도 국가가 잡아들이요? 그래갖고 우리나라 국민 수가 늘겄소? 요즘 툭하믄 애 좀 나라고 난리등만 이래불믄 무슨 수로 애를 놔?"

나름의 이유가 되는 항변이지만 말이 좀 그런지라 미정은 얼굴이 붉어지고 순경 이하 경찰 일동은 웃음을 감추지 못했다.

"참 나, 말이 되는 소리를 해야지. 뭐, 성매매? 니기미. 미정씨, 갑시다."

용철은 미정의 손을 잡아끌었다. 소장은 고개를 저었다.

"이봐, 아까 말했잖어. 법을 집행하는 내 입장에서는 자네와 저 아가씨는 특별법을 어긴 범죄자다 이 말이여. 누구 맘대로 가. 갈 테면 한번 가봐, 그 자리에서 바로 체포여."

"뭔 죄를 져야 체포를 하든가 말든가. 나도 아까 분명히 말했잖소. 우리는 결혼을 약속한 애인 사이라고."

"그걸 누가 믿어."

"사랑해서 잤당게요."

"성매매로 잔 거여."

"아따, 사랑이랑께 참말로. 진실한 사랑."

"글쎄, 그것을 못 믿겠어. 둘이 자면서 그 정도는 말을 맞췄을 걸로 나는 보고 있다 이 말이여. 어디? 본서? 알았어."

말끝에 본서에서 전화가 걸려온 관계로 소장은 이쪽을 버리고 바다 너머와 통화를 시작했다. 용철은 막힌 기혈이 풀리지 않아 가만히 앉아 있지 못하고 손을 양 허리에 걸친 채 왔다갔다하고 있었는데 박순경과 의경들이 빤히 쳐다보고 있어, 지나가는 사람이 봤다면 저 높은 곳에서 내려온 고위급 사복경찰이 무슨 업무를 이따위로 보느냐며 한바탕하고 있는 그림으로도 충분했다.

미정은 좀 진정하라는 손짓을 하려다가 그것도 무슨 신호처럼 보일 듯해 그저 한숨만 지었다. 다방에 연락 못 한 것도 걸렸다.

"아따, 어디서 전쟁난 것 아니믄 나하고 하던 말부터 마무리 집시다."

소장의 전화가 길어지고, 끊고 나서도 직원들에게 관내 표지 시설 일제점검이니, 불법무기류 자진신고 현수막이니 하는 소리 가 길어지는 것을 참다못한 용철이 고함을 꽥 질렀다. 소장은 민주화가 돼도 너무 심하게 됐어, 개나 소나 악을 질러대고, 하 는 시대변화 한탄의 얼굴로 돌아왔다. 그리고 그래 말해봐, 하는 표정을 지었다.

"다시 말하지만 우린 애인 사이요. 그래서 같이 잤고 돈 주고 받은 것은 당연히 절대 옳소."

"나도 다시 말하지만 그렇게는 안 보인다니께."

"나 돌아불겠네."

"증거가 없잖어. 둘이 애인이라는 증거가."

"같이 잔 것이 증거요."

"그래 증거여. 그것이 성매매를 했다는 증거여. 어디 조서 한 번 꾸며봐?"

"돈 줬다는 증거가 옳잖소?"

"안 줬다는 증거도 없잖어."

"돈 안 줬다고 내가 말했잖소."

"피의자의 변명이 어디 증거가 돼야지."

"미치겠네. 그럼 어떻게 해야 내 말을 믿을라요."

"글쎄, 나도 잘 몰르겠어, 그러나저러나 목소리가 원래 이렇게 커?"

"천천히도 말할 수 있지만, 속이 터져서 워디 그렇게 돼요?"

용철은 그래놓고 한동안 침묵했다. 둘 사이가 진정한 연인 사이라는 것을 어떻게 증명해낼까 고민하는 모습이 역력했고, 고민을 집중심화 단기간 코스로 마쳤는지 오래지 않아 벌떡 일어섰다. 그리고 미정을 향해 성큼 걸어오더니 단숨에 끌어올려 입을 맞췄다. 미정은 깜짝 놀랐지만 상황이 상황인지라 좋다고도 못 하고 싫다고도 못 한 채 어정쩡한 자세로 서 있었다. 입맞춤은 길었다.

"이젠 됐소?"

의경 둘은 돌아서서 배를 잡고 박순경도 삐져나오는 웃음을 못 참는데 소장은 얼굴 안색 하나 흐리지 않았다.

"장난하나. 지금 뭐 하는 거여. 지금 그것을 증거라고 하는 거여?"

"이건 증거 안 돼요?"

"이 친구 이거, 정신 있어 없어? 끌어안고 입 맞추는 것이 증거면 뭐 한다고 특별법을 만들고 지랄이여, 성매매한 놈들 몽땅 다 빠져나갈 텐디."

"전화 좀 씁시다."

말릴 새도 없이 전화기 찾아 든 용철은 급하게 버튼을 눌렀고 왜 이리 안 받어, 소리 몇 번 하다가 마침내 말을 쏟아냈다.

"엄니요? 나요 나. 지금 소재지에 와 있소. 이따가 갈 거요. 그 말은 이따가 하기로 하고, 그나저나 엄니, 나 결혼하요이. 안 마셨소, 아따, 술 안 마셨당께요, 진짜로. 내가 그 동안 확답을 못 은어서 아직까지 말 못 했는디 인자 결혼하기로 했소. 이따 저녁때 들어가서 날 잡읍시다. 여자? 이쁘고 좋아. 엄니보다 더 이뻐, 진짜. 아부지 어디 갔소? 얼른 가서 내 말 전하시오. 그럼 끊소."

이제는 어떠냐, 하는 얼굴로 돌아선 용철은 소장이 의심을 풀지 않는 눈치라 미정에게 전화번호를 대라고 일렀다. 미정은 이럴까 저럴까 궁리할 틈도 없이 번호를 입 바깥으로 뱉겼다.

"솔직히, 우리가 어저께 첨으로 잤소. 그래서 미정씨 고향 전화번호는 아직 몰르고 있었소."

용철은 빈구석 착착 채우며 한편으로는 번호를 눌렀다. 말은 곧 이어졌다.

"어머님, 안녕하십니까. 직접 찾아뵙고 인사 올리는 것이 도리이나 사정이 여의치 않아서 이렇게 전화로 먼저 인사드립니다. 저는 박용철이라고 합니다. 어머님 딸 미정씨를 사랑하는 사람입니다. 우리 어저께 같이 잤습니다. 그리고 결혼하기로 했습니다. 오늘 저녁에 상호 간에 전화통화만으로라도 날을 잡았으면 합니다. 안녕히 계십시오. 그리고 미정씨 바꿔드리겠습니다."

미정은 얼결에 받아 아무튼 이따가 다시 전화한다며 끊었다.

"이젠 됐소?"

두 눈 말뚱히 뜨고 선 용철을 한동안 바라보던 소장은 이윽고 문을 가리켰다.

"그래, 결혼하겠다는 사람을 어떡하겠어. 그나저나 꼭 결혼해야 돼. 내가 지켜볼 모양이여."

"걱정하지 말고 부주나 많이 들고 오시오."

미정은 마침내 파출소 문을 나섰다. 바쁜 시간대 지난 바다는 갈매기만 한가로운데 자신은 도대체 정신이 하나도 없다. 손목을 끌고 걷다말고 용철은 무슨 생각으로 제자리에 섰다. 그리고 다시 한번 미정을 끌어안고 입맞춤을 했다. 밀고 꼬집고 때려도 소용이 없다. 힐끗 보니 현관 유리문으로 이쪽을 바라보던 소장이 졌다는 몸짓을 쓰윽 하고 있었다. 미정은 문득 가을햇살이 따스했고 품이 포근해졌다.

"올 라인 네코."

잠시 입을 뗀 용철이 또 그 소리를 했다. 품에 안고 보니 다시 생각이 났다는 말이겠지만, 미정에게는 저를 붙들고 있는 여러 족쇄들이 순간 사라지는 말로 들렸다.

바람이 전하는 말

바람은 시시각각 세를 부풀리고 있다.

노파는 잔 들어 반 정도 입에 넣고는 가볍게 몸서리를 쳤다.

바람이 몸속으로 들어온 것 같다.

꼭짓점 하얗게 부서지는 파도를 오른편 가로수로 두고 걷던 노인은 순간 과속방지턱을 밟으며 비틀했다. 몇 년 전부터 철부선 타고 들어온 자가용이 늘어나자 지난 계절 리(里) 기금으로 그것을 만들었다. 또 깜박한 것이다. 오른쪽 발목이 접질리며 시큰하다. 벌써 몇 번째인지 모르겠다.

이를테면 육지의 파도인 셈인데, 파도는 늘 바다에서만 만나왔기에, 평생 동안 평평했던 땅의 기억이 쉽게 바뀔 리는 없었다. 누가 근처에 있었으면 그는 어허, 그것 참, 소리라도 해서 부끄러움에 물을 좀 타려고 했을 것이다. 그러나 아침부터 슬슬 기세를 올리던 바람이 오후 들면서 본격적으로 몰아쳐왔기에 길에는 사람 하나 없었다. 대신 빈 페트병만 아까부터 우당탕탕

그를 따라 굴러오고 있다. 희한하게도 그의 보폭과 비슷해서, 이 페트병은 내가 기르는 것이요, 해도 믿을 만했다.

그는 손에 든 것이 잘 있나 확인하고서 바다를 바라보았다. 수협공판장이 있는 맞은편 섬 좌우로 파도가 떼를 지어 머리를 풀며 몰려오고 바람이 그것을 부추기고 있다. 해가 남아 있었다면 바다 위에 흰 숲이 생겨나고 있었을 것이다. 노인은 마치 뭔가를 두고 온 사람처럼 한동안 그러고 있다가 바람이 눈동자를 저 깊숙한 곳까지 밀어넣으려 하자 페트병과 헤어져 왼쪽 골목으로 꺾어들어갔다. 얼굴 때리던 바람이 이번에는 등을 밀었다. 휴대용 스티로폼박스를 꾹 움켜쥔 주먹에서는 늙은 근육이 깊은 골을 만들었다.

노인을 앞질러 골목 벽 타고 맹렬히 달려가다가 각지어 튀어나온 담벼락에 부딪힌 바람은 아이구, 머리 뒤튼 다음 활짝 젖혀둔 노파네 녹슨 대문을 흔들었고 엊그제 바퀴가 빠져 여닫을 때마다 비명소리를 내는 새시 현관문도 함부로 건들었다. 여파로 안방 벽에 붙여둔 제상 위 촛불도 춤을 췄다.

남동쪽 저 아래에서부터 수면을 키질하며 달려온 그것은 결국 제사상 위에서 생을 마감한 셈이고 그것을 소멸시키느라 흔들렸던 촛불 탓에 노파의 흰 머리카락 그림자도 조금 이동을 했다가 제자리를 잡았다.

“뭔 바람이.”

노파는 중얼거리다가 목소리를 올렸다.

“야이야, 멧진지 올릴란다. 어, 오니라.”

부엌을 사이에 둔 작은방에서는 그러나 인기척은 들리지 않았다. 노파는 작은방을 향한 눈을 거두지 않고 한숨을 내쉬었다.

“뭐 하냐? 어, 오라니께.”

반응은 엉뚱하게 마당에서 나왔다.

“기시오?”

“누구요.”

“벌써 시작하셨구만그래.”

노인은 잔뜩 웅크린 채 나타났다. 등에 달라붙었던 바람은 자취를 감추었다. 부풀어오른 뒤통수 흰 머리카락만이 흔적으로 남았다. 그는 머리카락을 뒤로 쓸어넘기며 들고 온 것을 조심스럽게 내려놓았다.

“어째 문이 이런다냐.”

“오신다고 하시긴 했지만 진짜로 오셨소이. 날도 궂은디……바쿠(바퀴)가 빠져서 그렇소.”

“어디 보자.”

“그냥 두고 얼른 들어오시오.”

노인은 문을 들어 어긋난 곳을 맞추기 시작했고 오래지 않아 스르릉, 부드러운 소리가 그곳에서 났다. 노파는 고민이 해결된 표정을 지었고 노인은 마루에 엉거주춤 엉덩이를 붙이며 상이 차려진 안방을 향해 고개를 들이밀었다. 그의 목에 핀 검버섯이 주욱 길어졌다가 원상태로 회복이 됐다.

"이제 막 멧진지 올릴라고 그랬소."

노파는 몸을 일으켜 사발에 고봉밥을 담기 시작했다. 뽀얀 김이 그녀의 이마에 올라가 붙어 축축하게 했다. 밥그릇과 국그릇은 민어와 조기와 과일과 전이 차례대로 줄맞춰 있는 상 위로 올랐다. 그것 덕분에 가운데를 차지하고 있던 탕그릇들이 조금씩 가장자리로 밀려났다. 촛불이 다시 흔들렸다. 사진 속 젊은 사내는 순간 웃는 듯 보였다.

"야야, 어 오니라니께. 멧진지 올렸다."

노파의 목소리가 조금 올라갔다. 그제야 작은방 문이 열리며 흰 얼굴을 한 아이가 다가왔다.

"인사디리라. 니 할애비 친구분이시다."

아이는 고개를 숙였다.

"어, 그래, 그래. 할애비 제사라고 왔구나."

아이는 속삭이듯 예, 답하고는 노파를 바라보는데 무엇을 할 것인지 알려달라는 표정이다.

"야가 막내손주요?"

"그렇소."

"말만 듣다가 처음 보네. 고등학생인가?"

“중학생인디 저리 크다요.”

“허이구야, 아주 지 할애비 체격을 그대로 이어받았구먼그 래.”

“큰애는 대학교 졸업반이라 취직공부한다고 에미가 잘 보냈 구만요.”

“잘 왔다그래.”

“거 좀 두고 이리 오니라.”

아이는 들고 있던 핸드폰을 주머니에 넣었다. 노파는 술 한 잔 따라 아이에게 들린 다음 그대로 상 앞으로 잡아끌었다. 받 침 위에서 딸각, 잔이 떨었다.

“인자 절하니라.”

아이 엉덩이가 뒤로 물러났다.

“두 번 해야 쓰니라. 한번 더 해라.”

노파는 반절까지 시켰다. 사진 속의 사내는 절을 받고

“올해도 큰아범 작은아범 모두 바쁘다고 못 온다고 대신 야를 보냈소. 그래도 작은손주가 올리는 잔 받으니께 좋지라우?”
이런 설명까지 들었다. 아이는 물러나 앉아 방으로 돌아가도 좋 은지 그냥 있어야 하는지 판단할 수 없다는 표정을 했다. 한동 안 침묵이 흘렀다. 아무도 입을 열지 않는 이 시간은 사진 속 사 내가 저 멀고먼 곳에서 팔 뻗어 잔 들고 간 다음 다시 와서 내려 놓기를 기다리는 시간이기도 했다.

그 탓일까. 잠시 잠잠하던 바람이 다시 불었다. 또다시 담벼락에 부딪힌 바람은 노파네 집 대문으로 들어서서 짜증을 내며 덜컹덜컹, 아무거나 마구 흔들어댔다.

"주의보 내리겄지라우?"

노파가 입을 열었고 노인이 받았다.

"아까 일곱시부로 내린다고 합디다."

"그러면 내일 못 가는 거야?"

아이는 불에 덴 듯했다.

"주의보가 안 내리믄 모를까 내리믄 못 가지."

"일기예보에 내일 괜찮다고 엄마가 그랬는데."

"아침 다르고 저녁 다른 것이 요즘 날씨여."

"내일 가야 하는데."

"낼 일요일이잖어."

"그래도 가야 돼요. 내일 아침에 못 가면 모레 가야 되잖아요. 그럼 학교 못 가는데."

아이 표정은 점점 굳어갔다.

"모처럼 할머니집에 왔으니께 재미나게 놀다가 가믄 좋지."

노인이 편을 들었다.

"여기서 뭐 해요."

노파는 무심하게 어두운 창밖을 바라보고 노인은 '솔' 한 개비를 꺼내 물었다. 담배연기가 향처럼 피어올랐다. 짧은 순간 다시 바람이 정지했고 오래된 벽시계 초침 소리가 가느다랗게 들렸다. 이윽고 그녀는 숟가락으로 삼세번 꾹꾹 눌러뜬 밥을 갱국에 말고서 잔 들어 토주잔에 따른 다음 직접 올려놓고 입을 열었다.

"한번 더 하니라."

아이는 마지못한 표정으로 일어났지만 이번에는 반절 하는 것을 기억하고 있었다.

"배고파요."

"좀만 기다렸다가 밥 먹자."

"저기요, 할머니."

"왜?"

"라면 먹으면 안 돼요?"

"라면? 좋은 밥하고 반찬 있는디 뭔 라면이다냐."

"밥이야 맨날 먹는데요? 오늘 토요일이잖아요. 엄마가 보통 때는 라면 못 먹게 하고 토요일에만 끓여줘요. 근데 아까 점심 때 할머니가 밥 주셨잖아요."

"그래 꼭 먹어야겄냐?"

"예."

"젯밥 먹으믄 할아버지도 좋아하시구 할머니도 좋아하시구 할 텐디."

노인 말에 아이는 아무 대꾸 없이 앉아만 있다. 노파는 주섬주섬 일어나서 가스를 켰다. 밥이 좋은디, 뭐 한다고 라면을, 중

얼중얼 소리가 그쪽에서 들려왔다. 냄비를 앞에 두고 앉은 아이
는 비로소 흡족한 얼굴이다. 노인은 아이가 후루룩대는 모습을
지그시 바라보았고 노파는 생선과 전, 탕 같은 것을 상에 올리
기 시작했다. 그러나 그녀가 조기를 찢으려는 순간에 아이는 벌
써 그릇을 비우고 만다.

"뭘 그리 빨리도 먹냐."

아이는 대답 대신 물을 벌컥거렸고 그때 전화벨이 울렸다.

"여보세요. 이 그래, 에미냐? 제사 막 지냈다. 이, 절도 다 하
고 했다. 야가 젯거리 다 놔두고 라면 묵고 싶다고 해서 한나 끓
애줬다. 묵고 싶다고 하는디 어쩐다냐. 아니다, 정짓것이야 무슨
일이다냐. 다만 좋은 밥 묵었으믄 좋겄는디 라면 믹여서 좀 그
렇다. 이, 그래, 애비 일은 여적 바쁘다냐? 인자 나 죽으믄 느그
들이 지낼 것인게 니가 고상이겄다, 아그들도 안 와도 되고 그
것이 좋지. 이? 주의보 내려부렀단다, 몰르겄다, 내일은 좀 좋아
질란가…… 그래, 알았다, 아나, 느그 어메 전화 받어라."

아이는 전화를 받아들고 토요일이잖아, 그래, 나 라면 안 먹으
면 죽어, 그러니까 평일에도 좀 끓여줘봐, 엄마가 폭풍주의보 안
내린다고 했잖어, 책임져, 오후 배? 아 몰라, 내일 저녁에 약속
있단 말이야, 친구랑, 재영이, 암튼 끊어, 엄마 때문에 꼼짝없이
여기 있어야 돼, 해놓고서 잠깐 노파의 눈치를 살피고는 내처
말을 이었다. 여긴 피시방도 없어, 하이구 알었어, 할머니 귀찮

게 안 해, 아빠는 안 왔어? 그래, 알었어, 아 알었다고.

잠시 우선하던 바람이 다시 불고 초침 소리는 사라졌다. 노인은 손가락 끝으로 담배를 눌러껐다.

그날도 이렇게 바람이 불었다.

미쳐 날뛴다는 말이 있다. 그게 어떤 개인이나, 또는 국지적인 것이라면 모르지만 이 세상이 통째로 미쳐 날뛴다는 말을 하게 되려면, 그것은 오로지 바다밖에 없다. 열대성 저기압은 제 마음대로 생겨 제멋대로 성장하고 제 하고 싶은 대로 달려왔는데, 속도가 동지나해에서 부랴부랴 제주도로 돌아오는 배보다 빨랐다.

바다는 울다 못해 휘몰아쳤고 휘몰아치다 못해 미쳐 날뛰었다. 그게 화를 내면 중선 하나로는 어떻게 해볼 성질의 것이 아니었다. 울렁이다가 휘몰리는 바다는 물마루가 겹겹 생겨나 마치 거대한 신전 기초공사를 하기 위해 바닥을 파기 시작한 듯했다. 손쉽게 허공을 침범하고 그러다가 쏟아져내리면서 배를 강타했다. 솟구쳐올라갔다가 바다 아래 수심 백 미터 바닥 진흙층을 향해 곤두박질을 치면, 가속도와 부력이 서로 부딪히며 배는 쪼개질 듯 경련을 앓았다. 그 경련은 피난처를 필요로 했지만, 그 넓은 곳 어디에도 단 한 평 평평한 공간은 없었다. 부르르 떨며 배는 침몰 직전에 재차 솟구쳤고 갑판으로 밀고 들어온 파도는 토하듯, 눈물을 흘리듯 격벽을 타고 흘러내렸다. 차라리 비상하여 하늘에서 살 궁리를 해보고자 머리 풀어올린 배를 바람이

후려쳐서 비잉 돌게 만들었다.

그 거대한 파도. 살아 움직이는 산, 산들. 그것은 이미 물의 외투를 벗어던진 상태였다. 선원들보다도 배가 먼저 기가 막혀 전의를 상실하고 있었다. 얻어터져 줄줄 울며 배는 충격에서 헤어나지 못하고 있고 선실 문손잡이 하나에 의지하여 어쩌지를 못하고 있던 그는 무슨 소리를 들었다. 파도에 튕겨나온 어창 뚜껑을 고정시키려고 기어갔던 친구가 순간 바람을 타며 파도 속으로 날아가고 있었다. 함께 걸음마를 배우고 노질을 시작하고 그물을 꿰매던 친구와 이별을 그렇게 했다.

환청일까. 그는 친구가 저의 이름을 부르는 것 같기도 했고 섬에 두고 온 아내와 아이들을 부르는 것 같기도 했고 그저 비명만 질러댄 것 같기도 했다. 아마 그 셋을 한꺼번에 버무린 그런 말을 외쳤을 것이다.

아이가 슬금슬금 작은방으로 가자 노인은 눈에 스며든 옛날 장면을 닦아내듯 두 손으로 얼굴을 쓱쓱 문질렀다.

"인저 제사는 다 끝났지라우?"

"진지 자시시오. 배고프겄소."

"밥보다도 이것 좀."

"그게 뭣이다요?"

노인은 스티로폼박스를 열었다.

"오메, 이것이 다 뭐다요, 삼치 아니요?"

얼음 사이에 누워 있는 삼치는 육 킬로그램은 족히 될 만한 크기였다.

"저 친구하고 한잔하고 싶어서 가지고 왔소. 손주 온다는 말도 들었고."

"어디서 났소?"

"오늘 새벽에 잡은 거요."

"늬(파도)가 썼을 텐디."

"저 친구 기일에 처음으로 오는디 워디 맨손으로 올 수야 있어야지요."

"고상해서 잡은 것을…… 크기도 한 거어."

그는 어떠냐며 씨익 웃었다. 웃음 따라 주름살이 길게 늘어났다.

"요즘 삼치 금이 좋다고 하던디 뭐 한다고 들고 오셨소. 팔지."

"다 묵자고 잡은 건디요 뭐. 생것을 제상에 올릴 수 없으니 끝나기를 기다린 것이요."

노파 입에서는 하이구야, 소리만 거듭 나왔다. 그녀 입장에서는 저 정도 크기의 생선이 집 안으로 들어와본 게 반평생은 넘은 것 같았다. 혼자 사는 늙은이라 마을에서, 청년회에서, 일가 친척붙이들이 슬그머니 비린 것을 놔두고 가기는 하지만 이렇게 큰 것은 눈으로 얻어 보기만 해왔었다. 노파는 자신도 모르게 손을 뻗어 삼치 등을 만져보았다. 푸른 무늬가 단단한 갑옷을 입은 것만 같다.

"아주 악을 품고 낚었소. 칼 좀 줘보시요."

"야이야, 이리 와서 이거 좀 봐라. 너 멕일라고 고상해서 오늘 잡으셨단다."

노인은 받아든 칼을 들어 손끝으로 날을 밀어보았다. 아닌게 아니라 노파의 식칼은 오래도록 파와 마늘 다지는 용으로만 쓰여왔다. 지나가다 그녀가 장독 아가리에 대충 식칼을 밀던 모습도 보아왔었다. 그는 숫돌을 찾아내 아주 맘먹고 날을 세우고 싶었지만 친구 제삿날 칼 가는 게 상서롭지 못한 짓이라 여겼다.

연장이 무디면 기술로 버티는 법이다. 그에게는 평생 바닷속의 것을 꺼내어 먹고 늙어온 이의 노련함이 있었다. 칼은 삼치 옆지느러미 밑을 파고들어 사십오도 각도로 내려가 등뼈를 만났다. 그리고 수평을 유지한 채 꼬리 쪽으로 밀고 나갔다. 머잖아 적잖은 고깃덩어리가 몸에서 떨어져나왔다. 몸의 반쪽을 잃은 삼치는 제 몸의 가장 깊숙한 부분을 내보인 채 노인을 빤히 올려다보았다.

처음 보는 풍경 때문에 아이는 제사 때와는 달리 재미있어했다. 머지않아 탁탁, 등뼈 끊는 소리가 났고 회를 뜨는 동안 노파는 대가리와 뼈와 껍질을 알뜰하게 그릇에 담았다.

이거, 모처럼 만이지?

가지런히 쌓아둔 삼치회는 형광등 빛을 받아 맑은 기운이 유별났다.

늦게 온 거 용서하게. 대신 맘껏 자셔보게. 술도 한잔 먹구.

그는 퇴주잔 들어 마시고는 새 술 부어 사진 앞에 놓았다. 그러는 사이 노파는 회 한 점을 김치에 싸서 아이 입에 넣었고 아이는 씹다가 말고 가볍게 탄성을 질렀다.

나랑 같이 삼치 낚으러 다녔던 시절 생각나는가?

그는 최근 들어 유난히 친구 생각이 나서, 내가 이제 죽을 때가 되었나 싶었는데, 그러자 기일에 한 번도 참석하지 않았다는 것이 마음에 걸려왔다. 물론 그것은 동행하여 바다로 갔다가 홀로 부고만 들고 돌아온 자의 죄의식 때문이기는 했다. 성성한 제 몸이 마음에 걸려 친구 아내와는 얼굴도 못 마주쳤었다. 그러나 이제는 그런 감정마저 다 날아가버렸다고 그는 생각했다. 아무래도 만날 날이 가까워진 탓일 텐데, 그래서 여러 날 전 산 올라가는 길에서 노파를 만났을 때 참석하겠노라 답하고 손자가 온다는 말에 할아버지 역할을 좀 나누는 뜻에서라도 기를 쓰고 낚시를 나갔던 것이다. 노인은 체면이 좀 서기도 하고 오래도록 방문하지 못한 미안함을 휘젓기라도 할 셈으로 친구에게 자꾸 말을 걸었다.

요즘은 기계들이 다들 좋아서 지피에스란 것을 달고 멸치 찾아 낚는다네. 바닷속 크고 작은 여도 지도처럼 자세히 나오고 말이여.

사진 속 사내는 처음 들어본 말이라 별 대꾸가 없었다.

그래도 이만한 것은 드물어. 예전에는 자네하고 나하고 뎀마(노 젓는 배) 하나로 이것보다 더 큰 놈을 숱하게 낚었는디 말일세.

오로지 노만 저어 삼치낚시하던 시절이 있었다. 갈지자로 이어지는 수면의 노질, 모서리에서 만들어지던 자그마한 소용돌이, 노썹에서 정신없이 삐걱이던, 마치 불이라도 붙어 타오를 것 같던 놋좆, 하얗게 부서지며 치솟아오르던 파도, 짐승 아가리처럼 끝없이 밀려오던 너울, 입에서 단내가 나도록 노질을 하는 젊은 그, 낚시채비, 따로 젓노를 잡고 힘을 쓰던 친구, 청동의 파도 너머로 붉게 솟아오르던 아침해, 불뚝불뚝 불거지는 굵은 팔뚝, 격벽을 밟고 선, 부풀어오른 종아리. 그 풍경이 푸르게 노인의 눈앞에 나타났다.

에이야 듸이야
어기영차 어서들 가세
가자가자 어서 가자 어장터로 어서 가자
어기여라 듸어
앞산은 점점 가까워지고 뒷산은 점점 멀어만 가네
어서 한바지 떠보세

못 낚으면 상사되고 낚어내면 능사되고
어기영차차 지화자로다
우리 배가 만선만 하면은
술도 좋고 노러도 부르고 춤도 추고 거드렁거리세.

오로지 사람의 힘이 동력이던 그 시절을 친구와 함께 보냈다. 풍경은 바로 어제처럼 유난히 생생했는데 어쩌면 잔 받은 친구도 그 시절을 떠올리고 있는지 몰랐다. 옛 생각에 노래라도 한 소절 불러질 것만 같은 노인은 노래 대신 노파에게 한 잔 따르고 손 뻗어 사진을 끌어당겼다. 그렇게 해서 셋은 술상을 앞에 두게 되었고 아이는 색다른 맛에 반해 연거푸 젓가락질을 했다.

"세월 많이 갔소."

"그러게 말이요."

"이 친구는 하나도 안 늙었는데 나만 이렇게 늙어버렸네이."

"그래도 건강하시잖소. 잔병치레도 안 하시구."

"여기서는 건강도 병이지 뭐요."

"……"

"난 이 친구가 나브다 훨씬 오래 살 줄 알았소."

"살고 죽는 것을 누가 알겠소."

이번에는 노파가 노인 잔에 술을 따랐다.

바람은 시시각각 세를 부풀리고 있다. 이 정도 바람이면 방파제에도 파도가 하얗게 넘어올 것이다. 섬이 흔들릴 지경이다. 파도 부서지는 갯바위 동백나무들도 일제히 땅을 향해 몸을 낮추며 숨을 멈출 것이다. 친구 죽은 곳에서 불어오는 것이니 혼령이라도 여행을 하려면 뭔가를 얻어타는 것이 편하기도 할 것이다.

노파는 잔 들어 반 정도 입에 넣고는 가볍게 몸서리를 쳤다. 바람이 몸속으로 들어온 것 같다. 하긴 바다가 이렇지 않은 때는 없었다.

지금 취직공부가 한창이라는 큰손자가 대학에 들어갔을 때에도, 유치원 다니던 외손녀가 교통사고 나서 다리가 부러졌을 때에도, 큰애가 결혼을 하겠다고 섬에 여자를 데리고 왔을 때에도, 둘째애가 가출을 했을 때에도, 남편이 바다로 떨어졌다는 소식을 들었을 때에도, 배 떠나기 전 부부가 마지막 잠자리를 가졌을 때에도, 남편이 중신을 보내 청혼을 했을 때에도, 샘에서 우연히 만나 물동이 이어줬을 때에도, 초경을 했던 때에도, 심지어 노파가 태어났을 때에도 이렇게 바람이 불고 파도가 쳤다.

어쩌면 섬사람들은 배경이 삶의 양식이 되는, 물고기와 같은 삶을 살아왔는지도 모른다. 그러나 창공의 삶을 꿈꿔 하늘로 솟구치기를 좋아하는 날치라 하더라도 갑판에 누우면 푸른 하늘 아래 질식사하고 말지 않던가. 대대로 바다에 입과 손을 대고, 늘 바다를 바라보며, 바다가 시키는 대로, 바다를 받들어 모시며 살아왔건만 멸치 아가미만한 것 하나도 만들어내지 못하여, 글쎄 남편은 수장당하고 만 것이다.

죽었다는 것은 하나의 정지된 형태이어서, 서른다섯의 팔팔한 사내의 모습에서 남편은 한 치도 더 자라지 못하고 있었다. 살아 있다는 것은 늙어간다는 것에 다름아니라는 것을 노파는 사진 속의 남편 모습과 사진틀 유리에 언뜻 반사되는, 자신의 얼굴을 동시에 바라보며, 생각했다. 어쩌면 영원히 산다는 것은 죽음을 두고 하는 말일 수도 있었다.

"한잔 자신 것 보니께, 역시 잘 잡아왔다는 생각이 드는구만이라."

노인은 좀 흐흐스러운 기분이 들어 그녀가 한 점 집는 것을 기다렸다가 잔을 들었다. 삼치회는 입은 물론 식도와 위까지 부드럽게 기름기를 풀어놓아, 그 고소한 뒷맛은 더욱 그 다음 고깃덩어리를 원하게 하고, 그러는 사이 술 몇 잔 정도는 안개처럼 희석시켜버리고 있었다.

"자네도 많이 먹게. 그나저나 곧 만나게 되면 날 알아볼라나? 자넨 아직도 이렇게 팔팔하게 젊은 모습 그대론데 나는 이렇게 삭어부렀으니."

그는 친구를 향해 말을 입 바깥으로 꺼냈다.

"글쎄 말이요. 언제 만나도 만날 것인디."

착실하게 늙어온 입장은 노파도 예외가 아니었다. 그녀는 표시나게 처진 눈꺼풀로 젊은 남편을 슬쩍 바라보았다.

그가 집에 있으면 집 안이 무언가로 꽉 차는 느낌이었다. 그것은 기운이었다. 출어하면 텅 빈 것 같은 집이 남편이 돌아오면 말뚝 박은 것처럼 든든했고 활기가 생겼다. 남들 쩔쩔매는 쌀가마를 어린아이 들듯 우습게 옮기는 힘이 그랬고 시집올 때 해온 장롱이 가려질 정도로 크고 넓은 체구가 그랬다. 하여 그 품에 안기면 인생이 꽉 차는 것 같았다.

그 굵은 팔뚝. 넓고 탄탄하던 가슴팍. 어느 누구도 감히 해보지 못할 기세의 사내가 파도 하나 만나 꼼짝도 못하고 죽어버렸다는 것은, 아가미와 지느러미를 만들어내지 못한 사람으로서의 한계이며 한인 것이다.

그녀는 남편의 죽음이 믿기지 않았다. 바다로 사라졌다고 같은 배 탔던 친구가 증언을 해도 옛날이야기 한 토막 듣는 것만 같았다. 금방이라도 사립 열고 들어올 것만 같았다. 이미 와서 손을 내미는 것 같기도 하고 뒤에 서 있는 것 같기도 했다. 그래, 그때도 바람이 불었는데, 어쨌거나 증언 외에는 아무것도 없었다.

무덤이 없다는 것이 그런 거였다. 어머니는 무덤이 있었다. 어머니가 세상을 뜬 것은 그녀가 마흔 갓 넘었을 때였다.

너만 생각하면 눈이 감기지 않는다.

병에 시달린 어머니는 임종 순간에 그녀를 불러들였다.

어떻게 살래? 앞으로도 한참 자식들 거둬야 쓰는디, 혼자 남은 너만 생각하면 짠해서 내가 가지를 못하겄다. 차마 눈을 못 감겄어.

여러 자식 중에 유독 그녀를 가슴아파하던 어머니는 그러고 세상을 떴다. 어미의 죽음이란, 세상천지에 안길 품이 없어져버렸다는 소리이다. 물론 그녀는 힘들어서 못살겠어요, 이렇게 울며 안긴 적은 한 번도 없었다. 그러나 그것은 언제고 맘만 먹으면 할 수 있는 거라서 그저 있다는 것만으로도 위로가 되는, 나그네 품속 깊이 갈무리한 금반지 같은 거였다.

그녀는 어머니의 걱정을 덜고자 직접 눈을 감겨주었다. 서서히 굳어가는 손을 만지고 싸늘하게 식어가는 체온을 받아들였으며 직접 염도 했다. 우리 엄니, 그렇게 고생했으면서도 속살이 이렇게 이뻤다니.

식어가는 목과 가슴과 허벅지를 수건으로 닦고 안과 밖을 연결하는 몸의 통로를 솜으로 막았다. 그리고 어머니는 꽃상여에 올라타 집도 돌아보고 마을도 돌아보고 가네 못 가네, 멈칫거리기도 하고 그렇게 사람 마지막 할 것을 착실히 한 다음 뒷산에 묻혔다.

어머니의 새로운 집은 땅이었다. 그러기에, 죽어 없어졌지만 유일하게 기댈 언덕이고 찾아갈 곳이었다. 그리움 깊으면 종종 나룻배 타고 친정 동네로 건너가 무덤 앞에 앉아 있곤 했는데, 민들레꽃 아래 술도 한 잔 따르고 사과도 한 쪽 잘라 먹이기도 했는데, 새삼 포근하기도 했는데, 그럼으로써 종내는 죽음을 재차 확인하는 거였다. 무덤이란, 끝없이 죽음을 증명해내는 장소였다.

남편은 그렇지 못했다.

죽음은 풍문으로 전해져왔다. 풍문 하나만으로는 죽음이 완성되지 못했다. 어머니처럼 입 다물고 몸도 움직임을 멈추고 싸늘하게 굳어, 광목으로 새 옷 해입고 나서 땅보탬이 되어야 마무리지어지는 것이다. 물론 남편은 두 번 다시 나타나지 않는 것으로 그 풍문을 뒷받침하고는 있지만, 증거불충분으로 인하여 죽음은 실종의 단계에서 더 나아가지 못하고, 실종이란, 비록 쓸데없는 생각이라는 것은 알지만, 일말의 미련을 남겨두게 되는 것이다.

남편의 죽음은 다른 각도에서 설명되고 있었다.

물질을 하러 들어갔다가 소라와 해삼이 잔뜩 모여 있는 곳을 발견한 것은 남편 죽고 난 다음해였다. 남편이 죽기 전까지 그녀의 잠수 실력은 섬소녀 재미 정도였다. 기세 좋은 남편은 아내가 물속에 들어가는 것을 금지시켰다. 그러나 한 사람의 죽음은 그 사람이 살아생전 만들어놓은 원칙이나 판단이나 금기 같은 것이 동시에 소멸하는 것이라, 그녀는 두름박을 만들고 물안경을 쓰고 바닷속으로 들어가기 시작했다. 아이들은 입을 벌리고 있는데 그가 만들어낼 수 있는 것은 채마밭의 푸성귀뿐이었던 거였다.

물질이 몸에 익기 시작할 무렵이었다.

그녀는 친구와 헤어져 옹두라지 쪽으로 헤엄쳐갔다. 몇 번의 잠수질 뒤에 해초 무더기 파도에 하늘거리는 바위를 보았고 바위틈에 수십 마리의 소라와 해삼과 더 많은 수의 고둥이 모여 있는 것을 보았다.

간밤에 무슨 새 같은 것이 날아와 한사코 옆에 머물러 있던 그런 꿈을 꾸기는 했었다. 그녀는 아마 보리방아를 찧고 있었던 것 같은데 귀찮아 쫓아도 새는 한두 걸음 피했다가 이내 포로롱 다가오곤 했던 것이다.

그 꿈을 횡재로 받아들인 것은 순간의 느낌이었다.

숨 막히고 고막 떨려오는 깊은 잠수질 한 번에 고작 소라 하나 정도가 얻어걸리는데 이렇듯 잔뜩 모여 있는 것은 처음 보았던 것이다. 그녀는 터져나오는 웃음을 물고 그곳을 향해 들어갔다. 거기서 본 것은 사람이었다. 그것들이 떼를 지어 붙어 있는 것은 사람의 몸이었던 것이다.

양 볼에 소라와 해삼을 단 채 하얗게 변한 남자의 얼굴이 해초 사이에서 드러났을 때, 이쪽을 향하고 있는 초점 없는 눈과 마주쳤을 때 그녀는 꼬록, 물을 삼켰고 정신없이 올라온 다음 기침을 했다. 비명소리도 아마 물에 녹았을 것이다. 피가 쑥욱 빠져나간 듯 손발이 떨려 헤엄을 칠 수가 없었다.

이런 경험이 몇 번 있는 고참 해녀들이 와서 시신을 건져냈다. 육지에서 낚시 온 사람이며, 어느 도시에서 자그마한 공장을 하고 있는 사십대 중반이며 아들이 둘 있다고 며칠 뒤 들었다.

그 사람은 저 손으로 직원들 월급을 주고 아이들 얼굴을 만지고 아내를 토닥였을 것이다. 저 입으로, 아빠 낚시 가서 큰 놈 낚아올게, 말했을 것이다. 그러나 인간들 세계에서 어떤 존재였든 간에 물속의 세상에서 그것은 입 심심한 소라가 우연히 발견한 큰 고깃덩어리에 불과했다.

그 충격으로 한동안 물질을 못 가기도 했지만, 제주도 남쪽 시퍼런 바다 아래 어딘가에 저런 모습으로 돌아다닐 남편이 생각나서 밥도 못 먹고 물도 못 먹고 심지어는 숨도 잘 쉬지 못했다. 사람은 바닷속으로 들어가는 순간 다른 것들의 먹잇감밖에 되지 않는다는 것이, 그 든든했던 남편의 살이 바닷속 것들의 점심으로 먹힌다는 것이, 그렇게 다 뜯기고 뼈만 굴러다닌다는 것이, 괴로웠다. 무덤이라고 하기에는 바다는 너무 크고 깊기만 했다.

아이는 벌써 한 접시의 회를 비운 상태이다.
"거봐라, 맛있지야?"
노인은 헤죽 웃었다. 술기운이 올라붙어 주름골이 더욱 깊어졌다.

“더 줘요.”

“니가 몇 살이라고 했지?”

“열여섯 살요.”

“내가 니 할애비하고 뎀마 타고 삼치 낚으러 다닐 때가 열여섯 살이었는디.”

“금메 말이요. 갈수록 시간이 길어진다니께요.”

노파는 무심코 한마디 했다. 살아온 시절이 자꾸 늘어난다는 소리인지, 할아버지는 열세 살에 바닷일 시작해서 열여섯에 장정 역할을 했고 스물한 살에 결혼하더니 그만큼 생의 마감도 빨랐는데 그의 손자 세대는 열여섯이어도 남이 차려주는 밥 먹고 스물일곱 살에야 한 사람 노릇 해보려고 취직시험 준비를 하고 서른은 되어서야 결혼을 한다는, 그 차이를 말하는 소리인지 스스로도 헷갈렸다.

“니가 또 언제 여기 와서 이것을 먹겠냐. 많이 먹어라.”

한 접시의 삼치회가 더 만들어졌다. 아이는 다시 젓가락을 들었다.

“느그 할애비가 살어 계셨다믄 이런 것 낚어서 택배로 보내주고 할 것인디.”

아이는 별 대꾸 없이 입술만 오물거렸다.

“이렇게 손주들이 잘 컸으니께 이 친구 섭섭허지는 않겠구만. 허허, 어이 내가 좀 취했네.”

그러나 취했다고 타박하는 이는 아무도 없었기에 그는 잔을 다시 들었다.

"옛날에는 맨날 어울려서 아침이 저녁인지, 저녁이 새벽인지 알지도 못하게 자셨으면서."

"그랬지라우."

"이 양반도 모처럼 친구분 오셔서 술 자시니께 좋아할 것이요."

"그 동안 내가 너무 무심했지라우."

"뭔 말씀이다요."

"한 배 갔다가 혼자만 살아와서 사십 년 동안 찾아보지를 안 했으니 나가 참으로 나쁜 놈이요."

"……"

"미안해서 차마 못 오겄습디다."

"그러셨겄지라."

"그래도 기일 되믄 늘 이 친구 생각을 했었소."

"말씀만이라도 고맙소."

한동안 아이 고기 씹는 소리만 났다.

"참말로 고생 많이 하셨소."

노인은 친구를 대신해서 말했다. 그 말은 저 위에서 내려온 듯했는데, 그러든 말든 그는 새댁이 이렇게 노파가 된 그 오랜 세월 동안 자식들을 위해서만 살아온, 성실하고 지난한 모습을 보아왔었다.

"몰르겄소. 죽어 만나믄 욕이나 안 얻어묵을지."

"욕은 무슨. 어떻게 사셨는지 내가 다 아는디."

"……"

"대단하시오, 그 험한 시절에 아그들 이렇게 잘 키워놨으니."

"사실이지라우, 그 나이에 혼자되고 보니께."

노파 눈이 축축해졌다.

"참 고상스럽기는 했소."

둘은 동시에 긴 숨을 내쉬었다.

"허지만 다 자식들 믹이고 갈칠라고 한 것인디 어쩐다요. 다만."

"……"

"혼자라고 우습게 보고 덤비는 못된 사람도 있었소. 치근덕대는 것을 못 하게 하니께 뒤에서 없는 욕을 만들어서 하고 다니고. 그게 진짜 고생이었지라우. 그런 세월을 살았소, 내가."

"누구요, 그놈이."

노인은 들었던 잔을 탁, 내려놓으며 발끈했다. 노파는 웃으면서 손을 내저었다. 하긴 경호나 보복을 하기에는 공소시효조차 지난 지 오래되기는 했다.

"그 사람마저도 이미 죽어부렀는디요 뭐."

그러나 공소시효 소멸과 가해자 사망이라는, 문제제기 자체의 불가능과는 상관없는 것이 당사자의 기억이라, 그 오랜 세월이 지났건만도, 노파의 눈에 눈물이 괴기 시작했다. 여자의 눈물은 사나이에게 울분을 일으키기도 하지만 솟구친 것을 잠재우기도 하는 것이라 노인은 늙은 주먹을 풀지 않을 수 없었다.

"울기도 많이 울었어라우."

"예, 그러셨을 것이요."

"세상은 왜 이런지 혹시 아시요?"

"지금도 모르겠소. 얼마나 오래 살어야 그것이 알아질란지."

"글쎄 말이요. 그래서 다들 새끼를 낳고 키우고 하는지도 몰르겠소이."

"……"

"고상스럽지 않은 적이 없었는디 생각해보믄 다 한순간에 지나가버린 것만 같소."

노파는 손끝으로 눈물을 찍어냈다. 눈꺼풀이 더욱 처져 있었다.

"지금이라도 오셨응게 고맙고 좋고 그라요."

"용서 빌라고 왔지라우. 저 친구 만나서 쿠사리 안 묵을라고."

"뭔 쿠사리를 다 묵는다요."

"저 식솔들을 왜 잘 돌보지 않았냐고 뭐라고 할 것 같소."

"그런 소리 하지 마시오. 서운하기는 했지만 그래도 나중에는 거시기 아부지가 한동네에 같이 있다는 것만으로도 큰 힘이 되었소."

노인은 영정 사진틀을 들어 얼굴에 댔다.

"내 미안한 마음을 자넨 알 것이네. 한 번도 자네 생각 안 한 적 없었네. 그렇지만 자네 안사람한티 미안해서, 정말로 미안해서."

노파는 슬그머니 일어나서 나갔다.

"어이, 자네는 자네 안사람이 어떻게 살아왔는지 다 알제? 귀신은 모르는 것이 없당게."

눈물 한 방울이 유리를 타고 흘렀다.

"자네 안사람 정말 고생 많이 하셨네. 나중 만나거든 잘해주게."

노파가 열어놓은 문으로 바람이 치밀고 들어왔다. 촛불이 꺼지고 한동안 노인은 그러고 있었다. 소매 끝으로 눈을 누르고 앉아 담배를 피우고 마침내 사진 속 사내 양복 위로 눈물 자국만 남자 노파는 돌아왔다.

"야이는 벌써 자요. 오늘 아침부터 배 타고 들어오고 하등만 고단한갑소."

"그렇겄소."

"라면 믹여서 영 맘에 걸렸는디 덕분에 좋은 것 믹이게 돼서 고맙소."

"뭔 소리요. 이 친구 대신 뭔가를 한 것 같아서 내 마음이 영

좋소."

"그렇게 생각해줘서 더 고맙소."

"아이고, 취해서 안 되겠네. 인저 갈라요."

"좀 계시시오."

노인은 마당에 섰다. 바람이 머리카락을 한곳으로 모았다. 노파가 동그란 보자기를 들고 나왔다.

"이거 가져가시오."

"뭘 싸주시오."

"전이랑 생선이랑 밥이랑 좀 쌌소. 뒀다가 낼 잡수시오."

"손주랑 자시지 뭐 한다고 나를 다 싸주고 그러시오."

"친구가 삼치 가져와서 손주 믹였는디 암것도 안 주냐며 저 양반이 뭐라고 합디다."

"……"

별이고 달이고 모조리 휩쓸려가버린 바다는 여전히 바람과 파도의 세상이다. 노파가 내일 아침에 아이 먹일 양으로 삼치 대가리에 김치 넣고 국 끓일 때 노인은 이번에는 파도를 왼쪽으로 두고 걸었다. 동네 한 바퀴 돌고 온 페트병이 탕탕탕 그의 뒤를 따랐고 그는 순간 과속방지턱을 밟아 비틀했다. 술기운으로 통증은 못 느꼈다.

가장 가벼운 생

보기보다 무겁지 않았다. 며칠을 굶다시피 해서 그럴 수도 있었지만

나는 자꾸 오래도록 담아왔던 어떤 말의 무게가 빠져나와서

그렇다는 느낌을 떨쳐버릴 수 없었다.

내곡리(內谷里)는 높은 산은 없지만 구릉이 파도치듯 첩첩 넘실거리고 오래된 수목이 흔한 탓에 오소리 굴 살림 차리기에나 안성맞춤인데다가, 이름에서 알 수 있듯이 난(亂) 피해 들어온 이가 맨 처음 연기 올렸을 만큼 깊은 곳에 위치해 소방용 헬리콥터나 눈에 익을까, 그곳에 마을이 있을까 싶을 정도로 외진 곳이었다.

그러니 기름 냄새 풍기는 것은 하루 두 번 들어오는 시내버스가 유일하고 주민번호 받아 살았던 주민들도 도시로 떠나기가 일쑤 버릇들이 박혀버려, 환갑상 받아본 기억마저 가물가물한 이들이나 농사 명색 간신히 유지하고 두엇 남은, 덜 늙은 이들은 시내(川) 따라 표고막 하거나 사슴을 길렀다.

국도 벗어나고 면 단위 지방도로도 빠져나가고 신작로도 버리고 나서야 만난 시멘트 포장 고개를 넘으면, 진시황 무덤 속 병사들처럼 서로 머리를 맞대고 서 있는 표고막 참나무 뭉치와 논과 밭 사이에 있는 듯 없는 듯 자리잡은 내곡리가 나왔다.

말했듯이 사슴 치는 자그마한 목장이 저만치에 하나, 예전에 공사장 자재 납품을 하다가 손 뗀 듯 보이는, 패널과 각목이 켜켜이 쌓여 있어 비 올 때마다 한 뼘씩 착실히 썩어가는 집이 요만치에 하나, 할머니 홀로 부식 트럭 기다리는 맛으로 사는 집이 고만큼에 하나씩인 그런 곳인데 손노인은 그중 시냇가로 몇 발자국 치우친, 호두나무에 가려 슬레이트 지붕 벼슬만 간신히 솟아 있는 집에서 살고 있었다.

내가 급한 일, 급하지는 않지만 당장 했으면 싶은 일, 귀찮지만 어쨌든 해야 할 일 모두 미뤄가며 이곳을 찾아온 이유는 하나였다. 손노인이 꼭 죽을 것 같았기 때문이었다. 며칠 전 그의 급한 전화를 받고 느닷없이 손님맞이하러 이곳을 다녀간 뒤의 근황이 궁금해 전화를 걸어본 게 지난밤이었는데, 그는 당장 중환자실에 입원해도 아무도 이상하다고 생각하지 않을 정도로 끙끙 앓는 소리로 대답을 메웠던 거였다.

작년에 그와 인연을 맺은 전농지부(全農支部)에서 뭐라도 급히 전달할 일이 생기면 나에게 연락이 올 정도지만 누가 자세히 물어온다면 차 한 잔 마실 시간도 여유가 남을 정도로 사실 그에 대해 아는 게 별로 없었다. 그렇지만 환갑 지난 노인답게 여러모로 오늘이 어제보다 축지고 지금이 아까만 못하네, 하며 살고 있다 하더라도, 그가 그렇게 자신의 몸을 버거워하는 것을 본 적이 없어서 나는 좀 놀랐다. 그는 오래도록 홀로 살아온 사람 특유의 강인함이 있어 아파도 신음소리까지 아까워했으며, 또 몸 하나로 일생을 버텨온 이답게 병원 찾을 상황을 스스로 만들지 않았던 것이다.

그런 그가 그런 상태라 이 양반이 어떻게 되지는 않을까, 사촌도 아니고 사돈도 못 되면서 나는 걱정이 들었다. 아프다는 사람 성가시게 수화기 들게 하기 뭐해서 밤은 그냥 보냈는데 아침부터 자꾸, 아무나 나 좀 살려주, 하며 이 방에서 저 방으로 기어다니거나, 그러다가 수화기 드는 순간 마비가 와서 몸은 죽고 눈만 살아 있거나, 심지어 숨 꼴깍 넘어간 상태로 그대로 굳어가고 있는 모습이 떠올라 급기야 방문하기에 이른 거였다.

쓸데없는 상상은 나쁜 일에 더 활발하다는 것을 방문을 열어보고서야 나는 다시금 깨달았다. 기어가는 자세 그대로 굳은 시신 대신 반듯하게 개켜둔 이부자리와 '신젠타종묘회사' 달력이 무슨 일이냐는 듯 므심한 풍경을 만들고 있었다. 마루도 깨끗하게 닦인 상태였고 처마 밑에 매달린 마늘도 움직여본 지가 몇 달 된 듯 조용했다. 단지 집주인만 보이지 않았다.

대신 기척을 내는 것은 고양이였다. 몇 년 전 우연히 만나 같이 살게 됐다는 녀석은 빈 개집과 호두나무 사이 뾰족하게 박혀 있는 화강암 꼭대기에 올라앉아 졸고 있었다. 나를 보고 잠망경 열듯 눈뜨더니 몇 번의 안면을 기억하는지, 마실 온 사람 정도로 여기는지, 햇살 무거워 성가시다는 얼굴로 눈을 닫고 다시 몸을 둥글게 말았다.

"저것이 독(돌)귀신이 씌었나, 얼마 전부텀 저 짓이랴. 허 참."

그 모습을 보고 손노인은 같잖다는 듯 말한 적이 있었는데 아예 뾰족한 그 모서리로 집 옮긴 듯 그때 이후 지금까지 돌 위에 앉아 있기만 했다는 투였다.

"늬 주인 어디 가셨다니?"

무료한 공기가 편치 않아 나는 고양이에게 물었다. 역시나 녀석은 터럭 한 올 움직이지 않았다. 고양이가 내림을 받았는지 아닌지 알 수는 없지만, 해 떠 마실 나갔다가 기울면 돌아와 마루 위에 몸을 부리던 버릇을 버리고 그 불편한 곳에 붙박이로 버티는 모습이 유별나기는 했다.

그 녀석 한편으로 서 있는 담벼락에는 부서진 자전거가 각도를 이룬 채 기대어 있었다. 합판 켜켜이 쌓여 있는 빈 개집이나 둥글게 말아 벽돌로 눌러놓은 함석 무더기 풍경은 바지런하고 깨끗한 그의 손길을 대신 보이며 곧 귀가할 터이지요, 이렇게 말하고 있는데 그 너머 햇살을 몸에 문지르며 잔바람에 하늘거리고 있는 호두나무 잎사귀 사이로 청설모 한 마리가 내 눈치를 살피다가 사라졌다. 어디엘 갔을까.

그 몸으로 또 밭을 매고 있나 싶어 나는 고추밭으로 갔다. 생기다 만 놈, 휘어진 놈, 잔뜩 독이 올라 탱탱한 놈, 여하튼 제멋대로 불거진 것들을 치렁치렁 달고 보아란 듯이 양팔 벌려 서 있는 고춧대 사이에도, 아욱하고 쪽파 갈아놓은 텃밭에도, 변소에도 그는 보이지 않았다. 변소 뒤로는 한 팔 정도 높이의 밭이 따로 있었다.

역시 그곳에도 없었는데 작년 무성하게 호박잎 퍼지던 풍경과는 달리 도라지 대궁만 지천이었다. 올해는 도라지를 간 것이다. 그래도 작년 풍경처럼 호박 넝쿨이 없지는 않았다. 잎사귀 사이에 슬쩍 얼굴 내밀고 있는 애호박 하나 바라보고 있자니 작년 그 여름에 있었던 일이 떠올라 웃음이 났다.

내가 사람들 얼굴 알고 지내던 전농지부에서 농산물 직판장을 다시 연 게 작년이었다. 술좌석에서 우연히 그 소식을 들었던 나는 홀로 농사짓고 사는 손노인을 떠올렸다. 떠돌이 반평생 더하기 농사꾼 반평생으로 살았던 손노인은 폭리 취하는 중간상인들을 벼멸구 보듯이 하는 이라 잘됐다 싶었던 것이다. 이참 저참 해서 중간상인 안 거치고 바로 아파트 아주머니들에게 내다 팔 자리가 생기니 뭘 좀 준비해보라고 전화로 이르자 그는 한참이나 공들여 궁리한 다음 애호박을 하겠다고 답했다.

그는 똥구덕을 잔뜩 만들고 호박을 심었다. 그리고 사람 이전에 농사꾼이라는 듯, 그 동안 부쳤던 깨, 고추, 총각무 따위들에게 했던 것처럼 지극정성으로 그것들을 가꾸었다. 호박 넌출이야 으레 울타리 따위를 타고 넘어 바람에 함부로 나풀거리는 것인데 그것도 벼이삭 대하듯 홀대하지 않았다. 서로 뒤엉키지 않게 일일이 손을 대고 하나 둘 여문 열매는 아이들 잠자리 봐주듯 짚을 깔아 행여 물이 들지 않도록 했다.

그리고 직판장 여는 날 경운기로 몇 가마를 싣고 아파트 앞까지 스스로 찾아왔다. 그가 리(里) 단위 신작로 벗어나 이 도시 저 도시 연결된 지방도를 자가용 운전자들 눈총받아가며 경운기 몰고 온 것은, 돈 들여 트럭 부를 형편이 못 되는 까닭과 아는 이 신세 지기 싫은 이유도 있지만 무엇보다도 처음부터 끝까지 혼자의 수고로 일을 마무리짓는 오랜 버릇 때문이기도 했다.

그는 자리 해준 곳에서 애호박을 팔았다. 그의 애호박은 공을 들인 만큼 때깔도 좋고 단단해 인기가 좋았다. 그런데 스스로 흐뭇해 마지않던, 소비자들과의 직거래 자리에서 마찰이 생기고 말았다.

그는 애호박 값을 오백원으로 정했다. 당시 슈퍼에서는 보통 크기 애호박 하나에 천일이백원 했었다. 배추 보러 나온 이들도, 젓갈 보러 나온 이들도 필요해서 또는 눈에 보여서 그의 난전 앞에 모여들었는데, 오래지 않아 한 아주머니 음성이 올라가기 시작한 것이다. 안 해본 일 없이 살았던 와중에 딱 하나 못 해본 게 장사인 사람이라 걱정이 앞서 가보았는데 그는 역시 못 해본 것 하고 있는 표시를 내고 있었다.

"다섯 개나 샀으니까 이건 하나 덤으로 줘요."

서서 그 소리 하고 있는 사람은 아이새도 역력한 중년 여자였고,

"안 돼유."

대답하고 있는 이는 굳은 얼굴로, 소비자와 약간의 각도를 두고 지나가는 버스나 바라보고 있던 그였다.

"그럼 삼백원 드릴게요."

"가져가려믄 오백원 다 내슈."

그러니까 여자는 흥정을 하고 있고 그는 딱 잘라 거절을 하고 있던 거였다. 그 마찰은, 그가 모든 호박에게 일목요연하게 똑같이 오백원 가격을 매겨놓고 한 치도 물러서지 않는다는 데에 있었다.

"아저씨두 참. 잘 봐요, 이놈은 작잖아요."

"택두 읎는 소리 하지 마슈. 그것두 오백원이유."

"아니 아저씨, 고등어도 큰 놈하고 작은 놈하고 값 차이가 나는데 왜 아저씨네 호박은 이렇게 값이 똑같대요?"

여자는 웃기기도 하고 같잖기도 하다는 얼굴로 핏핏 웃고 있었고 그럴수록 그의 얼굴은 더 딱딱해졌다. 나는 그 거래에 끼

어들기도 뭣하고 모른 척하기도 뭣해 적잖이 난감했다. 그들의 대화는 이어지고 있었다.

"고등어야 저 알아서 큰 놈이지만 야들은 내가 똑같이 심어 똑같이 거름 주고 똑같이 돌보다 한날한시에 딴 거유. 그러니 어떤 것은 오백원이구 어떤 것은 삼백원일 수 없슈."

"아니 아저씨. 고등어 잡는 데도 힘이 들잖아요. 어부들이 똑같이 힘들게 잡아왔어도 팔 때는 큰 놈이 삼천원이면 작은 놈은 이천원, 이렇게 팔잖아요. 크기가 다르면 가격도 달라야죠."

꼭 필요해서라기보다는 주인의 이유가 틀렸다는 것을 가르치고 말겠다는 얼굴로 여자는 딛고 선 다리에 힘을 주고 있었고, 주변에는 비슷한 종류의 화장품을 쓰고 있음 직한 여인네들이 일보다는 재미로 간격을 좁혀왔다.

"이 아줌마 말이 맞잖아요. 큰 놈이 오백원이면 작은 놈은 삼백원이어야 되죠."

"그래요. 나도 여러 개 살 테니까 작은 놈은 깎아줘요."

여인네들이 바통을 이어 한마디씩 하자 손노인은 벌떡 일어섰다.

"이것 보유. 아점니가 쌍둥이를 났다고 합시다. 같은 날 만들어서다가니 같은 날 낳았단 말이유."

"어머, 이 아저씨가 무슨 소리를 하고 있어?"

"들어봐유. 해서 똑같이 밥 주구 짐치 주고 고기 주고 했는디

야들이 한 늠은 길구 한 늠은 짧다구 합시다. 키 큰 늠은 용돈 더 주고 즉은 늠은 들 주고 하겠슈?"

"사람이 그거랑 같아요, 어디?"

"나는 같유."

"허 참, 아까도 말했듯이 고등어도,"

그는 순간 여자의 말을 끊었다.

"고등어는 아, 저 알아서 큰 것이라니께 자꾸들. 어부가 잡을 때 즉은 늠은 들 무거웠을 거 아녀."

그제야 여인네들은 웃음 반 비웃음 반 하며 물러들 났다. 저녁이 되자 동산처럼 쌓여 있던 애호박은 거의 팔리고 작거나 모양이 좀 떨어지는 놈들만 반 가마 정도가 남았다. 그는 스스로 세워놓은 원칙을 끝까지 지켰다. 기다렸다가 떨이로 싸게 사려던 슈퍼나 식당 주인이 몽땅 얼마에 해서 넘기라는 것을 끝까지 거부하고 개당 오백원을 박음질했던 것이다.

흥정을 하다하다 포기한 그들 중 하나가 그 가격에라도 사겠다고 했는데 그는 다음이 틀어져 아예 안 팔겠다고 손을 내젓는 지경까지 이르렀다. 마지막 손님마저 고개 내저으며 돌아가자 직판장은 마감이 되었다. 그는 무녀리로 남는 놈들을 회원들에게 모두 나눠주었다.

자리 치우고 경운기 시동 건 그는 받아든 애호박 봉지 들고 다가간 나에게 인사를 차렸다.

“여하튼 덕분에 장사했구만그려.”

“세상에. 떼를 쓸 게 따루 있지.”

나는 나도 덕분에 잘 먹겠지만 그냥 저 슈퍼나 식당에 넘겼으면 다만 몇 푼이라도 더 받지 않았겠냐며 융통성 없는 것에 대해 한두 마디 고시랑거리지 않을 수가 없었다. 그는 답했다.

“그러면 여러 사람 속이야 편했겠지. 그런디 그것이 아녀. 내가 키운 작물을 내가 먼첨 무시하면 되는 겨? 그러믄 쓰겄어?”

“하긴 노동가치설이라는 것두 있으니께, 아저씨 말두 아주 틀린 것은 아니우.”

그러고는 해 지는 길을 따라 빈 경운기 몰고 돌아갔던 날이 있었다.

그는 뜻밖에 시냇가에 있었다. 호두나무 댓 그루 모여 있는 곳을 지나자 꿈틀꿈틀 이어진 산이 바짝 다가왔고 평지와 경사의 경계를 이루고 있는 개울에서는 희미한 물안개가 피어나고 있어 마치 안개 사우나실에 들어앉은 것처럼 보였다.

높지 않되 첩첩으로 자리한 산과 계곡 덕분에 물이 일 년 내내 흐르는 곳이라 안개가 잦았다. 지나가는 구름이 잠깐 들러 영역표시하듯 몇 줄기 물방울만 내려놓아도 산 너머 평지와 달리 수증기 빠져나갈 곳이 없어 반나절 비 온 것처럼 축축하기 일쑤였던 것이다.

"풍경 참 좋습니다."

나는 징검다리를 건넜다. 그는 반가운 얼굴을 했다.

"이, 오는 겨?"

"산중 냇물 앞에 두고 신선처럼 앉어 계신 것 보니까 근방 백 리 안중에 가장 신간 편한 사람 같우."

"신선? 그래, 그렇다믄 신선이 워디 따로 있겠어, 허허."

그는 심하게 찌그러진 한쪽 눈을 나름대로 치켜뜨며 심드렁하 게 대답을 했다. 일어나 앉기는 했지만 병환의 여진으로 인한 기력 부족은 목소리에서부터 나왔다.

"그나저나 회복은 하신 것이우?"

"오래 눕다보믄 방바닥이 먼저 사람을 지겨워하거든. 그대로 누워 있다가는 아예 붙어버리겠다 싶어 바람 쐬구 있었어."

"어제 전화로 들어서는 금방이라도 땅 열고 들어가실 것 같더 니."

"그려, 인저는 초상 쳐도 이상할 것 읎을 때가 되긴 한 겨."

아무래도 손님이 왔다간 뒤로 여러 날 몸과 마음 고생이 극심 했던 듯했다. 목소리에 힘이 부족한 것은 그렇다고 쳐도 말 내 뱉는 품새부터가 아예 뭘 놔버린 투여서 그 동안 보아온 모습과 는 사뭇 달랐다. 꼬장꼬장한 기운이 철철 넘치던 눈자위는 오뉴 월 늙은 개 꼬리처럼 늘어져 있고 그 주위를 극심한 피곤의 그 림자가 감싸고 있었다. 아무리 짱짱한 사람이라도 한번 내리막을 타면 하룻밤이 다르다는 게 맞구나, 싶어 나는 속으로 혀를 끌끌 찼다. 그는 손바닥으로 얼굴을 문질렀다. 갑자기 늘어난 주름은 밀면 밀리는 대로 여러 겹의 물줄기를 만들었다.

"그래 뭐 하고 계셨시우?"

그는 고갯짓으로 저만치를 가리켰다. 산을 휘돌아내려온 냇물이 몸을 좁혀 급한 물살을 만드는 곳이었다. 바닥이 파인 곳인데, 파였다 해봤자 어른 무릎 깊이지마는, 거기에 뭔가가 희끗거리고 있었다.

"얼래, 피리통 아니우?"

"그려."

여울진 곳에 비닐로 만든 피라미잡이 통이 들어 있던 것이다. 투명막 속으로 손가락만한 버들치 몇 마리가 요동을 치고 있었다.

"아니, 신선 되셨구나 싶더니 고작 이것 잡구 계셨시우?"

그는 약간 쑥스러운 얼굴을 했다.

"그렇다니께, 보른 몰러?"

"병이 아니라 허천이 들으셨구만요. 붕어 잉어라믄 몰라도 손가락만한 중테기가 뭐 먹을 것 있다고. 허천병 아니믄 갑자기 회춘을 하신 거요? 할멈도 없는 양반이."

"너무 그러지 마여. 허천병도 아니구 회춘두 아니여."

그럼 손바닥만한 동네 개울에서 어장이 다 뭐냐고 나는 되쳐 물었다.

"갑자기 해감내가 그립드라구. 한 며칠 누워 있다보니 넘으살이 땡기는디. 하긴 몇 날을 굶다시피 누워 있었으니……"

"그런디우?"

그는 흐흐, 웃으면서 자기 곁에 옴팡하게 자리잡은 돌멩이를 가리키며 말을 이었다. 나는 그곳에 앉았다.

"죽을 쒀 먹어봐두 허전허구, 접대 자네가 준 메르치 넣구 묵은 김치를 지져봐두 손이 안 가데. 뱃속에서는 바가지루 돌확 긁는 소리가 나는디 돼지를 그려봐두 눈이 안 가구 소를 생각해봐도 맘이 안 가구. 그러다가 뜽금읎이 이것이라도 좀 지지믄 괜찮겄다 싶드라고."

"그러니까 회복식으루다가 중테기 어죽을 선택하셨다 이 말이시구만요."

"내가 뭐 잘못한 겨? 자넨 선원 하면서 남해 동해 고기 죄다 쓸어먹었다메? 근디 내가 요만한 것 몇 마리 잡는다구 그려? 한 점이래두 읃어먹을꺠믄 얌전히 있어봐. 하여튼 그래서 저 너머 낚시점에 가서 저걸 샀어. 예전에는 모다 유리로 됐었는디 인전 비니루로 된 것을 팔더먼. 크음."

그는 그리고 통을 건지러 갔다. 걷어올린 잠방이 아래로 오래 묵은 장딴지 근육이 깊이 패었다. 저법 살 오른 버들치 예닐곱 마리가 함지박으로 자리를 옮겼고 그는, 장비는 바뀌었다 하더라도, 옛날식으로 떡밥 대신 된장을 한 숟가락 퍼 흔든 다음 다시 설치했다. 그러는 사이 해는 기울고 그럴수록 시내 흐르는 소리는 더욱 찰져갔다. 산새 돌아오고 문득 그날 밤처럼 소쩍새 우는 소리 한번 들리고 고양이는 아직 그 자리 그 자세 그 모양이었다.

어물이라고 하기 쑥스러운 것일망정 그래도 먹어보려고 애쓰는 모습이 나쁘지는 않았는데 역시나, 소증이란 게 입맛보다는 어쩌면 행위와의 연관성이 더 큰 것인지도 몰랐다. 비늘 긁고 칼질하고 된장 고추장 간장 설탕 풀고 간한 다음 밭에서 호박잎, 대파, 산초잎 두루 따다가 자글자글 지져놓고는, 정작 숟가락 두어 번 적시는 것으로 냄비를 밀어두고 말았던 것이다. 일에 몰두하는 사람 특유의 활기가 오래지 않아 시르죽어버리는 걸로 봐서 그의 병은 입에 들어갈 것으로 고쳐지는 것은 아닌 듯했다.
"소증 생기믄 병아리만 쫓아다녀도 낫다더니 그새 다 나스신 기우?"
"휘유."
"평생 망치하고 삽 들고 사셨던 분이 뜽금없이 어장을 하길래 뭔가 대단한 게 나올 줄 알았는디 고작 두 숟갈 뜨고 마시네."
저물어가는 산을 배경으로 형광등 아래에 냄비 두고 한숨 내쉬는 그는 들창 역광으로 인해 작가가 찍어놓은 흑백사진 속 인물 같았다. 소쩍새는 소쩍, 소쩍, 다시 울기 시작했다. 그의 침잠이 너무 강해 내 입에서는 자꾸 농담이 나왔다.

"글쎄, 비린 것이 땡기신다믄 고등어나 동태라도 한 마리 지져야지, 세상에 이 작은 것 뭐 입댈 게 있다고, 불쌍하지두 않수?"

"아닌게 아니라 자네 말대루 괜한 짓 한 것 같아 후회가 드는구만. 그래두 좋은 것만 넣구 끓였으니께 자네라두 한 숟가락 떠봐."

냄비 속은 어느새 식어 기름기가 굳어가고 있었고 그 위로 파리 한 마리 얼쩡거리다가 손노인 손에 밀려 멀어졌다. 상대가 맞장구를 치거나 발끈해서 뭐라고 대거리를 해야 궁짝이 맞는데 순순히 가라앉아버리자 내 입만 몹쓸 것이 되어버리고 말았다.

자신의 변덕에 스스로 충격을 받은 듯도 싶은 그는 담배 한 개비를 꺼내 빨았다. 주름은 더욱 깊어져서 마치 깊은 상처처럼 보였고 그래서 담배연기가 입이 아니라 그 틈으로 가늘고 넓게 흘러나오는 것 같았다. 나는 인사로 냄비에서 호박잎을 한 점 집어먹었다.

"말씀대루 좋은 것만 넣어서 맛이 괜찮기는 하구만요."

"휘유. 좀 기대두 되지? 손님 앉혀두구 인사는 아니지만."

"그래, 왜 아프신 거우? 아이 때문이우?"

그제야 나는 궁금했던 것을 물어볼 수 있었다. 그는 대답 없이 눈 들어 이제는 하늘의 기운을 받아들여 산이고 아니고 구분

없이 시커멓게 변해가는 창밖을 바라보았다. 그 모습은, 그게 맞다는 대답이기도 했다.

혹 급한 일 생기면 연락하라며 대들보 위에 사인펜으로 내 전화번호 적어준 게 두어 해 전이지만 정작 전화가 걸려온 것은 며칠 전이 처음이었다.

"저기 말이여, 지금 몹시 바쁠라나?"

바쁠 일은 없으나 그렇다고 어디 일보러 가기에는 편치 않은 밤 열시였다. 나는 그답지 않게 그 시간에 전화한 것이 마음에 걸렸는데 혹시가 역시라고, 그는 좀 당황하고 있었다.

"이 시간에 뭐가 바쁘겄시우. 근디 무슨 일이시간디……"

"저기 말이여, 나 참, 이런 시간에 이런 부탁 하기가 증말 염치읎는 것이지만두, 자네 말구는 또 이럴 사람두 읎구 해서."

얼른 말해보라고 나는 말했다.

"거시기 말여, 잠깐 내 집에 좀 와줄 수 있을라나? 아녀, 있을라나가 아니구 좀 와야 허겄어. 뭣이냐믄, 아들눔이 온다는디…… 당최 혼자서 볼 자신이 읎어."

그는 야전사령부에 무전 때리는 몰살 위기의 중대장처럼 급하게 내뱉었으나 나는 잠시 궁리를 해야 했다. 아들이라. 그럼 그 아들이?

과거 행적을 숨기는 게 몸에 밴 탓에 좀처럼 입을 안 열던 그에게서 그 이야기를 들은 것은 직판장에서 애호박 팔고 나서 보름 정도 뒤였다. 그때 근처에 일보러 왔다가 한번 들렀는데 그는 집도 밭도 아닌 길에 서 있었다. 어디 가려는 폼이었으나 버스가 오려면 이십 분이나 남아 있었다. 그는 농협에 간다고 내 차에서 답했다.

그 동안 혼자 사는 노인네 살림으로 유난히 일에 열심인 것은 그 또래들이 그렇듯 마음 줄 게 그것밖에 없어서 그런 줄로만 알았다. 홑살림으로는 좀 과하다 싶게 뿌리고 가꾸고 뽑고 넘겨 돈 만들던 이유를 농협 행보에서 알게 됐다. 그때 그는 이 정도면 말할 수 있겠다 싶은 얼굴로 막걸릿잔을 앞에 두고 입을 열었던 것이다.

손노인은 전라북도와 충청남도가 맞대어 있는 동네 출신이기는 하나 딱히 어느 곳에서 배우고 자랐다고 말하기 힘든 이력을 가지고 있었다. 고향을 일찍 뜨고 말았던 거였다. 그렇게 전주 거쳐 부산으로, 대전에서 인천으로, 군산에서 강릉으로, 일일이 이름 주워담기 성가신 도시와 마을로, 바다 건너 제주까지 품 팔러 다닌 전국구 시절을 보내다가 종내는 충청 일원 산 깊숙한 곳에서 농투성이로 세월을 묵혀온, 철저한 지역구 인물이 되었다.

이 동네를 점심 먹을 곳으로 잡고 도 경계 너머 동네를 눈 붙일 곳으로 삼는 시절을 접고 이 내곡리에 터를 정한 게 십여 년 전이었다. 길 위를 떠돌던 사람이 문패 걸었다면 대부분 쇠약이

나 결혼이나 뭐 이런 이유가 태반이겠으나 그의 정착 동기는 좀 남달랐다. 말소된 주민등록을 복원시킨 거였다.

그가 고향을 등지고 주민등록도 말소된 채 유목민처럼 떠돌아다닌 이유는 입영 거부자였기 때문이었다.

"군대생활이 하기 싫었던 것은 아녀. 힘든 것쯤이야 뼈 여물기 전부텀 농사두 짓구 채석장 돌쇠 노릇도 하구 해서 겁날 것은 읎지만 방방곡곡의 사내들이, 김가 이가 최가 박가 성두 다르고 이름두 다르고 말두 다르고 자란 환경두 다른 것들이 한날한시에 똑같은 옷을 입고 동으로 가라믄 동으로 가구 서로 구르라믄 서로 구르고 하는 짓을 나는 못 하겠던 거여."

"그래두 살 만하셨는갑네. 공짯밥 먹여주는 데를 싫다구 하셨으니."

"개갈 안 나는 소리 하지 마. 난 말이여, 전쟁중이었다믄 입대했을 거여. 근디 그때는 혁명정부 시절이었단 말여. 말이 혁명정부지 구테타 아니여? 나라 도둑질이란 말이여. 입대하믄 구테타 도둑놈들 말단 쫄따구배끼 더 돼? 최소한 그 짓은 안 하구 살어야 되겠더라, 이 말이여. 어뗘, 이해돼?"

그가 붉어진 눈에 힘을 주며 나를 바라보았기에 나는 듣고만 있었다.

집을 떠나 오래도록 그렇게 살았다. 항만 노동자, 탄부, 하역부, 감귤농장 머슴, 식당 배달원, 벌목공, 산역꾼, 공사현장 야

방, 잡부, 미장 따위의 일을 전전했다. 옮길 때마다 김씨로, 이씨로 성이 바뀌기도 하고 사용한 이름도 여러 개 되었다. 이력이 늘수록 나이는 들어가고 체질이 그렇게 굳어갔다.

남녘 항구 항만시설 현장 막일꾼으로 일하던 시절에 한 여자를 알았다. 돈 없어 곤란한 지경에 빠진 한 여인네를, 마침 간조날이라 도와준 게 어찌어찌 인연이 되어 한 달 정도 여인네에게서 머물게 되었다.

"내 사정이 저기해서 한곳에 정붙일 상황이 안 됐지만 거기두 굳이 잡을 눈치는 아니었거든. 한번 혼인했다가 실패보고 맨몸으로 우리 같은 왔다리갔다리 패들 대상으로 국수하고 밥 팔던 이였는디, 그때 그 시절 그런 곳에서야 우연히 만나 쉽게 헤어지는 게 다반사였지 뭐."

그는 꺼내고 나니 차라리 편쿠나 하는 얼굴로 이야기를 이어나갔다.

그는 그곳을 떴다. 여자와 한집에 사는 재미가 없진 않았지만 드나드는 동료들 눈치가 보이고 그중 사이가 좋지 못한 이가 뒤를 캐오길래 뜰 수밖에 없었다. 별말 없이 밤기차 타러 갔고 여자도 별소리 없이 손을 흔들었다.

그러나 그것도 팔자에 태인 것인지, 깊은 정을 주지도 않았건만, 또 정하고 상관없는 수태도 있는 것이라, 여자가 아들을 하나 낳았다는 말을 여러 해 뒤 풍문으로 전해들었다. 설마 내 자식이기야 하겠나 하는 짐작과 혹 인연이 인연되어 잘못될까 걱정이 앞서 찾아가보지도 않았다.

이미 떠도는 것이 몸에 밴 상태라 그러고도 한시절. 한번 갔던 곳 피해다니다보니 너른 땅이 갈 곳 없는 좁은 땅으로 변했다. 어느 날 검문에 걸렸다. 그 동안 경력으로 그 정도 빠져나오는 것은 어렵지 않았으나 이미 쉰 줄에 들어선 그는 그것도 구차하게 느껴졌다. 늙고 지친 것이다. 경찰서에서 지문 찍고 입영 거부의 죗값은 이미 소멸된 다음이라는 것도 알게 되었다.

그는 이곳에 뿌리를 내리기로 정하고 주민등록을 복원시킨 다음 농사꾼이 되었다. 그리고 예전 여자에게 편지를 몇 자 적어 보냈다. 내내 마음속 찜찜하게 걸리던 것 좀 풀어지려나 싶어 별 기대 없이 띄운 것이 무슨 조화인지 아는 사람 손에 손을 타고 전달되었고 답장이 왔다. 편지는 아이가 자신의 아이가 맞냐는 거였고, 아이가 당신의 친자식이 맞으며 잘 크고 있다는 게 답장 내용이었다.

그가 소작으로 농사를 지어 자신의 입에 넣는 것 외에는 모두 아이의 생활비로 보내준 게 이곳에 정착해서 지금까지의 일이었다. 그는 늙어 떠돌지 않게 된 상황을 다행으로 여겼고 얼굴도 모르지만 어쨌든 피붙이라는 게 하나 있어 괭이 들어 땀 흘릴 이유가 생긴 것도 나쁘지 않은 팔자로 생각했다. 그게 살 이유가 되기도 했던 것이다.

"솔직히, 아이한테 각별한 마음이 가는 건 아녀. 아이 엄마 얼굴도 하나두 생각이 안 나구 말여. 그냥, 이유야 어쨌든 태어난 아이니께, 최소한의 인간 노릇은 해야 쓰겄다 싶어 이 짓을 하는 겨. 십만원 벌믄 십만원 보내구, 고추 넘기고 오십만원 받으믄 그것 보내구 하는 거지 뭐."

바로 그 아들이었다.
"들은 기억이 납니다. 근데……"
"아, 자꾸 물어보지 말구 한 번만 와여. 내 부탁할게."
"……"
"내가 워디 도망갈 것으로 보았는지 좀 전에서야 차부라고, 거기서 택시를 탔다구 즌화가 왔어, 무조건 오겠다는 거여."
"그럼 아이 어머니도 같이 오시나요?"
나는 정신도 차릴 겸 무심코 물었는데 손노인은 그게 아닌 모양이었다. 아마 생각지도 못한 질문인 듯 한동안 대답을 못 하다가,
"그, 그럴라나? 허 이것 참, 어떡허지?"
곱절로 당황해서 질문한 나를 미안하게 했다.
야밤을 뚫고 그의 집으로 갈 때 산모퉁이에서 라이트 밝게 비추고 나오는 택시를 스쳤는데 짐작대로 손님은 이미 도착해 있었다.

백화점용 포장이 되어 있는 선물꾸러미를 곁에 두고, 제 아버지가 흔히 그러듯, 딱딱한 얼굴로 약간 각도를 비켜 벽을 바라보고 있는 젊은 청년과 눈 둘 곳을 몰라 안절부절못하는 늙은 사내. 그게 내가 집에 들어가서 본 풍경이었다. 손노인은 누명 쓰고 잡혀와 쩔쩔매다가 경찰 인맥 사돈 만난 듯 반색하며 나를 반겼고 아들은 소개를 받고 가볍게 목례만 하고는 제자리로 눈을 돌렸다.

손노인의 크지 않은 키에 비해 아들은 작지 않았으나 살짝 불거진 이마가 미간 양쪽 골짜기까지 날렵하게 미끄러져내려온 모양새나 생기려다 그만둔 쌍꺼풀이 전혀 상관없는 사이는 아니라고 증명하고 있었다. 골난 듯 딱딱한 얼굴이긴 했지만 말끔하게 차려입은 옷차림이며 허리 곧추세워 반듯하게 앉아 있는 자세로 보아 막돼먹게 자라지는 않아 보였고 저도 첫 대면한 아비를 어떻게 해야 좋을지 몰라 긴장이 돼서 그러지 패악을 저지를 것 같지도 않았다.

이 어색한 자리에 누구 하나 끌어들여 말도 좀 걸고 이쪽 하기 어려운 말 짐작해서 저쪽으로 전달하고 혹 있을지도 모르는 불미한 사건을 사전에 예방해달라고 나를 불렀으나 한쪽은 침묵이, 다른 한쪽은 어색함이 너무 지나쳐서 그들 사이에 끼어들기가 쉽지 않았다.

이게 일반적인 부자상봉이라면 서로 얼싸안고, 눈물 찍어내

고, 왜 이제야 왔느냐, 왜 찾지 않았느냐 원망도 하고, 다시 소
스라치게 울음 터뜨리고, 가슴에 고개 파묻고, 얼굴을 만지고,
코 풀고, 눈물 닦아주고, 지그시 바라보고, 뭐 이럴 터이지만, 그
렇다면 나도, 울지 마시라, 힘들고 외롭게 컸을 터이지요, 아들
좀더 껴안아주세요, 아버지도 정말 고생 많이 했어요, 손 좀 잡
아드려요, 이렇게 역할 하기가 수월하겠으나 시간이 갈수록 침
묵과 어색함의 벽은 두꺼워지기만 할 뿐 어느 한구석 허물어지
지 않았다. 그는 떨리는 눈으로 거듭 나를 바라보았다. 어떻게
좀 해보라는 표정이었다. 뭘 어떻게 해야 하나. 나는 잘못 출제
된 수학문제 만난 수험생처럼 골치가 아팠다.

"이름은 어떻게……"

내가 물었다.

"은숩니다. 성할 은에 물가 수. 두 분 혼인신고가 안 되어 있
어서 어머니 성을 따라 김은수예요."

아들은 높지도 낮지도 않은 톤으로, 어떻게 보면 면사무소 호
적계 직원처럼 대답을 했다. 그러나 어쩔 수 없이, 불만이라고
불러야 마땅할 그런 기운이 깊이 배어 있었다.

"올해 나이는?"

어쩔 수 없이 나도 면접관처럼 말할 수밖에 없었다.

"스물여덟입니다."

그는 나를 힐끗 바라보며 여전히 같은 톤으로 답했다. 나는

화살을 손노인에게로 돌렸다.

"이제, 이것저것 물어보세요. 어머니 안부나 궁금한 게 있을 것 아니에요?"

"그렇지. 저기, 어머니는 평안하시고?"

"예."

"거, 건강하시고?"

"두 해 전부터 갑상선을 앓고는 있지만 심하지는 않아요."

"저런, 아프지 말아야 할 텐디."

그는 드디어 할 말을 찾은 듯 답을 내뱉었으나 그 다음 말은 가려내지 못하고 있었다.

"저기…… 건강은 어떠세요?"

이번에는 아들이 물었는데 역시나 아버지 소리를 입에 올리지 않고 있었고 그나마도 저쪽에서 물어오니 이쪽에서도 차마 그냥 있을 수 없다는 투가 역력했다.

"나야, 뭐, 괜, 괜찮어."

다시 내가 나서야 했다.

면접받아 입 연 아들 말에 의하면, 지방대학에서 경제학을 전공했으나 취업의 곤란으로 인해 대학원까지 마치고 난 지금에서야 회사 취직을 하게 되었는데, 이제 본격적인 사회인의 길로 접어드는 이 시점에서 차마 아니 할 수 없어 맘먹고 아버지를 찾아온 거였다. 태어나서 얼굴 한번 보지 못했는데, 그것은 손노인이 찾아가지도 않고 그쪽에서도 찾지 않고 해서 서로 어딘가에 있으려니 하는 정도로 살아온 것이고, 하여 그리운 피붙이를 찾아온다기보다는, 공부를 마칠 수 있도록 돈을 보내준 아비에게 최소한의 예의를 통해 이별과 송금의 채무관계를 정리하고자 하는 의도가 큰 듯했다.

"여유 있어 보이지도 않는데, 제가 공부할 수 있도록 도와주셔서 고맙다는 인사를 하러 왔습니다."

아들은 후견인 만난 고시생처럼 고개를 숙였다. 그의 인사는 너무 깍듯해서 말 그대로 인사로 보였다.

"뭐, 이렇게, 이러지 않아도 되는데, 자식인데, 내가 정작 애비 노릇을 못 했는데……"

그는 급기야 한기 든 환자처럼 떨었다. 있는 입이 부담스러운 나를 대신해서 뒷산에서 소쩍새가 소쩍, 소쩍, 울기 시작했다.

"선물이라도 풀어보시지그리우."

내 말에 아들은 선물을 앞으로 밀었다.

"뭐 하러 이런 것을. 돈두 없을 텐디. 어머니나 사다 드리지."

네모반듯한 포장지 속에는 겨울용 내의와 가죽벨트가 들어 있었다. 손노인은 목소리만큼이나 떨리는 손으로 하나씩 만져보았다.

"한 번도 사본 적이 없어서 무엇을 살까 고민했어요."

"아녀. 아주 좋구만."

소쩍새는 어디로 날아가지 않고 울었다. 울어주었는데, 그러거나 말거나 아들은 끝까지 굳은 얼굴을 풀지 못했다. 그 침묵 속에는 얼굴도 알 수 없었던 아버지에 대한 애증과, 그리고 하룻밤으로는 어떻게 풀지 못할 긴 세월의 벽이 굳건하게 들어 있었다.

"앞으로 어떻게 사실 거예요?"

새 우는 소리 몇 번 더 듣고 나서 아들은 다시 입을 열었다.

"이렇게 물어본다고 이상하게 생각하지 마세요. 혹 다른 생각을 갖고 계시는지 궁금해서요."

"어떻게 살기는. 그냥 이대로지."

손노인은 조금 차분해져 있었다.

"저, 이제는 돈 안 보내주셔도 돼요. 취직했으니까요. 어머니는 제가 돌볼 거고요."

"……"

"사실 이 말 하러 왔어요."

손노인은 고개를 끄덕였다. 나는 그가 어중간한 자세로 작은 방에 이부자리 펴는 것을 보다가 집을 빠져나왔다. 밤은 깊어 있었고 봉우리와 봉우리 사이 밤하늘에는 별이 지천으로 떠서 반짝이고 새는 여전히 울었는데, 그게 그 둘의 불편한 잠을 어떻게 도와줄 수 있을지는 나도 몰랐다.

"몰르겄어. 그 아이 때문인지 아닌지."

손노인은 창밖으로 보냈던 눈길을 잡아당겨 다시 천장으로 보낸 다음 대답했다. 그 짧은 사이에도 그는 더 늙어 있었다.

"저 방에다가 자리 펴던데 같이 주무셨시우?"

"같이 자기는. 갸는 저기서 자구 나는 이 방서 잤는디. 잠이 왔간디, 어디. 갸도 그런 것 같구."

그는 그날을 생각하는지 잠시 입을 쉬었다가 다시 천천히 열었다.

"아침에 밥을 차려줬는디 몇 숟갈 뜨지도 않구 바로 가겄디야. 경운기루 저기까지 실어다준다구 해두 싫다고 허구, 내가 손을 잡으니께 조금 서 있다가 인사만 또 꾸벅하고는 질래 저 밑으루 걸어가버리더타구."

"서운하셨겄시우."

"내 서운버덤은…… 고개 돌아가기 전에 나를 쳐다보드라구. 그 녀석, 울고 있는 것 같기두 하구."

"……"

"원망이 커서 그러겄지. 그러니께 아부지라고 불러보지도 못하구…… 아니면 뭐겄어."

그는 그래놓고 발작을 하듯 몸을 일으켰다. 끝내 안 먹을려? 괜히 잡었어, 했는데 그게 계속 말잇기 버겁다는 소리라서 나는 반응 없이 냄비 들고 나가는 뒷모습만 바라보았다. 문 열린 틈으로 무겁게 내려앉은 어둠이 밀물처럼 밀려들어왔고 그는 그 속에 파묻혔다. 끅, 끅, 딱딱, 수저로 냄비 긁는 소리가 그 속에서 나고 니야옹, 고양이 대답도 거기에 있었다.

"돌팍이 그리 좋은 겨? 허 참, 워쩌다 그런 유별난 취미가 생긴 겨."

보지 않아도 녀석은 물고기 물고 다시 화강암 꼭대기로 올라갔을 것이다. 소쩍, 소쩍, 다시 새가 울었다. 그는 고양이 밥 한 번 주는 것도 일 년 농사지은 것처럼 힘 부쳐하더니 쓰러질 듯 벽에 기댔다. 마치 몸 풍화되고 소리만 남은 그런 존재 같았다.

"사실은 진짜루 죽을 것 같어서 유언을 해놨어."

그가 다시 입을 연 것은 식사 마친 고양이가 혓바닥 되새기고 개울 물안개 슬슬 몸을 넓혀 밤기운과 뒤섞인 다음이었다. 나는 느닷없는 그 말에 자세 고쳐앉으며 피우던 담배를 껐다.

"어떤 사람 하나가 자꾸 생각이 났거든."

"누구요, 아이 엄마요?"

그는 누군가를 정말 보고 있는 듯 허공 깊숙한 곳으로 눈길을 보내며 고개를 가로저었다.

"우리 아부지여."

"……"

"선친 생각이 무담시 나더면."

"생면부지 아들을 첨으로 보고 나니까 갑자기 돌아가신 아버지 생각이 나셨다, 이 말씀이시구만요."

"그거겠지…… 느닷없이 아들 만나는 것이 좋은 것인지 아닌지는 아직두 잘 몰르겄는디 하여튼 그 아이가 그렇게 가고 나니게 말이여, 온몸에 힘이 쭉 빠지고 사지가 떨리고 하믄서 땅도 꺼지고 숨도 가쁘고 그러다가 방 안에서 저승 문이 열릴라고 하더라고. 그러다가 갑자기 선친이 보이는 거여."

나는 순간 그가 이러다가 꼴깍 숨넘어가는 게 아닌가 싶었다. 그러나 그는 더 지치고 더 늙어는 보일망정 목숨 끊어질 사람으로는 보이지 않았다. 그 나이 그 사연에 그 상황이면 어쩌면 본능이 맘먹고 아주 깊숙하게 과거로 한행비해야 할 시점에 있는지도 몰랐다.

"언젠가 내가 군대 도망댕겼다는 말 했잖어."

"저번에, 아들한테 돈 부치고 나서 했잖이우."

"그려, 혁명정부 말단 쫄따구 하기 싫어서 그랬다는 말을 했었지만, 사실 그것이 일번 이유는 아니여."

나는 소쩍새 울음과 부족해 입 섭섭하다고 우는 고양이 울음과 그의 말을 동시에 듣고 있었다. 각자 따로인 소리들이 이상하게도 한가지로 뒤섞이며 전혀 이물스럽지 않았다.

"우리 선친은 말여, 나하고는 전혀 달러. 나는 이렇게 이러구 있지만 그 양반은 배운 것두 많구, 아는 사람두 많구, 주무르던 재산두 많구, 까묵기두 잘하구, 노는 디두 일가견이 있었지. 허허. 한량이셨어, 한량도 그런 한량이 읎었지."

몇 번 더 조르던 고양이는 점차 조용해져갔다.

"내 증조부에서 조부까지는 논마지기나 있었거든. 해방되구
내가 국민학교 입학할 때까지만두 소출 바치러 오는 소작인이
여럿이었으니께. 근디 그것 선친이 다 해먹고 말았지."

"원래는 있는 집 자손이셨구만이우."

"그랬어, 재산이 있었으니께 선친은 전문학교까지 제대로 배
웠어. 재산 읎었다고 해도 그랬을 겨. 원처니 똑똑하다고 소문난
사람이기도 했으니께. 군수가 사람 시켜서 불러올린 적두 많었
거든. 인물도 잘나구, 기운도 좋았구. 하이칼라루다가 쫙 빼입구
걸어가믄 안 돌아보는 사람이 읎었으니께. 읍내 기생들헌티도
인기 좋았지. 인정두 많어서 어려운 사람 보믄 그냥 못 지나가.
언젠가는 소문 듣고 찾아온 걸패 다섯 식구를 사랑에 들여 사람
꼴 만든 다음 밭뙈기라도 살 만한 돈 잡혀서 고향에 보내준 적
두 있었으니께. 선친은 그만두구라도 내가 길을 가믄 사람들마
다 아무개 양반 아들이구만, 해싸며 엿도 사주구 했었어. 근디
그것이 병이었구먼."

정신이 옛날로 돌아가버려 지금 이곳은 버틸 여분이 없다는
듯 그의 몸은 조금 기울어지기 시작했다.

"졸업하구서 사업을 하려고 했던개벼. 그때는 왜정시대라 사
업을 할려믄 왜놈들이랑 어울릴 수밖에 없지 않었어? 차라리 시

굴 상것으로 살았으믄 나았을 겨. 내가 대가리 좀 굵어지고 나서 생각해보니께 말여, 우리 선친은 타고난 머리에 포부도 있었는디, 왜놈 떨거지랑 어울리는 짓이 괴롭기도 하고 혼자 해보자니 또 고생 않고 자란 사람이라 독한 집념이 부족하기도 했던 것 같어. 그러니께 왜정 치하 동포들처럼 살자니 재물 단맛이 일찍 몸에 배어버렸구 수완 키워서 대상(大商)이 되자니 경험 부족한디다가 왜놈들이랑 짝짜꿍을 안 할 수 읎구 그놈들이랑 한통속 되자니 일말의 양심이 걸리구 그렇다구 독립운동을 하자니 타고난 끼가 삼천리인 사람이구."

그는 수술실 들어가서도 정신은 마취 안 된 사람처럼 또박또박 옛 사정을 정리해내고 있었다. 그것은 오래도록 고난을 겪어낸 사람만이 할 수 있는 것 같기도 했다.

"하여튼 시작한 일마다 꼬이고 배신당하고 하다가 결국 일을 손에서 놓구 한량이 되드라고. 술과 여자 가까이하믄서 논마지기 착실하게 읎어져갔지. 나중에는 아편까지 손을 댔으니께 말 다했지. 원래 버는 건 지루하지만 까묵으려고 덤비면 한순간이잖어? 기생한테루 갔다가 마작 친구한테루, 마작하다가 술친구한테루, 어디서 소리꾼 들어왔다 하믄 다시 기생집으루, 어디 술청에 젊은 갈보 왔다 하믄 거기루, 친구들이 연회판 만들어서 부른다고 거기루, 대금쟁이 데리구 산으루, 소리쟁이 데리구 강으루, 풍물 난전패 오믄 사거리루, 다시 마작방으루 이렇게 살았

으니 아무리 천석지기 굳은 땅이라도 어디 삽 들어갈 데 한 군
디 남었겠어?"

나는 대답 대신 담배를 한 대 피웠다. 담배연기는 가라앉은
그의 말처럼 오래도록 허공에 머물렀다.

"우리 동네 갈천이라고 경치 좋은 곳이 있는디 말여, 언젠가
동네사람 하나가 재 너머 그곳을 지나다보니께 내 아부지라는
사람하고 오입쟁이 친구들 둘 이렇게 셋이서 기생 셋을 데리고
거기서 놀더랴. 그래 저 한량들이 워치게 논가 보자, 가보니께,
기생년 셋을 몽땅 홀랑 벳긴 상태로 만환짜리를 서로 잇어서 옷
처럼 만들어 입혀놓구 한 장씩 떼가져라 하면서 놀더라는 겨.
흐훗. 사내 것으로 할 수 있는 짓은 다 해봤던 겨."

그는 그래놓고 좀 웃었다.

"그래서 일찌감치 집을 떠나신 기우? 아버지 뵈기 싫어서?"

"그것보다는 말이여. 내가 국민학교 졸업할 때는 이미 망조가
들 대로 들어서 집에 뭐 하나 남어 있지를 못했어. 그때 아버지
는 이미 폐인이 다 돼 있어서 동네 편지나 서류 대서해주구 몇
푼 읃어 아편이나 대마 사먹으면서 지내고. 술하고 약에 쩔어 병
든 닭 눈깔을 하고 말이여. 나중에는 손이 떨려 그나마 글씨두
못 쓰긴 했지만."

잠깐 동안 새도 울지 않고 그도 가만히 있는 시간이 생겼다가
없어졌다.

"내가 열여섯 살 때여. 돈이 읗으니께 중학교도 못 가구 남의 집 일 하러 댕기고 있었는디, 비가 잔뜩 쏟아지던 봄이여. 아침에 일어나보니께 아부지가 안 들어왔어. 또 워디 술집에서 주무시는구나 싶어 별 생각 읗이 일 나갈 채비를 하는디 동네 아점니가 쫓아와서 나를 막 부르는 겨. 얼른 저기 거시기네 집에 가보라구."

"그래서요?"

"뭔 일이냐고 하두 무조건 가보라는 겨. 갔지. 그 집 사립짝 안에 사람들이 웅성거리는디 마당 한가운디 아부지가 쓰러져 있는 겨, 비를 홀랑 맞은 채 말이여. 워디 부딪혔나, 읃어맞었나, 머리 한쪽이 터져갖구 선지피가 꾸역꾸역 새는디, 뭘 노려보느라 눈알이 쏙 빠질 것맹쿠로 튀어나오구 수족을 부르르 떨고 있드라구. 아부지 아부지, 막 흔들며 불러도 나를 알아보지도 못하드라구. 모습이 하도 저기해서 사람들은 누구 하나 손대볼 생각도 못 하고 있구 말여."

"……"

"세상에, 그게 막 숨 넘어가는 순간이었던 겨. 그렇게 돌아가신 겨. 유언 한마디 못 하구 그냥 가신 겨. 눈도 못 감고, 살점 하나 안 남은 입을 꽉 깨물고 빗물에 푹 젖어서다가니, 그 잘났던 양반이 빼깽이같이 빼빼 말라갖구…… 술 먹구 노름하다가 돈 내놔라, 아펜 내놔라, 아주 포악을 부렸디야. 다 죽여버린다

구 몽둥이를 들구 발악을 하다가 넘어지믄서 돌도구통에 머리를
부딪혔다고 하는디, 진짜 그런 건지 은어맞은 건지 알 수 읎지만
이 양반이 워낙이 상할 대로 상해 있어서 사람마다 피해다니고
그랬을 때니께 다들 그랬는갑다, 하는 겨."

몸을 조금씩 눕혀가던 그는 마침내 수평이 되고 말았다. 내가
개켜진 이불 위에서 베개를 내려다 머리를 받쳐주자 그는 잠시
눈을 감았다가 다시 떴다.

"난 유산을 딱 하나 받었어. 그것이 뭔지 알어?"

"글쎄요."

"아부지의 죽음이여. 그게 내가 받은 유산이여."

"죽음도 유산이 되는기우?"

"되더먼. 나야 들 배워노니께 조리 있게 말은 못 하지만 자식
이 부모한테 배울 것은 그거 하나뿐인 듯싶은 겨. 뭐라고 말하
기가 쉽지는 않지만 말이여, 죽는다는 거, 죽어 읎어진다는 거,
그것 하나로도 교훈이 되더먼. 그래서 집을 떴어. 배운 것두 싫
고 부자두 싫구 사람들이 떠받들어주는 것두 싫구, 한량두 싫구
노름쟁이, 아편쟁이두 다 싫었지만 우선은 세상 모양 있게 살지
말자, 다친다, 한곳에서 오래 살지 말자, 죽는다, 이렇게 생각했
단 말이여. 그래서 집을 나섰고 아예 인연을 끊어버린 겨……
아이가 왔다갔을 때 그 생각이 나드만. 아 아이도 나를 보면서
저대로 뭔 생각을 할 것 아녀. 이렇게는 살지 말자 하기도 할 테

구 말여. 내가 아버지로서 뭘 줄 수 있었어? 아마 나중에 내가 죽은 것을 보구서 뭔 생각 하나는 나겠지.”

“그럼 유언장에 그렇게 쓰신 규?”

“그냥 그런 생각을 마음으루 쓴 겨. 그러니께 자네한테 이야기를 하지. 집문서하고 즌화번호하구 주소 써서 저 시렁 위에 올려놨으니께 혹 나 잘못되믄 좀 전해줘. 아부지가 이렇게 죽더라구 말이여.”

손노인의 말은 그것으로 끝이었다. 쉬우쉬우 몰아쉬더니 오래지 않아 고른 숨이 되었다. 잠든 것이다. 나는 벽장 속 이불을 깔고 그를 옮겼는데 보기보다 무겁지 않았다. 며칠을 굶다시피 해서 그럴 수도 있었지만 나는 자꾸 오래도록 담아왔던 어떤 말의 무게가 빠져나와서 그렇다는 느낌을 떨쳐버릴 수 없었다.

그는 어쩌면 어떤 말을 만들어내려고, 또는 하고 싶은 말을 하지 못해서 병이 났을지도 몰랐다. 잠이 들자 얼굴의 주름도 움직임을 멈추고 오래된 성의 잔재처럼 낮은 키가 도드라졌고 골마다 깊은 그림자가 생겼다. 밤하늘에는 섬벅 초승달이 떴고 돌이 식었을 텐데도 고양이는 화강암 바위 꼭대기에 그대로 앉아 있었다.

섬에서 자전거 타기

사내는 여자를 업었다.

여자는 업혔고 사내는 걸었다.

붉은 불빛 아래 신발 한 켤레만이 흘러가는 것을 보고 있었다.

"이것도 버릴까요?"

"다, 다 버려주시오."

사내는 물어본 사람이 민망할 정도로 급히 대답했다. 젓가락 한번 안 댄 새것 같은데. 여자 목소리가 잦아들었고 이십 리터짜리 쓰레기봉지에는 반찬 그릇이 하나씩 쌓여갔다. 그사이 어둠은 짙어졌다. 어둠 때문에 골목을 핏줄처럼 두고 붙어 있던 이웃들이 저만큼 멀어졌다. 그는 그게 다행이었다. 여자는 냉동실에서 뭔가를 꺼내 이쪽을 바라보다가 봉지 속에 넣었다.

"해류가 흐르기 시작하는 게 언제죠?"

"밤 열두시 정도요."

"그 해류는 어디까지 가나요?"

여자는 형광등 불빛을 등에 업고 냉장고 속으로 고개를 숙이고 있었기에 목소리가 차갑게 식은 채 나왔다. 멀리. 사내는 짧게 대답했다.

"책에서 봤는데 멕시코 난류는 출발점으로 돌아오는 데 이천 년이 걸린대요."

봉지는 거의 다 채워졌다. 사내는 또다른 봉지를 둥글게 펴서 여자에게 넘겨주고는 고개를 밤하늘로 다시 돌렸다. 바람이 어둠에 눌려 낮게 지나갔고 급히 자리잡은 별 서넛이 공연히 흔들렸다. 사내의 눈이 흔들리는지도 몰랐다.

"이곳에서 흐르는 해류도 그렇게 오래 흐를까요?"

"……"

"왜 그냥 있지 않고 멀리 흘러갈까요, 바다는."

"흐르지 않으면, 바다는, 아무것도 안 돼요. 어장도 안 살아나고."

사내 목소리는 제대로 펴지지 않아 잔뜩 매를 맞고 난 사람의 그것 같았다.

"그런가봐요. 흘러야 하는 것이겠죠, 눈물처럼 말이죠."

여자가 그 말을 하자 무슨 신호를 받은 것처럼 사내는 울컥 눈물이 나올 뻔했다. 눈물을 만들어내는 것은 마음인가 몸인가. 눈물을 막기 위해 그는 담배를 하나 피웠다. 연기는 입 주변 골짜기를 더욱 깊게 만들었다.

"부인 음식솜씨가 좋았나봐요. 여러 가지를 만들어놓았네요."

담배연기로는 눈물이 막아지지 않았다. 대신 바람이 눈동자를 닦고 지나갔다. 어쩌면 아내도 지금쯤 이 여자처럼 다른 남자의 냉장고를 청소해주고 있지 않을까. 그렇다면 그 남자의 아내가 뭔가를 만들어놓고 떠났을 것이다. 그리고 어딘가로 가서 또다른 남자의 냉장고를 치우고 있을 것이다. 하면, 이 여자도 집을 떠나면서 열무김치와 콩자반과 장아찌를 담가놓고 왔을까.

그는 갑자기 이 여자가 아내의 그림자가 아닐까, 싶었다.

어렸을 적 정박해 있던 배 안으로 숨어들었던 때가 있었다. 남의 것이지만 배 안에만 들어가면 자신만의 비밀창고에 들어온 기분이었다. 기관실도 들어가보고 브리지의 키도 밀어보다가 좁아터진 선실에 누웠다. 둥글게 말아놓은 주낙줄과 낚싯바늘을 만지며 원양어선 선원으로 먼 남쪽 바다에 가 있는 아버지를 생각했다. 아버지는 지금쯤 무엇을 하고 있을까. 얼마나 큰 생선을 잡고 오늘은 어떤 발가락을 쥐한테 먹히고 있을까.

잠이 들었고 그 배를 몰고 멀리 남태평양으로 아버지를 찾아가는 꿈도 꾸었다. 꿈속에서 그는 아버지를 싣고 돌아왔다. 아이고, 우리집이다. 아버지는 배에서 내리기도 전에 집을 향해 날아갔다. 발가락이 두 개 남아 있었다. 그러다가 눈을 떴다. 아버지는 다시 먼 남태평양에 가 있고 그는 이곳에 있었다.

선실 벽에 배가 한 척 나타난 게 그때였다. 작은 못구멍을 통해 들어온 바깥 풍경이었다. 검은 그림자 배는 바다를 하늘에 두고 거기에 거꾸로 붙은 채 지나갔다. 하늘에 붙어 거꾸로 가는 배를 탔기 때문에 아버지는 다시 먼 곳으로 간 것만 같았다. 다른 배도 그렇게 지나갔다. 어떤 배라도 반대로 가는 그림자가 하나씩 있었다. 그게 카메라의 원리라는 것은 나중에 배웠다.

"선장님은 좋은 사람 같은데, 부인이 왜 떠나셨을까."

"바다 때문이요."

"난 바다를 찾아왔는데."

"흔들리며 사는 것을 싫어했소."

글쎄 그랬다. 아내는 편편하게 살기 위해 바다를 등진 것이다. 반대로 가는 그림자를 가지고 있는 것은 배뿐만이 아니었다. 아내처럼, 움직이는 모든 것은 그런 것을 하나씩 가지고 있을 것이다. 흔들림의 장소로 찾아온 여자는 행주질까지 마치고 몸을 일으켰다. 그녀는 잠깐 사이에 키가 작아져 있는 듯 보였다. 사내는 자기도 똑같이 작아져 있을 거라 여겼다.

냉장고 안은 양념병 몇 개만 빼고는 깨끗해졌다. 이제 이 방에서 밥을 먹을 수 있을 것 같다. 여러 날 그를 괴롭히던 것이 치워졌지만, 그러나 냉장고 문을 닫자 방의 풍경은 그대로였다.

"우셨어요?"

사내는 고개를 가로저으며 답했다.

"고맙소. 이런 것 해줄 기분도 아닐 텐디."

"마지막으로 누군가를 도와주었다는 게 기분좋아요."

"아직도 그 생각이요?"

"그럼요."

사내는 이빨을 악물고 침을 삼켰다. 이제 방에서 그들이 할 일은 더이상 없었다. 그러나 그는 조금 더 방에 머물고 싶었다. 방 안에 다른 사람이 있는 것이 마치 모닥불 하나 피워놓은 것 같았다. 여자를 향해 손이라도 쬐고 싶었다. 아내가 떠난 다음부터 그는 스스로의 움직임을 정지시켜버렸다. 무엇 하나 손에 쥐고 할 수가 없었다. 미련보다는 상실 자체였다. 가까운 사람이 없어졌다는 것은 스스로 한숨을 내쉬어 빈 곳을 채워야 하는 그 시간이 필요하다는 소리였다.

그러고 보면 술이나 담배나 약처럼, 오랫동안 그가 중독되어 있던 것은 가족이었다. 배가 닿기도 전에 집을 향해 날아간 아버지가 그랬던 것처럼 말이다. 하루 한 갑의 담배가 늘 있어왔듯 그것의 상실을 의심하지 않았는데 어느 날 섬에 담배가 바닥나듯, 배 기름탱크에 기름이 마르듯, 한방에서 살던 사람이 사라져버린 다음에 겪어야 하는 금단증세가 찾아온 것이다.

아내의 얼굴이 들어 있는 사진 모두를 떼어냈지만 밥을 먹기 위해 냉장고 문을 열면 만들어놓고 간 김치와 밑반찬이 눈에 들어왔고 그는 입이 벌어지지 않았다. 그것은 간신히 멀미를 참아 낸 자에게 느닷없이 찾아오는 높은 풍랑과도 같았다. 마치 새우

속에 들어 있는 날카로운 낚싯바늘처럼 저것을 먹는 순간, 견디지 못할 그 무엇에 휘몰림을 당할 것 같아 무서웠다. 그는 거듭 굶다시피 했다. 그렇게 해가 지고 달이 뜨고 다시 해가 떴다.

여자는 이젠 됐죠? 하는 표정으로 문을 열었다. 그는 흘러넘치듯 쌓인 담배꽁초를 봉지 안에 부었다. 재는 음식물 사이를 데커레이션 하듯 흘러내렸다. 이것으로 이 반찬은 쓰레기가 되고 만 것이다. 아내가 그것들을 만들어놓고 감으로써 남아 있는 자를 가해자로 만들어놓았듯이 그도 반발하여 거부한 셈이다. 그는 여자의 뒤를 따라 나갔다. 쓰레기봉지는 집 앞 전봇대 아래 가지런히 놓였다.

"나는 어디로 흘러가게 될까요?"

섬 저편 아련한 불빛에 눈을 두며 여자는 입을 열었다. 사내는 아내를 데리고 낚시 갔던 곳을 떠올렸다. 해류는 그곳을 지나 흘러갈 것이다. 그는 말짱 잊고 있었던 숙제를 아침 여덟시에 문득 떠올린 아이처럼 아주 침울한 표정이 되어 여자를 바라보았다.

제가 피워올린 담배연기에 되레 짓눌려 일어나지 못하고 있을 때 다시 핸드폰이 울렸다. 낯선 번호가 또 찍혔다. 마침내 그는 받았다. 처음 들어본 여자 목소리였다.

바람은 늦은 오후 햇살을 싣고 지나가고 있었다. 지나가면서 출어 기다리는 안강망 무더기와 비틀배틀 쌓아놓은 팔레트를 흔들었는데 그래놓고 곧장 달려가는 것으로 보아 이곳이 도착점은 아니었다. 여자는 방파제 끝 흰 등대 아래에 있었다.

사료냉동창고를 지나면 방파제가 시작되었다. 방파제를 받치고 있는, 물 위로 솟아나 있는 테트라포드에는 저 멀리서 떠밀려온 모자반 줄기가 휘감긴 채 출렁거리고 있었다. 졸복 새끼 한 마리가 모자반 공기주머니를 툭툭 건드려보다가 느릿느릿 멀어졌다. 고작 백여 미터 걸었는데도 한 사흘 걸은 것처럼 피로를 느낀 사내는 저 새끼 졸복처럼 이제 막 시작하는 인생은 참 좋겠다는 생각이 들었다.

"전화하신 분이시오?"

여자는 고개를 끄덕였다. 수평선 위에서 마지막 몸부림을 하고 있는 해는 노란 햇살을 부챗살처럼 쏘아대고 있었다. 바다를 건너느라 지친 햇살의 기운이 씨앗처럼 바람을 타고 돌아다니다가 여자의 눈에 달라붙었다. 그녀는 눈을 찡그렸다. 찡그린 눈은 잔주름을 가득 만들었고 잔주름 탓에 얼굴은 오래된 골목길처럼 변했다.

"저 기억 안 나시죠, 선장님."

선장. 그는 오래도록 자신의 직함이었던 그 단어를 잠시 속으로 되뇌었다. 그러자 오래 전에 받았던 무슨 면허증 같은 것을 장롱 깊숙한 곳에서 발견한 것 같은 기분이 들었다.

“글쎄요.”

“작년에 친구들과 같이 놀러 와서.”

사내는 정면으로 바라보는 여자의 눈을 피했다. 이렇게 정면으로 자신을 바라보았던 이가 몇 명이나 되었을까. 배를 놀리면서 아는 이의 소개로 사람들을 몇 번 태운 적이 있었다. 그러나 이 여자는 생각이 나지 않았다.

“가을에, 여자들끼리만 왔었는데.”

그는 그제야 아, 했다. 식당 주인이 붙여준 중년 여성들 패였다. 그는 여자들을 데리고 섬을 한 바퀴 돌았고 해수욕장으로 가서 보리멸을 낚아주었다. 그중 몇몇은 직접 낚아보기도 했다.

어머, 어머, 또 물었다. 웬일이니. 용임이 너 잘 낚는다. 애는 뭐든지 잘 낚잖아. 너 말이 좀 이상하다. 호호 깔깔. 여기 오니까 정말 좋다. 그렇지? 내가 뭐랬어. 홍도보다 낫다. 배 빌려서 돌아다니니까 더 좋은 거야. 이 생각 누가 했지? 정말 잘했다. 잘한 김에 오늘 한번 돌려. 뭘 돌려. 깔깔. 인생 뭐 있어. 그러게 말이야. 야, 이런 데다가 별장 하나 지어놓으면 좋겠다. 회장, 남는 돈으로 뭐 해, 여기 땅이나 좀 사뇨. 그래라 제발, 여관 값 안 들고 좀 좋아.

보리멸회를 초장에 찍어먹으며 아마 그렇게들 재잘거렸을 것이다. 그중에는 유난히 키 크고 세련되어 보이는 이도 있었고 넉넉하니 포근해 보이는 이도 있었다. 여자도 그 사이에 끼었던 모양이다. 아마 말이 없었을 것이다.

"또 오셨군요."

"그때 명함을 받아놓았었죠."

"일행은?"

"없어요."

둘 사이에 침묵이 밀물처럼 흘러들어왔다. 그사이 해는 더욱 낮아져 화려하던 햇살도 마지못해 꼬리를 사리기 시작하며 붉게 변해갔다. 화려한 것은 곧 생을 마감하려는 것의 특징이었다. 저 만치에서 손가락에다 줄 감고 낚시하는 아이의 머리카락도 붉어지기 시작했다. 사내가 담배를 꺼내자 여자도 한 개비 꺼내어 입에 물었다. 둘은 담배를 피우기 위해 먼 곳까지 온 사람들처럼 한동안 서 있었다. 이윽고 여자가 입을 열었다.

"잠깐 드릴 말씀이 있어요."

"그러니까 전화하셨겠죠."

"여기 오기 전에 돈을 찾았어요."

여자는 좀 엉뚱하게 말을 이어갔다.

"……"

"지금 저한테 남은 모든 돈을 찾아보니 백칠십만원이더라고요."

사내는 꽁초를 바다에 버렸다. 여자도 잠깐 망설이다가 똑같이 꽁초를 던졌다. 파도가 그것을 채갔다. 부서지는 파도의 붉은 꼭짓점이 낚시하는 아이의 머리카락을 닮았다. 세상은 붉은 물감이 들어 있는 병 속으로 풍덩 빠진 것만 같았다. 낮도 아니고 밤도 아닌 것이 기를 쓰며 잠깐의 삶을 수면 위에서 살아내고 있었다.

"어제 들어왔는데 전화를 계속 안 받으셔서. 좀 쓰고 백육십오만원 정도 남았어요."

사내는 담배를 하나 더 꺼냈다. 빈속은 연기를 자꾸 원하고 있었다. 날이 갈수록 담배만 늘어갔다. 지금 그의 방에 가장 풍족한 게 담배꽁초였다.

"그때 배 빌린 값이 삼십만원이었죠?"

"그랬을 거요."

"하루 빌리는 데 그 정돈가요?"

"혼자 오셨다면서 배 빌리시게요?"

"이 돈을 전부 드릴게요."

여자는 봉투를 내밀었다. 흰 봉투마저 붉게 변했다. 이러다가 세상은 본래의 색을 회복하지 못하고 말 것도 같았다. 사내는 손을 저었다. 여자가 물었다.

"태평양이 어느 쪽인가요?"

그는 고갯짓으로 오른쪽 수평선을 가리켰다.

"이 돈만큼 나를 태평양으로 데려다줘요."

"……"

“그렇다면 오 일하고도 반나절 동안 갈 수 있겠죠.”

“장난치는 거요?”

“내 얼굴을 한번 보세요. 지금 장난하는 것처럼 보이는지.”

입가 근육이 단단히 뭉쳐 있고 좀 피곤해 보이기는 하지만 뭔가를 분명하게 말하는 눈동자가 그곳에 있었다.

“아니 참. 돌아오는 날도 계산에 넣어야 하잖아. 그럼 삼 일 동안 가주세요. 그 정도면 어느 정도까지 갈 수 있을까요?”

여자는 섬 주위를 가볍게 돌았던 관광과 스물네 시간 내내 엔진을 돌리고 다니는 먼 항해를 혼동하고 있었다.

“최소한 오백 킬로미터는 갈 수 있겠죠?”

사내는 건성으로 고개를 끄덕였다.

“오백 킬로미터면 얼마나 머나요.”

“제주도 지나 공해상은 되겠소.”

“좋아요. 그렇게 해요.”

“가서는?”

“선장님이 어느 지점에 배를 세우세요.”

“그러고는요.”

“그곳에서 뛰어내릴 생각이에요.”

“심청이라도 될 생각이요? 그렇다면 굳이 그리 멀리 갈 필요도 없잖소.”

심청이라면 효심이 너무 늦게 발동되어버린 셈이라 사내는 지금 상황이 좀 희극영화 같다고 생각했다. 그러나 여자의 얼굴에서 웃음이 나올 징조는 보이지 않았다.

"그러니까, 죽으러 왔단 말이요?"

"예."

여자의 얼굴은 진지했고 사내는 좀 비웃듯이 대꾸했다.

"좋은 데 놔두고 뭐 하러 이 험한 곳까지 죽으러 오신 거요?"

"방법이야 많죠. 달리는 차나 지하철에 뛰어들어도 되고 약을 사먹어도 되고. 심지어 요즘은 인터넷에서 죽여주는 사람도 구할 수 있고요."

"글쎄 말이요."

"최대한 멀리 가야 해요."

"그건 또 왜 그렇소?"

"난 죽으면 분명 몹쓸 귀신이 될 거예요."

"……"

"귀신도 되돌아오지 못할 만큼 먼 곳으로 난 가야 해요."

여자의 얼굴에도 붉은 노을 기운이 옮아왔다. 색깔도 어떤 무게를 지닌다면 아마 붉은색이 가장 무거울 것이다.

"왜 죽으려고 하는 거요?"

여자는 무겁게 고개를 저었다.

"그것은 말 못 해요."

"……"

"말하면 못 죽는다는 것을 난 알아요."

여자 목소리는 죽음을 생각하는 자의 표시처럼 저 밑바닥에서 올라오는 것 같았다. 사내는 여러 날 동안 거의 죽음과도 흡사했던 자신의 방이 떠올랐다.

"안 되겠소."

"왜죠, 내가 이러는 게 우스워서 그러나요? 난 그저 내 인생이 조용히 정리되기만을 바랄 뿐이에요."

"죽든 살든, 하고 싶은 대로 하면 되는 것이지만."

"그런데요?"

"배가 없소."

여자는 한참 전에 버무려놓은 시멘트처럼 변했다.

"있었잖아요."

"그랬소. 그런데 지금은 없소."

"어디 갔죠?"

"감축했소."

"감축이라뇨?"

"정부가 배를 사는 것이요."

"사서는요?"

"폐선하는 거요."

"왜요? 멀쩡한 배를."

"어선 수가 많다는 거요."

그는, 사겠다는 사람이 인수를 포기했고, 그래서 결국 해양수
산부에 감축신청을 했던, 튼튼하고 컸던, 지금은 어느 바닷가 쓰
레기장에서 폐선목으로 나뒹굴고 있을 자신의 배를 떠올렸다.
그러자 가슴속 깊은 곳에서 샛바람이 불어 뭔가 붙들지 않으면
날아가버릴 것만 같았다. 손에 쥐었던 몇 푼의 계약금은 아내의
교통비가 되고 감축보상금은 대출받았던 수협으로 갔다. 그는
잔잔한 수면에 느닷없이 돌풍이 불어오듯, 수평이 수직으로 바
뀌듯 순간 목소리가 올라갔다.

"난 배가 없소. 그래서 가고 싶어도 못 가요."

"……"

"그렇지만 까짓것 방법이 없겠소?"

그는 하늘에다 욕이라도 하는 심정으로 말을 이었다.

"해류를 타면 돼요. 저 반대쪽 방파제에서 해류만 타면 배보
다 더 멀리 갈 수 있소."

여자는 고개를 끄덕였다. 사내는 발악을 하듯 소리쳤다.

"내가 죽게 해줄 테니까 걱정 마시오. 대신, 내 냉장고 속을
좀 치워주시오."

"……"

"내 손으로는 죽어도 못 할 것 같어."

밤은 그것 자체로도 하나의 거대한 벽이고 울타리였다. 사내

와 여자는 벽 속에 구멍을 내는 흰개미처럼 어둠을 뚫고 걸었
다. 다방이 지나가고 수협어판장이 지나가고 슈퍼가 멀어졌다.

　걸으면서 여자는 자신의 운송수단이 될 해류에 대해 물었고
사내는, 오늘밤이 큰사리다, 시간이 되면 북쪽에서 강물처럼 바
닷물이 흘러내려 태평양 쪽으로 갈 것이다, 마침 바람도 북풍이
불 것이다, 가을은 북서계절풍이 불기 시작하는 계절이다, 설명
했다. 내 인생에서 이렇게 맞아떨어진 적은 처음이야. 여자는 혼
잣말로 답하고 나서 마치 기차 시간을 기다리는 사람처럼 말을
이었다.

　"이제 배가 고프군요…… 사흘 뒤에 사형당할 여자가 쓴 것을
예전에 어디서 읽은 적이 있는데, 생리를 시작했대요. 곧 죽을
것인데 몸은 그것도 모르고 생리를 하고. 나는 배가 고프고."

　바닷가 길이 나왔다. 바다는 어둠에 몸을 맡기고 숨어 있었다.
바다는 처음부터 어둠과 같은 성질의 것인지도 몰랐다.

　"아무튼 이 돈을 받아줘요."

　"받을 이유가 없소."

　"죽는 것은 풍선을 터뜨리는 것과 같아요. 최대한 팽창해서
한 번에 펑 터져야 하죠. 터지는 것이 목표이면, 그 전까지는 아
주 작은 구멍도 없어야 해요. 모든 기운을 오로지 공기를 견디
는 풍선처럼 죽는 데 집중해야 해요. 그러니 제발 받아줘요, 선
장님. 돈이 있으면 못 죽어요."

난 목이 타요. 차선비를 받듯 돈을 받아든 사내는 말했다. 어차피 해류가 흐르려면 시간이 남았소. 둘은 해군부대 담을 따라 걸었다. 족구장이라고 불러도 이상할 것 하나도 없을 정도의 테니스장이 나타났고, 머나먼 내륙 현충원 국군묘지에 누워 있는 어느 제독의 기념비가 테니스장 심판대처럼 서 있었다.

주점에는 손님이 있었다. 반투명 유리문을 열자 빈집에서 뜯어온 것 같은 여닫이문이 가로막고 있었고 그것을 밀자 세 개의 테이블과 노래방 기기가 모두 모여 있는 홀이 나타났는데, 시끄러운 노랫소리가 바깥으로 튀어나가지 못하고 사방 벽에 부딪히며 갈라지고 있었다. 서로 껴안고 노래 부르는 이들은 해군기지에서 나온 군인들과 주점 도우미 아가씨였다.

사내는 술을 시켰고 여자는 굳은 표정으로 자리에 앉았다. 그는 자꾸 몸속에서 솟구치는 어떤 기운에 흔들렸다. 무거운 등짐 위에 누군가가 훌쩍 올라탄 기분이었다. 그는 흔들리는 정신을 견디기 위해서 혹은 정체를 알 수 없는 어떤 불길을 잡기 위해서 맥주를 거푸 들이켰다. 술은 급속하게 취한 듯도 하고 전혀 아닌 듯도 했다. 어떻게 생각하면, 지금까지 술 마셨을 때 취하던 부분은 멀쩡하게 그대로 있고 전혀 다른 부위가 취하는 것 같았다. 신체의 어느 부분보다는 생각의 다른 층위가 취한 것 같기만 했다.

"그래, 끝내 죽으시겠다."

여자는 노랫소리 때문에 알아듣지를 못하고 고개를 앞으로 했다.

"여기가 공동묘지라도 된다는 거요? 나는 죽자사자 살아가는 곳이 당신들한테는 고작 죽을 곳이요?"

사내는 여자를 노려보았다. 여자는 눈빛을 맞받다가 고개를 뒤로 뺐다.

"왜 저 사는 곳에서 죽지 못하고 이렇게들 난리야. 당신처럼 찾아온 사람들 있어. 근데 다들 살아서 가더라고."

그 동안 죽으러 온 사람들은 지리를 몰라 멀리 가지를 못하고 죽을 장소를 찾는 것도 시간이 걸리고, 그래서 마을사람들의 관심을 받게 되어 시작도 전에 제지와 감시를 받곤 했다. 용기를 낸다 하더라도 아주 어정쩡한 투신을 하게 되어 물만 잔뜩 묻힌 채 구조되었다. 하긴, 그렇게 한 번의 투신이 하나의 죽음이 되어 그들은 뭔가 다른 얼굴이 되어 되돌아갔고 뜻하지 않게 옷을 적신 섬사람에게 감사의 편지를 보내오기도 했다.

여자는 독약을 마주 대한 표정으로 술잔을 들어 마셨다. 그는 여자가 차라리 울었으면 했다. 울면, 어찌 되었든 포기하는 법이니까.

"죽은 사람도 있을 것 아니에요. 성공했기 때문에 언제 누가 왜 죽었나를 아무도 모르고 있는 것 아니겠어요?"

여자의 목소리가 올라간 것은 비단 군인들의 노랫소리 때문만

은 아니었다. 사내는 한동안 더 여자를 노려보다가 고개를 홱
돌렸다.

"에어컨 켜."

"아이고 깜짝이야. 왜 고함을 치시고 그래요."

저쪽에서 술을 따르던 마담이 빈 잔을 들고 다가왔다. 그는
네모나게 갈라지고 합쳐진 화면 위에 있는 벽걸이 에어컨을 손
가락으로 가리켰다.

"켜."

"한여름도 아닌데 무슨 에어컨요."

"한여름에는 켰어? 켜보라니까. 저 군인들 땀 흘리는 것 안
보여?"

"고장났다고 했잖아요."

"안 고쳤어? 고장난 지가 언젠디 아직도 안 고쳐. 이러고도
돈 받고 장사를 해?"

사내가 여름에 이곳에 왔을 때도 에어컨은 고장나 있었다.

"기술자가 우리집 하나 보고 섬엘 들어오려고 해야지요, 어
디."

"여름에도 그 소리였잖어."

"아따, 여자 손님이랑 같이 오셔가지고 자꾸 왜 이러실까."

"고쳐달라고 연락을 하기는 한 거여?"

"했죠."

"거짓말이면 확 뜯어내서 자근자근 밟아버릴 거여."

"왜 이리 화를 내세요?"

"손님이 아무 말 안 하면 저거 내년 여름에도 안 고칠 것 아니
여?"

마담은 억지로 술을 따르며 여자를 힐끗거렸다. 아내가 떠났
다는 소문은 어느새 섬 곳곳으로 퍼져 있었다.

뭘 그리 봐. 이 여자가 그렇게 궁금해? 새 마누랄 것 같아서?
니미, 죽여달라고 찾아온 여자야. 심청이처럼 뛰어내리겠대. 씨
부랄. 미친 여자지? 그래서 나도 미쳐버리겠어. 그런 눈으로 자
꾸 보지 마. 손 한번도 안 잡았어. 조금 있다가 죽을 여자라구.
죽을 여자.

그는 그렇게 한바탕해버리고 싶었다. 마담 눈짓을 받은 아가
씨가 쫓아와 그의 손을 잡아끌었다. 그는 군인들이 들고 있던
마이크를 빼앗듯 잡아챘다. 하나가 발끈했으나 다른 이의 제지
를 받고 자리로 돌아갔다. 말을 할 수 없어 그는 노래를 불렀다.
아가씨 혼자만 떨떠름한 표정으로 서서 탬버린으로 박자를 맞췄
다. 악을 쓰듯 노래 한 곡을 부르고 난 그는 군인들을 위해 술을
시키고 여자를 끌어냈다.

그렇게 시간이 갔다. 그가 혼돈의 열기 속에서 빠져나와 남은
술을 마시고 있을 때 군인들이 목청껏 노래를 부르고 있었고 여
자는 그중 하나와 춤을 추고 있었다. 뭔가를 토해버릴 것 같은

상태가 한동안 이어졌듯이, 그의 자괴감도 그렇게 꼬리를 물었다. 몇 번의 노래가 계속되고 나서야 여자는 돌아왔다. 여자와 춤을 추었던 군인은 좌석으로 돌아가 고개를 처박고 있었다. 홀 안은 조용해졌다.

"젊은 것들이랑 놀고 나니 기분이 괜찮아졌소?"

"이러지 마세요. 싫다는 나를 억지로 저리 밀어넣은 게 선장님이잖아요."

사내는 숨을 길게 내쉬었다.

"미안하요. 빈속에 급히 마셔서 내가 순간 취한 것 같소."

"저애는 그냥 사병이래요. 다른 사람들은 하사관들이고."

"……"

"애인에게 절교를 당했대요. 그래서 위로하러 왔대요."

아닌게 아니라 그쪽에서는 고개 숙인 사병을 가운데 두고 두 명이 어깨동무를 한 채 토닥이고 있는 중이었다.

"저애. 내 가슴을 만지고 입을 맞추더라고요."

"……"

"내가 말했어요."

"뭐라고요."

"내 아들은 제대하고 결혼도 했어, 그러니 난 네 엄마보다 나이가 많을 거야."

토닥거리던 일행은 그 자세 그대로 나갔다. 그중 하나가 사내

쪽으로 와서 잘 마셨다고 인사를 차렸다. 마담과 아가씨가 그쪽 테이블을 치우기 시작했다. 노래방 기기는 회사 선전하는 멘트를 반복해서 내보내고 있었다. 여자가 술을 따랐다.

"저 어린 나이에 이런 곳까지 군대를 와서 애인과 헤어지다니."

그녀는 바깥으로 시선을 보냈다가 다시 끌어당겼다.

"제 엄마보다 나이가 많은 여자를."

사내는 술을 단숨에 들이켰다.

"시간이 되지 않았나요?"

"정말 죽을 생각이요?"

여자는 빤히 눈동자를 들여다보다가 무겁게 고개를 끄덕였다.

술값은 여자가 주었던 봉투에서 냈다. 배가 있었다면 그들은 태평양을 향한 항로에서 몇 킬로미터 줄였어야 했다. 둘은 다시 걸었다. 바람에 시달리다 죽어버린, 무성했던 잎이고 촘촘했던 잔가지고 모두 잃어버리고 거대한 뭉치만 남아 있는 고사목처럼 마을의 길이 그러했다. 사람의 온기가 있는 집도 불 끄고 잠을 청하는 탓에 골목길은 주황색 가로등 불빛 아래에서 군데군데 자신의 쓰린 알몸을 보여주고 있고 나머지는 모두 어둠 속으로 파묻혀 있었다. 그리고 골목의 어둠은 더 깊고 진한 뒷산의 어둠을 향하여 뱀처럼 기어올라가고 있는 듯했다. 그곳에서 흘러넘쳐 내려오는 듯도 했다. 그 풍경은 살은 사라지고 뼈만 남은,

대학병원에 켜켜이 쌓여 있는 엑스레이 같았다.

그는 길이 눈에 익었으나 여자는 그렇지 못해 걸음이 조금씩 더뎠다. 여자는 그사이 뭔가를 말하려다가 입을 다물었다. 걸으면서, 막상 반대편 방파제 끝에 도착하면, 도도히 흘러가는 시커먼 바다를 보면, 여자는 겁을 먹고 말 거라고 사내는 생각했다. 머잖아 마을이 끝났다. 길게 누워 있는 방파제는 제 몸길이를 스스로 확인이라도 하듯 맨 끝에 가녀린 등대 불빛을 반짝였다.

"아까 방파제는 등댓불이 하얀데 여기 등대는 왜 빨갛죠?"

여자는 관찰력이 좋은 편이었다.

"밤에 있잖소."

사내는 심호흡을 했다.

"불빛으로 표시를 하는데 흰 불빛은 오른쪽으로 항해를 하라, 붉은빛은 왼쪽으로 항해를 하라는 소리요. 그러니까 붉은빛은 이렇게 오른쪽이 방파제라는 말이오."

"그럼, 반대쪽에서 오는 배는 어떻게 되는 거죠?"

"이쪽은 마을이잖소. 마을에서 나가는 배는 이미 이곳 지형지물을 알고 있다고 보는 것이오. 그러니까 바다 쪽에서 들어오는 배를 기준으로."

그는 말을 멈췄다. 언뜻 식은땀이 솟았다.

"등대라도 아는 길은 굳이 설명해주지 않는군요."

"……"

"그렇겠죠. 신호란 모르는 사람들을 위해 있는 것이니까."

동풍이 멎고 북서풍이 불기 시작했다. 머잖아 그믐사리 날물이 시작될 것이다. 태평양 쪽으로 힘차게 흘러갈 것이다.

"자살방조도 죄가 된다고 들었소."

"사는 게 매번 죄 아닌 적이 있나요, 어디."

두 사람 발은 이제 방파제를 만났다. 먼 길을 달려온 파도가 바위에 부딪히고 있었다. 부서진 물방울이 붉은 불빛을 받아 순간 반짝거리며 쏟아져내렸다.

"꼭 우는 것 같아요."

"저것이 우는 것이라면 바다가 울지 않는 날은 없었소."

"그래서 바다를 어미라고 하는지 모르겠어요. 울지 않는 어미란 없으니."

별똥 하나가 짧은 사선을 그렸다. 여자는 방파제 난간 끝에 섰다. 바람이 여자를 데려가려고 머리카락과 옷자락을 잡아당겼다. 어느새 태평양 쪽으로 흐르는 물살은 시작되고 있었다.

"내가 다행히 귀신이 안 되고 다시 태어나게 된다면, 누구로 태어나게 될까요."

별빛은 유유히 흘러가는 검은 물빛 위로 미끄러져 거기에도 스스로를 심어놓았다. 하늘 위에서는 별을 씻으며 물결이 반대쪽으로 흘러가고 있을 것이다.

"날 밀어줘요."

“……”

“지금 안 뛰어들면 결국 못 한다는 것도 알아요. 한 번만 밀어
줘요.”

“……”

“제발.”

“못 하겠소.”

“그럼.”

여자가 돌연 몸을 돌려 사내를 안았다.

“우리 같이 가요.”

여자는 가늘게 떨고 있었다.

“솔직히 무서워요. 그러니 같이 가요. 가서 돌아오지 말아요.”

사내는 문득문득 들었던, 이 여자와 같이 죽어버릴까, 했던 생
각이 다시 고개를 쳐들었다. 그러기엔 너무 허무하다. 허나 늙어
죽은 노인들 빼고는 허무하게 죽지 않은 사람이 어디 있던가.
그는 바다처럼 흔들렸다.

여자는 사내 손을 쥐었다. 그러자 그들은 삼각파도 모습이 되
었다. 서로 다른 각도의 파도가 만나 순간 솟구치는 것. 배 하
나쯤은 우습게 뒤집어버리는 것. 돌이킬 수 없을 정도로 치명
적인 것.

그렇다면 내 마지막 항해는 이렇게 단 한 조각의 널빤지도 없
이 흘러가는 것인가. 그렇게 해서 졸복 새끼처럼 인생을 다시

시작할 수 있을까. 혹 졸복 새끼는 손가락에 줄 감고 낚시하던 아이에게 잡힌 것은 아닐까. 잡혀 지금쯤은 빳빳하게 굳은 채 테트라포드 위에 누워 저 밤하늘을 바라보고나 있지는 않을까. 그런 생각을 하느라 사내는 인기척을 느끼지 못했다.

"그애예요."

여자가 말했다. 말대로 어둠 속에서 나타난 것은 그녀와 춤을 추었던 사병이었다. 사병은 흐르듯 걸어와서 저쪽 끝에 섰다. 사내와 여자는 아무것도 할 수가 없어 껴안고 서 있기만 했다. 사병은 한동안 어둠 저편을 바라보다가 이쪽으로 눈을 돌렸다. 등대 불빛이 채 미치지 못해 표정은 알 수 없었다. 단지 유난히 꼿꼿한 자세여서 몸풀기를 마치고 막 스타트라인에 선 달리기선수 같았다.

"저, 저."

여자는 뭔가를 말하려고 했으나 그게 잘 만들어지지 못했다. 말은 사내 입에서 만들어졌다.

"뭐야, 저 자식. 어쩌자고 저러는 거여."

그는 마구 죽으려는 사람들이 모여 있는 드라마 속으로 빠진 것만 같았다. 닥치는 대로 죽어나가다가 감독이 스톱을 외치면 다들 죽음의 가면이나 외투를 벗고 땀 닦으며 아, 이 짓도 못 해 먹겠어, 오늘 일당은 일점 오 배 준다고 했는데 잊지는 않았겠지, 이럴 것만 같았다. 그런데 그 짧은 순간에 드라마 속에서 갑자기 현실로 뱃머리를 돌리듯 사병은 몸을 던졌다. 이미 출발한 기차에 급히 오르는 것처럼, 태평양을 향해 급발진을 하는 것처럼.

"얘."

여자가 짧은 소리를 질렀다. 너무 급히 내보내는 바람에 그 소리는 채 나오지도 못하고 소화되고 말았다. 대신 풍덩, 소리가 났다. 사내는 여자를 제치고 달려갔다. 물살 위에는 가녀린 등대 불빛만 흔들리고 있었다.

사내 눈에 그것 말고는 아무것도 보이지 않았다. 그믐사리 날 물은 강물의 그것처럼 변해 있었다. 눈에 보이기만 하면 뛰어들 작정이지만 그를 부르는 어떤 신호도 거기에는 없었다. 도도하게 흘러가는 물결만 가득했다. 풍덩 소리마저 물에 녹아버리고 그가 만들었던 동그라미도 이미 흔적 없었다. 그저 태평양 쪽으로 흘러가는 것만 있었다. 역시나 바다는 어둠과 같아, 제 속엣 것을 보여주지 않았다. 대책 없이 넓고 깊기만 했다.

사내는 아득해서 휘청거렸고 곧이어 맥이 풀려 쓰러지듯 바닥에 앉았다. 비틀거리며 다가온 여자는 사뭇 사람의 그것으로는 여겨지지 않을 만큼 떨고 있었다.

"세상에."

다시 별들이 내려와 수면 위에 하나씩 자리를 잡았다.

"어쩌면, 세상에."

바다가 흘러가는지 별빛이 흘러가는지 구분되지 않는 시간도,

흘러갔다. 별빛이 저쪽으로 흘러갔다면 별은 태평양 반대쪽으로 가고 있지 않을까. 그렇다면 저 사병은 육지 쪽으로 갔을 것이다. 저 바닷물을 따라 흘러가는 것은 육지로 간 아이의 그림자일 것이다. 여자는 너무 떨어 마구 요동치는 막대기 하나가 등 뒤에 꽂혀 있는 것만 같았다.

"저것이 당신이 하려던 것이요."

"……"

여자는 울기 시작했다. 눈물은 해류처럼 한 방향으로 끊임없이 흘렀다. 한참 동안의 눈물이 흐느낌으로 변하고 흐느낌이 마침내 마무리지어지는 동안 해류는 더욱 거세어져만 갔다. 이윽고 사내는 시체처럼 굳어져버린 여자를 향해 입을 열었다.

"신발을 주시오."

여자는 아무런 대꾸가 없었다. 사내는 여자의 운동화를 벗겼다. 저항도 없었다. 별빛이 아스라이 운동화 끈에 퍼졌다. 운동화는 따뜻했고 여자의 발은 금방 차가워졌다. 사내는 그것을 방파제 끝에 놓았다. 운동화는 긴 길을 걸어 이제야 이곳에 멈춘 듯 보였다.

"돌아갑시다. 신고도 해야 할 것 같으니."

여전히 여자는 대답이 없었다. 사내는 여자를 업었다. 여자는 업혔고 사내는 걸었다. 붉은 불빛 아래 신발 한 켤레만이 흘러가는 것을 보고 있었다.

삼도노인회
제주 여행기

삼도노인회 회원들은 섬을 떠나보자고 맘을 먹게 되었습니다.

우리도 죽기 전에 단체여행 한번 가보자, 는 공론이 돌았고

돌자마자 낙찰되었고 낙찰되자마자 추진되었던 것이죠.

이번에 삼도(三島) 청년회장 김억만이 삼도노인회 회원들을 모시고 여행을 다녀왔는데 온 뒤로는 서로 말을 잘 안 하고 있답니다. 왜 그럴까요. 우선 노인회가 여행을 가게 된 이유는 이렇습니다.

삼도는 남쪽 바다 어디어디에 있는 섬인데 다른 곳처럼 젊은이 떠나고 늙은이만 남아 평균연령이 상당히 높은 곳입니다. 떠난 이들은 도시생활에 익숙해졌고 남은 이들은 섬생활을 버릴 수 없으니 가족이 모이는 것은 명절이나 초상 때 정도입니다.

섬 노인들은 밭으로, 바다로 나가 무어든 캐고 다듬고 하여 돈 만드는 버릇이 몸에 배어 있는데다 어쨌든 자식들이 얼굴 대신 돈이라도 보내오는 탓에 가히 궁색하지는 않게 살고 있습죠.

하여 그들이 노상 전화로 듣는 말이 '엄니, 그 동안 고생 많이 하셨는디 인자는 따뜻한 방에서 좀 편안히 쉬시오, 제발 보일러 좀 팍팍 돌리고' '아부지, 날도 차거운디 또 삼치 낚으러 가셨소? 인자 그만 하고 쉬시오' 이런 것이고 대답이라 하는 것도 '놀면 뭐 하냐? 내일쯤 택배로 반찬거리 보낼랑게 잘 받어라' 입니다.

고단하더라도 섬을 버리고 자식들에게 가는 게 멀쩡한 배에 구멍내는 것만큼이나 어려운 일입니다. 예전에 도시로 나갔던 이들은 아침에 심심하고, 점심때 무료하고, 저녁때 쓸쓸하고, 밤에는 잠 또한 오지 않아 시름시름 앓는 병 얻었는데 의료서비스 훌륭한 병실에 누워서도 저 먼 남쪽 바다를 바라보며 '오메 오메 내 삼도야' 소리만 내놓다가 끝내 세상 뜨고 말았다는 것을 종종 풍문으로 들어오기도 했고요.

'오메 오메 내 삼도야'는 눈에 익은 고샅길과 이웃들과 마음대로 손 내밀 수 있는 텃밭과 내 노력이면 뭐든지 한 소쿠리씩 수확물을 챙길 수 있는 바다에 대한 그리움의 눈물겨운 표현이죠.

그러니까 떠날 수 없는 세대와, 어떡해서든 떠나야 하는 세대가 완충 세대 없이 맞붙어버린 경우인데, 하긴, 험한 바닷일은 죽어도 물려주지 않겠다고 다짐하여 별로 내켜하지 않던 아들딸 육지의 학교로, 학원으로 올려보낸 게 자신들이기도 하니 딱히 누구를 탓하기도, 세상을 한탄하기도 뭐합니다.

어쨌든 삼도노인회 회원들은 섬을 떠나보자고 맘을 먹게 되었습니다. 자식들이 해마다 계 부어온 돈이 이미 찬데다가 그들 또한 나름대로 쌈짓돈을 모아왔기에 우리도 죽기 전에 단체여행 한번 가보자, 는 공론이 돌았고 돌자마자 낙찰되었고 낙찰되자마자 추진되었던 것이죠. 때는 쑥 뜯는 철도 지나고 삼치낚시도 끝물인 사월이었습니다.

여행은 쉬 결정되었으나 장소는 그렇지 못했습니다.

최근 들어 죽을 맛인 청년회장 역만이 가두리양식장으로 갈 때 경로당에서는 회의가 시작되었습니다. 그는 참돔과 우럭 양식을 하는데 근자에 병이 들었지 뭡니까. 한 달 전쯤 병이 찾아왔는데 최근에는 죽은 것 퍼내는 것만으로도 하루 일과가 꽉 찰 정도였습니다. 이러면 몇 년 동안 쏟은 자금과 노력이 물거품이 될 게 뻔하죠.

그가 무더기로 죽어 떠 있는 참돔 우럭을 내려다보며 한숨을 쉴 때 경로당에서는 불국사와 설악산이 등장과 동시에 한 대씩 맞고 퇴장했고, 뜰채로 죽은 것들을 떠내며 시료 채취해간 수산청은 뭐 하고 자빠졌냐, 네미랄, 무슨 병인지 모르면 모른다고 연락이나 주지, 고시랑거릴 때 서울 63빌딩과 여기저기 놀이공원, 무슨 랜드 따위도 얻어터져 쓰러졌고, 죽은 고기 배에 옮겨 싣느라 땀 뻘뻘 흘리는 동안 동남아를 두루 읊어보기 시작했으며, 사정이 이런데도 도무지 가두리 일은 도우려 하지 않는 아내가 야속해 저 멀리 산비탈 아래 밭을 째려보는 동안 여권 문제 때문에, 금강산은 통일 이후로 미뤄지고 일본은 울며 돌아섰고 대만은 저요 저요 손만 들다 포기하고 태국은 손수건 뒤집어쓰고 뒷걸음질을 쳤다고 합니다.

역만이 가두리에서 돌아왔을 때 마침 아내가 밭에서 걸어오고 있었죠. 역만은 내내 부글거리던 속이 터져 그깟 밭이 그렇게 중요해? 한마디 했고 그러자 가두리의 가, 자만 들어도 심장이 뛰는 아내 쪽에서도 벼르고 있던 차라 그럼, 저 잘난 가두리에서 뭐 나온다고 내가 그 일을 해? 크로스카운터를 먹였습니다.

"일 좀 도와달라니께. 힘들어 죽겠구만."

"나는 놀고?"

"그 코떽지만한 쑥밭에서 돈이 나오면 얼마나 나온다고, 니미."

"그럼, 가두리에서는 돈 나왔어?"

"병이 왔잖어. 병이."

"글쎄 병이 온 것을 가지고 왜 나한테 부애를 내냔 말이야. 나는 당신이 저것 하겠다고 고집 부렸을 때 눈치 봐가며 친정 돈 끌어준 죄밖에 읎어."

"또 그 소리. 누구 돈이든, 합심해서 힘을 쏟아도 부족할 판에."

"고기한테 병이 들믄 병 고칠 생각부터 해야지 왜 만만한 나한테 그래? 내가 전염시켰어?"

"포르말린하고 마이신을 갖다부어도 안 잡히는 것을 어쩌라고."

"욕심부려서 치어를 너무 많이 집어넣더니 결국 떼초상만 치른 것 보라지, 거기 일 도와주러 가서 속 뒤집어지느니 착실히 쑥이라도 캐 다만 몇 푼 현금을 쥐는 게 훨씬 낫어."

"으이그, 속 터져."

"누가 할 소리."

둘은 그렇게 싸웠고 시끄러웠죠. 대꾸가 궁한 역만이 아내 반, 담벼락 반 이렇게 나눠 노려보고 있을 때 노인회 집행부가 찾아왔고 그는 그게 다행이었습니다.

노인회에서 최종 채택한 곳은 지리산과 제주도였습니다. 회원들 의견이 남녀로 갈린 것이죠. 평생 바닷일로 살아온 남자들은 산을 원했습니다. 물에서 오래도록 살아온 사람은 깊은 산을 본능적으로 찾게 되는 법이거든요.

여자 회원들은 제주도를 원했다고 합니다. 삼도에서는 제주가 보이죠. 남자들은 어장 나갔다가 들르기도 하고 심지어는 기관 고장으로 표류해서 가보기도 했지만 여자들은 그렇지 못했습니다.

미국은 안 보이고 달은 보이잖습니까? 하여 미국보다 더 먼 곳에 있는 달이 이웃처럼 친숙하듯 제주가 그랬습니다. 더군다

나 우리나라 관광지 일번지인데 그것을 빤히 보이는 곳에 두고
서 못 가본다는 것은 확실히 억울한 데가 있습죠. 아끼다가 똥
된다는 말이 있잖아요. 그래서 합의를 본 게 지리산 들러 제주
가는 것이죠. 그들은 역만에게 리더 겸 가이드를 부탁했습니다.

"우리끼리 가자니 세상 물정 어두운 게 어디 한두 가지여야
지. 여차하믄 바가지 쓰기 딱이니께 똑똑하고 야문 우리 청년회
장이 같이 가면 좋겠어서 부탁하러 왔네."

역만은 똑똑하고 야물다는 말을 참 오랜만에 들었습니다. 아
내가 달랑 불알 두 쪽밖에 없는 그에게 시집온 이유가 '똑똑하
고 야물어서'였거든요. 요즘은 일생일대의 판단착오로 굳어졌기
는 했습니다만. 물론 그는 으레 하는 칭찬 정도 가지고 마음이
흔들렸던 것은 아닙니다. 칠순 노인네들을 열댓 명이나 인솔하
고 어디를 다녀온다는 게 보통 일은 아니지만 뛰쳐나가버리고
싶은 충동이 있었고 최근에 들었던 정보에 의하면, 제주에서는
새로운 개념의 양식장이 시범적으로, 그리고 훌륭하게 성공하고
있다고 하니 한번 찾아보고 싶은 판단도 있었습니다. 비용도 공
짜인데다가 이런 경우 마을의 장년 하나가 동행하여 편의제공을
해온 전통도 있습니다. 젊은 청년이 드물어 마흔에 억지로 맡았
습니다만 어쨌든 청년회장 아닙니까.

그는, 그렇다면, 하는 얼굴로 말했습니다.

"안 그래도 제주도에 한번 갈 일이 있었는디."

　　노인회 집행부는 고마워하며 여행에 필요한 모든 것의 예약과 확인을 부탁하고 돌아갔고 그는 졸지에 바빠졌습니다. 그러자 이번에는 아내가 흔들렸습니다.

　　"어디 간다고?"

　　"들었잖어. 어르신들이 저렇게 부탁을 하는디."

　　"당신 아니면 갈 사람 없을까봐? 이장도 있고 어촌계장도 있잖어. 일이 저 지경인디 가긴 어딜 가. 정신이 있는 거여, 없는 거여?"

　　"이 기회에 제주도에서 하는 양식장을 한번 둘러보고 와야겠구먼. 아예 수심 깊은 곳에서 고기를 키운다는디 병이 없다대. 가두리는 이장에게 부탁해놀 테니께 걱정 말고."

　　"이 기회? 나 몰라라 하고 놀러갈 기회? 가기만 해봐. 확 나도 나가버릴 테니께."

　　"어디 갈 건데?"

　　"묻지 마. 갈 거야."

　　"묻지마 관광이다 그 말인가?"

　　역만은 애써 웃었습니다.

　　"그래, 묻지마 관광 갈 거여."

　　"아따 참말로 왜 이래?"

　　"우리 아부지 퇴직금 몽땅 들어간 것이 저 가두린디 저 상태로 그냥 두고 어디를 가겠다는 거여?"

"공무잖어 공무."

"집안 망하는 판국에 공무 같은 소리 하네. 하여튼 한 발짝만 나가봐."

"당신 이렇게 나오믄 니미, 일부러라도 나가야 쓰겄어."

어쨌든 복잡한 주말 피해 아껴둔 한복 차려입은 할머니들과 장롱 깊숙이에서 모자 꺼내 쓴 영감님들은 여객선으로, 버스로 지리산까지 이동했습니다. 막상 집 떠나니 시원하다거나, 출발할 때까지 골이 나 있는 아내가 마음에 걸린다든가, 역만은 그런 한가로운 생각을 할 틈이 없었습니다. 버스 대절, 각 식당과 숙소 예약 및 확인, 눈 몇 번 감았다 뜨면 되풀이해야 하는 사람 수 세기, 툭하면 앞서 걷고 뒤처지고, 어디 가고, 가서 잠시 아니 오고, 하는 것 일일이 챙기는 것은 물론 덥다, 춥다, 목마르다, 체한 것 같다, 좀 쉬자, 걷자, 신발이 안 보인다, 안 묵을란다, 국이 짜다, 전화 좀 걸어달라, 차멀미 난다, 말마다 들어주고 답하느라 정신이 핑핑 돌 지경이었습니다.

그렇게 일행은 선암사 잠시 들른 다음 매화마을과 악양 최참판댁 거쳐 지리산 쌍계사 근처 숙소에 도착했습니다. 산은 푸르고 계곡은 깊고 절은 아늑했죠. 여기까지 무사고로 오는 것만으로도 역만은 진이 빠졌습니다. 지친 몸 풍경 소리 의지해 눕고만 싶었습니다. 그러나 일행은 오래지 않아 숙소 변경에 부닥쳐야 했습니다. 일행 중에 비교적 젊은 편인 집사할머니가 있었는데 그녀가 따진 것이죠.

"절 한 군데 갔으믄 됐지, 잠도 절 곁에서 자는 것은 뭔가."

역만은 대답했습니다.

"물 좋고 경치 좋고 한데 싫으시오? 여기 예약하느라 고생했는디."

"내 마음속의 하나님이 이곳을 피하라고 분부를 하시네."

그러자 불교 신자인 보살할머니가 나섰습니다.

"명승대찰은 사람들을 편하게 쉬게 해주는 곳인디 어째 자네 하느님은 그런 것도 못 하게 하신단가?"

"우상 옆에서 어찌 마음이 편하겠소. 옮깁시다. 그리고 성님, 하느님이 아니고 하나님이시요이."

이 좋은 곳을 두고 또 어디로 간단 말이요. 그냥 여기 있습시다. 노인회 회장도 한마디 했죠.

"그렇다믄 우리 둘만이라도 온천으로 데려다주게."

또 한 사람은 기역자 허리가 펴지지 않는 노할머니로 몇 년 전 집사할머니에게 전도를 받은 바 있습니다.

"무슨 말씀이요. 두 분만 어떻게 따로 가신단 말이요."

"우리는 여기서는 못 자네."

온천은 아침식사 뒤 들를 곳으로 정해놓은 곳이었죠.

"진행은 저한테 맡겨놓는다고 하신 것 잊었습니까?"

"그것은 이거랑 틀려. 우리는 다른 것은 다 양보해도 믿음은 양보 못 하네."

역만 하나로는 견디기 힘들어 일행이 왜? 꼭? 정말? 진심으로? 기어코? 달려들었지만 둘만이라도 꼭 가겠다고 버스에 오르지 뭡니까. 버스 속에 똬리 틀고 앉아 기도까지 올렸습니다. 개신교 입장에서 보면 굳은 신심에 표창이라도 하겠지만 역만도, 버스 기사도, 남은 일행도 아주 난감했습니다.

쌍계사에서 지리산 온천까지는 근 백 리 길입니다. 한 명 한 명이 물가에 내놓은 어린이만 같은데 어떻게 둘만 보낼 수 있겠습니까. 결국 역만은 위약금 물어 취소하고 이동을 했습니다. 모두 침묵하고 역만 혼자서 온천 쪽 여관 섭외하느라 입이 말랐습니다. 주말 피했어도 꽃시절이라 방 구하기가 어려웠습니다. 보물찾기하듯 빈방 한둘씩 뒤져 여관을 잡았습니다. 여관이 네 군데로 쪼개졌기에 저녁 내내 역만은 바빴습니다. 뭐 그 정도에서 첫날 밤은 정리가 되었다고 합니다.

다음날 아침 열댓 명 줄줄이 누고 씻고 바르고 먹고 챙기고 하는 것 살피느라 또다시 네 군데 여관을 뛰어다녔던 역만은 여수공항에 내리자 벌써 하루 다 보낸 것처럼 맥이 풀렸습니다. 그는 전화를 걸었고 울릴 것 다 울린 다음에야 아내는 전화를 받았습니다.

당신 어디야. 어디긴 어디야, 여기지. 글쎄 거기가 어디냐고. 묻지 마. 삼도에 있지? 몰라. 당신 정말 묻지마 그것 간 거 아니지? 묻지 마. 나는 '제발 물어봐줘 관광' 가는데 당신은 묻지마 가면 어떡하자는 거여. 묻지 말라니까. 환장하겠네, 정말 이렇게 나올 거야? 이렇게 나온 것은 당신이야. 가두리 가보지는 않았지? 몰라, 나 바빠, 끊어.

아내는 일방적으로 전화를 끊었죠.

저 속에서 주먹 같은 게 올라왔습니다. 비행기가 활주로에서 뜨고 나서도 그것은 가라앉지 않았죠. 오메, 뜨네. 쇳덩어리가 뜬다등만, 진짜 뜨네이. 어이, 배도 쇳디 물에 뜨잖어, 하늘인들 못 뜨겄능가. 근디 왜 이리 흔들린다냐. 멀미 나겄네. 휴게소는 언지 들린단가, 우동 한 그릇 묵었으믄 좋겄는디. 안내양들이 뭘 주는갑는디? 커피나 콜라 이런 거여. 커피 한 잔 묵었으믄 좋겄다. 여기서는 월매나 할까? 비싸겄지? 공짜여 공짜, 예전에 태국 갈 때 보니께 술도 주고 밥도 주고 그러등만.

역만은 일행들 말 듣는 것도 귀찮아 모자 푹 눌러쓰고 눈을 질끈 감았습니다. 보고 싶지 않은 게 있으면 눈 감으면 되는데 귀는 꺼풀이 없잖습니까. 그것도 불만이었습니다. 눈처럼 귀도 감을 수 있다면 좋겠는데 말입니다. 여행 온 게 후회되기도 합니다. 집에서는 바깥이 유혹이었는데 나와보니 자꾸 마음이 집으로만 갔습니다. 여행이라면 혼자서 훌훌 돌아다녀야 하는데 소풍 나간 유치원 교사가 그렇듯 일도 보통 일이 아닌 거죠. 이 고생 하고 있는 것을 아내가 좀 봤으면 싶기도 하고요.

"섬이 쬐깐하게 보인다요."

"우리 삼도도 어디 있겄다. 쪼깜 저리 비케보시요."

"어디쯤 가믄 보인다고 그러등만."

"저것 같네. 긴 것 같구만."

"오메 누가 우리 밭에다가 물 좀 줬는지 모르겄다."

"메느리 없소?"

"있기야 있지."

"우리 염소는 잘 있는지 몰르겄다."

집 떠나는 순간부터 집 걱정이 일인 할머니들답기는 했습니다. 아닌게 아니라 여수공항에서 제주공항까지 가다보면 삼도 상공을 지나치게 됩니다. 그들은 집 떠난 지 만 하루 만에 고향 마을 위를 지나게 되는 셈인데 걱정이 크기로는 역만이 더했죠.

할 수만 있다면 기장 찾아가, 좀 거시기해서 그런디, 잠시 집 에 좀 들렀다 갑시다, 했을 겁니다. 마을 옆 방파제에 잠깐 비행 기 착륙시키고 그사이 손님들 오줌이라도 좀 누라 해놓고 얼른 뛰어가 아내가 잘 붙어 있나, 가두리는 어떤가, 확인 좀 했으면 좋겠는 거죠. 그러자니, 그럼 잘 댕겨오시요이, 그렇게 낙하산 메고 뛰어내려버리고 싶기까지 했습니다.

"오메, 벌써 제주도여? 빠르기는 비호처럼 빠르구만이."

비행기는 역만의 속하고는 상관없이 제주공항에 도착했습니다. 제주는 같은 섬이래도 땅이 넓고 숲이 울창한데다가 높은 한라산이 있어 섬의 느낌은 전혀 나지 않습니다. 풍습이나 환경이 삼도와 달라 한마디로 낯선 대륙이죠. 할머니들은 당장의 높다란 종려나무에 눈이 휘둥그레졌습니다.

"뭔 파인애플이 이렇게 크다냐."

그러나 여자들에게는 이곳이 낯선 곳이 되겠지만 사내들에게는 그렇지가 않죠. 뱃사람으로 평생 살아온 이가 남자 회원들 여섯 명 중에 다섯 명이었습니다. 그들은 이런저런 배를 타고 동서남해안 곳곳을 다녔으니 제준들 눈에 익지 않을 수 없었죠. 물론 관광을 하지는 않았지만 누구네 집 몇 번만 가봐도 그 뒷산이 낯설지 않은 것처럼요. 그중 사람과 땅의 대면에 감회가 유난한 이가 있었으니 신노인이었습니다.

점심 먹으러 간 식당에서 그랬습니다.

"사우나하시고 곧바로 비행기 타고 오시느라 고생들 하셨습니다요. 식사 후 일정은 아까 공항에서 말씀드렸고, 아시다시피 삼리 바깥만 나가도 내 집과는 다른 풍습이 있다고 합니다. 혹시 마음에 안 드시는 것이 있어도 제주도의 특성이려니 생각하시고 맛있게 잡수십시오. 지금 나오는 음식은 오분자기탕입니다요."

오분자기, 오분자기 하등만 버버리 전복이구만그래. 이것은 베말 아니여? 여기서도 베말로 반찬을 만드네이.

할머니들 또한 아홉 명 중에 여섯 명이 해녀 출신이라 그쪽 세계는 빠삭했죠. 그렇게 구시렁거리며 식사는 진행중이었고 그 사이 모서리에 보일 듯 말 듯 걸터앉은 신노인의 술도 진행중이었던 것입니다. 그는 술을 스스로 멈추지 못할 정도가 되어버린 지 여러 해 되어서 요주의 인물이었는데 아차 하는 순간 이미 한 병 가까이 들어가버린 것이죠. 역만은 119 신고받은 소방관처럼 긴급 투입되었습니다.

"나도 모르게 묵어분 걸 어떡한단 말인가."

그의 아내 칠반댁이 변명했습니다. 그 정도 양이면 변신, 은 충분하죠. 역시나 눈빛이 풀려 있었습니다. 그는 역만이 슬그머니 빼낸 잔을 억세게 그러쥐어 되찾아갔습니다.

"내가 말이여, 여러 분들하고 같이 여행을 하니껜 말이여, 술을 조심해야 쓰겄다, 이렇게 다짐도 하고 맹세도 하고 그랬는디 말이여, 막상 제주도에 와서 보니께, 예전 생각이 나서 말이여, 한잔 안 할 수가 없네그려."

역만은 끄덕이지 않을 수 없었습니다. 여러 해 전, 신노인은 장어 낚으러 갔다가 밤안개에 길을 잃고, 늙은 배 낡은 엔진마저 고장이 나 바다를 표류했는데, 사흘 동안 바다에 둥둥 떠밀렸다가 하늘의 도움으로 이 제주도에 도착한 적이 있었습니다.

생사를 넘나들었던 기억에 어찌 술 한잔 아니 마실 수 있겠는가 그 말이죠. 신노인 눈가에 언뜻 물기도 비쳤습니다. 그러니 술병을 뺏을 수도 없었습니다. 사람들 밥숟가락 뜨는 만치 신노인은 술잔을 착실히 들었습니다.

아따 그만 좀 자시시오. 허 참, 비행기로는 삼십 분도 안 걸리는 거리를 나는 사흘 동안…… 이보게 내가 그때 바다에서 말일세. 예 어르신. 그만 좀 자시라고 했잖소. 칠반댁의 목소리는 점점 올라가고 신노인 눈은 붉어지고 그만큼 일행의 침묵 또한 깊어졌습니다. 그 정도 자시고 남은 술은 이따가 저랑 같이 한잔합시다요. 그때 바다에 둥둥 떠서 죽을 시간만 기다리고 있는디 말이여. 또 따르요? 그만 좀 묵으랑게. 칠반댁 입에서는 드디어 새된 소리까지 튀어나오고 나무관세음보살, 보살할머니는 낮게 읊조리고 신노인은 역만의 손을 꾹 쥐고는 말을 이었습니다. 그때 내가 가장 보고 싶은 얼굴이 말이여, 이 사람이었어. 그는 아내를 턱으로 가리켰죠. 이렇게 마귀할멈 같은 것을 가장 보고 싶었당게.

칠반댁은 남편 말이 애정인지 비아냥인지 구분이 되지 않아 허참, 소리만 냈습니다. 결국 신노인은 두 병을 다 채우고서 쓰러졌습니다. 역만이 들쳐업은 그는 살아 있는 고무줄 같았습니다.

식당에서의 고난은 저녁에도 되풀이되었습니다. (기껏 찾아간 중산간지대 목장에서 아녀, 난 높은 디 올라가믄 심장이 떨려서 원, 아이고 싫어, 무서워, 이렇게 다들 말타기를 싫어했죠. 말 끌고 온 주인 보기가 민망해서 어쩔 수 없이 역만이 탔습니다. 신노인은 차에서 코를 골고 일행은 심심하게 흩어져 있고 그는 멋쩍게 풀밭 한 바퀴를 돌았습니다.)

여행사에서 정해준 저녁식당은 자리돔구이집이었습니다. 자리돔구이야 삼도에서도 시시때때 안 먹고 지나가면 서운한 것이죠. 화덕에 굵은 소금 뿌린 자리돔이 놓였는데 너무 잘 아는 게 탈인 경우가 왕왕 있잖습니까. 노인회 부회장이 말했습니다.

"근디 어째 이상하다. 이것 비늘 안 벗긴 것 같네."

그러자, 그때까지 건성으로 보다 말다 하고 있던 이들도 각자 젓가락 들고 건드려보았죠.

"오메, 진짜네."

"이것도 그러네이. 이것도 그러고."

부회장은 종업원을 불렀죠.

"이봐, 아가씨. 이 재리(자리돔을 삼도에서 부르는 말입니다)가 좀 이상하구만. 비늘이 그대로네."

바쁜 와중에 불려나온 종업원은 그래서 어쨌냐는 얼굴을 했습니다.

"예, 비늘 안 벗겼어요."

"아 글쎄, 비늘이 안 벗겨졌다고."

"맞아요. 안 벗겼어요."

"나 말이 그 말이여. 왜 안 벗겼냐고."

"원래 안 벗겨요."

"허 참. 그래서 어떻게 묵어?"

"익으면요, 이렇게 껍데기를 한꺼번에 벗겨내고 드시면 돼요."

"껍데기는 또 왜 벗겨?"

"껍데기를 벗겨야 드시죠."

잠시 화장실 다녀온 역만은 그제야 저도 젓가락으로 자리돔을 건드려보고 나서 이게 어떻게 된 것인지 혼란스러웠죠. 아마 자리돔구이를 비늘째 구운 다음 껍데기 벗겨 먹는 건 제주도의 방식이거나 또는 이 식당만의 특징인 모양인데 그게 좀 그렇습니다. 전통음식점 코스라는 말만 듣고 식단을 다 검토하지 않은 게 문제이긴 하지만, 자리돔 구울 때 껍데기 벗기는지 안 벗기는지, 그런 것까지 어떻게 확인하겠습니까.

"제주도까지 와서 재리 구어 밥 묵는 것두 거시기한디 비늘도 안 벗긴 것을 워치게 묵으라고."

역만이 나섰습니다.

"아마 제주도에서는 비늘째 구운 다음 벗겨내고 먹는 모양입니다. 말씀디렸죠? 삼 리 밖에만 나와도 우리집과는 다른 풍습이 있다고."

"아, 니미. 풍습도 풍습 나름이지. 고기를 비늘도 안 벗기고 묵는 게 무슨 풍습이여? 상쾡이나 하는 짓이지."

상쾡이는 돌고래 일종입니다. 종업원은 이제 그만, 하는 얼굴로 말을 이었습니다.

"저희집은 내내 그렇게 했어요. 그러니 조금 있다가 껍데기를 통째로 벗긴 다음 드세요. 이젠 됐죠?"

"되기는."

부회장은 도저히 용서할 수 없다는 얼굴을 했습니다.

"생선 맛 통 모르는구만. 껍데기가 얼마나 맛있는디. 이렇게 간을 하믄 간도 잘 안 배고 껍데기도 못 먹잖어."

"껍데기를 왜 먹어요? 살 드시면 됐지."

"이 처자가 외국에서 살다 왔나, 왜 말귀를 못 알아들어? 고긴 말이여, 간 밴 껍데기가 진미여."

일행은 고개를 끄덕였습니다.

"살이 맛있죠. 껍데기가 뭐가 맛있어요."

종업원도 지지 않습니다. 부회장은 말을 이었습니다.

"어이, 아가씨. 만약에 아가씨가 어떤 남자랑 연애를 한다고 해."

"제가 왜 어떤 남자랑 연애를 해요?"

"그런다고 치자 이 말이여."

"치기는 뭘 쳐요. 나 참 기가 차서."

그는 내처 이어나갔습니다.

"들어보라니께. 아가씨가 어떤 남자랑 연애를 하는 데 있어서 말이여, 서로 상대방의 간뎅이나 창자나 속뼈따구가 이뻐서 사

218

랑하겄어? 다 껍데기가 좋아서 사랑하는 거여."

"도대체 무슨 말씀이세요, 영감님."

"지금 말이 하는 말이여. 서로가 좋아서 쓰다듬고 입술로 빨고 하는 것도 다 껍데기지 살이 아니다 이 말이여."

"영감님, 지금 저한테 성희롱하는 거예요. 신고합니다."

역만은 순간 그 무엇에 뒤통수를 한 대 얻어맞는 기분이었습니다. 성희롱. 얼마나 무서운 단어입니까. 부회장과 함께 경찰서에 앉아 있는 장면이 파노라마처럼 눈앞에 지나갔죠. 그는 몸을 날려 두 사람 사이에 끼어들었습니다.

"뭔 소리여? 신고라니. 신고라니."

"연애니, 입술로 빠니, 다 성희롱이에요."

"아니여. 난 다만 껍데기 무시하지 마란 말을 알아듣기 쉽게 한 것이여. 젊은 것이 사람 무시하고 있어."

부회장은 부아를 버럭 냈습니다. 말인즉슨 맞는데 비유가 오해받기 딱 좋았죠. 부회장은 부회장대로, 종업원 아가씨는 아가씨대로 얼굴이 붉으락푸르락했죠. 당장이라도 전화 걸 듯이 노려보는 종업원에게 역만은 허리 굽혀 사과하고 또 사과했습니다.

파르르거리던 아가씨가 휙 돌아가는 것으로 그럭저럭 사태는 정리되었지만 다들 얼굴이 말이 아니었죠. 기대했던 저녁밥상이 아주 엉망이구나, 이런 모습이었습니다. 역만은 급히 사장과 상의했죠. 급한 대로 불만을 꺼야 했으니까요. 사장이 나서서 이른

바 좋게, 좋게 말했습니다.

"서로의 오해는 이 정도에서 풀기로 하시고요, 삼도에서 오셨다니까, 제가 제주도 특산품 일등 회를 하나 올리겠습니다. 바로 다금바리입니다. 값이 좀 비싸기는 하지만 대신 자리돔 값은 안 받겠습니다. 그냥 드시기 바랍니다."

다금바리? 말 들어봤네. 텔레비전에서도 자주 나오등만. 그것이 능세(능성어를 이른 삼도말입니다) 종류같이 생겼등만그래. 능세랑은 좀 다르다등만. 그럼 이볼락인가? 같다는 사람도 있고 다르다는 사람도 있고 일행은 다시 말을 뱉기 시작했습니다.

오래지 않아 사장은 칠팔 킬로그램 정도 되는 대형 다금바리를 직접 들고 왔습니다.

"이것이 그 유명한 다금바리입니다. 둘이 먹다가 하나 죽어도 모르는 맛입니다. 잠깐 식사하시면서 기다리시면 잽싸게 회를 준비하겠습니다."

펄떡대는 다금바리 따라 몸 흔들리며 사장이 직접 설명하는 것은 보기에 나쁘지 않은 풍경이었죠. 그런데.

"가만, 다금바리 다금바리, 그래서 뭔가 했등만 그것이 허천 뱅이 고기 아니여?"

역만은 불에 덴 듯 말 나온 곳을 바라보았습니다. 그 동안 별 말 없이 조용히 앉아 있는 편이던 김노인이었습니다. 그도 삼치, 농어, 장어, 참돔잡이, 하여튼 뱃일과 어부로만 평생 살아온 이

였죠.

사장은, 그것은 어떤 말씀이신지, 하는 표정을 했습니다.

"나가 저 고기를 잘 알어. 딱 허천뱅이 고기구만."

"우리 다금바리에게 다른 이름이 있었다는 것을 잘 몰랐네요. 허천뱅이, 하여간 그 이름은 무슨 뜻입니까, 어르신?"

"뭐 알라고 그래."

"하하. 말씀을 해주셔야 저도 다른 손님들께 설명을 해주죠."

"말 그대로 허천뱅이여. 허천뱅이랑 말 모르셔? 닥치는 대로 묵어조지는 것을 허천뱅이라고 하잖어. 걸신들린 것처럼 말이여."

"아 예. 다금바리가 워낙 포식성이 강해서 잘 먹는다고 저도 들었습니다."

"그냥 잘 묵가니?"

"그럼……"

김노인은 마을회관에 앉아 있는 것처럼 자연스럽게 주변 동료들에게 말을 이어나갔습니다.

"예전에 고기 잡으러 갔다가 똥 누믄 말이여, 아, 이거 식사시간에 이런 말을 하게 돼서 좀 그렇지만, 똥을 누믄 저것들이 달라들어 서로 쌈을 하믄서 빨아먹었당게. 그래서 허천뱅이 물고기라고 우리가 불렀어. 어이 생각 안 나? 자네하고 나하고 삼부도 돔 낚으로 갔다가 자네도 똥 눴잖어. 그때도 저것들이 달라붙어서 똥 갖고 개 싸우듯이 쌈을 하면서 우당탕, 서로 묵을라고 그랬잖어."

"맞어 그랬어. 그게 저 고기였나?"

지목당한 노인이 동조를 했습니다.

"그래서 우리는 저 고기는 잽혀도 안 묵고 땡겨부렀당게. 나는 제주도 사람들이 다금바리, 다금바리, 그래서 뭔가 했등만 똥묵은 허천뱅이였구만그래."

사장은 들어가지도 못하고 나가지도 못하고 그저 그곳에 서서 요동치는 다금바리만 빤히 내려다보았습니다. 역만도 마찬가지로 회를 쳐달라, 도 못 하고 하지 맙시다, 도 못 했죠. 결국 식사는 회 없이 그저 그렇게 마쳤고 역만은 서둘러 일행을 여관으로 데리고 왔습니다. 독주라도 있으면 몇 사발 퍼마시고 싶은 심정이었죠. 아내는 아예 전화를 꺼두었습니다.

"허, 이 먼 곳까지 와서."

"글쎄, 말이여."

"허 참, 허."

남자 회원들은 여관 입구에 서서 담배 물고 한마디씩 했습니다. 밥도 시원찮고 노는 것도 그렇고, 한마디로 재미없다는 것이죠. 이 좋은 곳까지 왔는데 말입니다. 객고도 쌓였다는 소리고요. 듣자니, 대도시 사람 중에는 지하철이나 마을버스만 타도 객고가 쌓이는 이들이 많아, 그들을 위해 그렇게 많은 러브호텔이

들어섰다고 하더군요. 도시사람, 섬사람 씨종자가 따로 있는 것은 아니잖습니까.

물론, 연세가 연세라 뭐 거창하거나 분명하거나 그런 것을 원하는 것은 아니죠. 누군가의 말에 의하면, 사내란, 젊어서는 몸은 부드럽고 딱 한 군데만 단단하다가 나이 들고 나면 몸은 딱딱해지고 딱 한 군데만 부드러워진다고 하지 않던가요. 그러니 그들은 고향 떠나 먼 곳에 왔다는 기분 같은 것, 나중에 이야깃거리 될 만한 그 무엇 정도를 원하는 것이겠습죠.

뭐 인간적으로 이해 못 할 것은 없겠지만 역만은 만사 귀찮았습니다. 누군가 목에 칼을 들이대면 그냥 목으로 칼을 푸욱 눌러버리고 싶은 심정이었죠. 못 들은 척 자신의 숙소로 들어갔습니다.

둘쨋날은 그렇게 저물고 셋쨋날이 밝았습니다.

회원들은 확실히 볼이 부어 있었습니다. 역만도 잠이 오지 않아 다 된 새벽에 슬그머니 편의점에서 소주 사다 마신 탓에 숙취가 심했죠. 응답 없는 전화만 열댓 번 눌렀을 겁니다.

아침밥은 뭐냐. 곰탕 같은 거였으면 좋겠다, 세상에 제주도까지 와서 재리 꿔서 밥 묵을 줄은 누가 알았냐. 회도 못 묵었잖어. 회야 우리도 노상 묵는디. 여기 돼지국밥이 유명하다등만. 접때 누가 여기 와서 묵었다는디 터럭이 끄떻게 붙어 있더라고 그러데, 돼지 냄새도 많이 나고. 어이 거시기 어메, 내 칫솔 봤소? 거기 칫솔을 내가 어치게 알어, 누가 수건 쓰고 이렇게 해놨다냐. 아따, 담배는 나가서 좀 피시오.

다시 말들은 시작되었습니다. 역만은, 나는 바보다, 아무것도 안 보이고 아무것도 안 들린다, 되뇌며 예약해둔 인근 식당으로 일행을 데리고 가는 것으로 또 하루를 시작했습니다. 이날 하루도 길었습니다.

삼일포 가서 유채밭을 만나니 그나마 조용해졌고, 거기서는 사진도 좀 찍고 했는데 꽃이 주는 영향이랄까, 회원들은 잠시나마 즐거워했습니다. 역만은 그때까지 가두리 견학을 못 했죠. 다음날이면 돌아가야 하는데 말입니다. 돌아오는 길에 그는 일행과 잠시 헤어졌습니다.

얼른 택시 타고 다녀오겠다고 나섰지만 어디 그게 말처럼 되겠어요. 자그마한 삼도에서도 왔다갔다 하다보면 하루해가 설핏인데, 이 대륙 같은 곳에서야. 가두리 담당자 만나기까지만도 착실히 시간 잡아먹고 심지어는 일전에 전화했던 사람이라는 것을 상기시키는 데에도 시간이 좀 걸리고, 그 사람 따라 이곳저곳 다니다보니 오후해가 벌써 떨어지고 있었습니다.

마치 젖먹이를 놀이동산 보낸 것처럼 자꾸 맘에 걸리고 눈에 밟혀 집중할 수 없었지만 여기까지 와서 그냥 돌아갈 수야 없죠. 당장, 아내에게 무슨 소리를 듣겠습니까.

신개념 양식이란 수심 삼십 미터 정도에 그물을 고정하고 관을 통해 먹이를 자동공급하는 것인데, 관리는 다이버들이 한다고 합니다. 무엇보다도 시설투자에 어마어마한 돈이 든다는 것만 귀에 박혔습니다. 하긴 포기도 견학과 학습의 결과물이기는 하겠습니다.

그렇게 발품 팔다가 허겁지겁 돌아오니 이미 어두워졌습니다. 헤어지면 보고 싶고 보고 나면 이 갈린다는 말이 있죠. 뭐 보고 싶기까지야 했겠습니까만 일행 수 확인하고 나니 안도감도 들고 한편으로는 잠시 자유로웠던 몸이 다시 묶이는 것 같아 암담하기도 했습니다. 일행은 박물관 견학도 포기하고 아주 무료하게 시간을 보내고 있었습니다. 무료함에 지친 몰골이었죠.

그러니까 오후 내내 여자 회원들은 방에 들어가 텔레비전을 보다가 공원 어슬렁거리는 것을 되풀이하고 남자 회원들은 허여기까지 와서, 이렇게 심심하게, 허 참, 그런 소리나 하며 담배만 뻑뻑 피웠답니다. 겉으로는 말을 안 해도 우리를 팽개치고 어디를 갔었냐, 이런 불만이 금방이라도 터질 것 같았죠.

딱히 뭐라고 하기도 뭐하고 해서 역만도 불편하게 입맛만 다셨습니다.

'삐오오옹, 팡.'

갑자기 불꽃놀이 축포가 터진 게 그때였습니다. 꼬리 늘어뜨린 불덩어리가 하늘로 올라가더니 수천 개 불꽃으로 부서지며 떨어져내렸습니다. 방바닥에 허리 붙이고 있던 일행이 쏟아져나왔습니다. 역만은 버스 기사에게 얼핏 들었던 것을 떠올렸는데 어디어디 국빈이 찾아와 축하행사를 한다는 거였습니다. 아무렴 어떻습니까. 삼도노인회 제주 방문 기념 축하행사일 리는 없지만 어쨌든, 생일상은 주인공이 아니어도 기분 좋은 법 아니겠습니까. 그는 내친김에 한마디 했습니다.

"잘 보십시요. 내가 왜 늦은지 아십니까? 아까 도청에 가서 우리 삼도노인회 회원분들이 친히 방문을 하셨으니 돈 아끼지 말고 포를 팡팡 좀 쏴달라고 도지사한테 일르고 왔었습니다."

믿고 안 믿고는 하나도 중요하지 않죠. 역만은 그 말 해놓고 혼자서 낄낄 웃었습니다. 그렇게 웃기라도 안 하면 어떻게 돼버릴 것 같았죠. 회원들은 옹기종기 앉아서 불꽃을 바라보았습니다. 빙글빙글 도는 놈도 있고 그냥 한 번에 산산이 부서지는 놈도 있고 미련이 많아 오래도록 타고 내려오는 놈도 있고, 이렇게 하늘에 그려지는 그림도 여러 가지였습니다.

느닷없는 풍경에 다들 탄성을 지를 때 집사할머니 옆에 딱 붙어 있던 노할머니의 기도가 시작되었습니다. 역만은 경건한 그녀의 기도에 웃음을 멈췄죠. 두 눈 꼭 감은 채 두 손 빈틈없이 부여잡고 뭐라고 중얼중얼했고 쓔우웅 퍼엉, 한 번씩 불꽃이 작렬하고 나면 고개 숙이며 다시금 이어갔습니다.

너무나도 절박한 자세라 집사할머니도 따라서 기도를 하기 시작했고 그들의 기도 덕분에 일행은 다시금 침묵해야 했습니다.

둘은 나지막이 찬송도 부르기 시작했습니다. 뜨악하기는 했지만 종교의 자유는 국가가 나서 보장해주는 것이니 삼도 청년회장이 나선다고 막아지겠습니까 어디. 한동안의 불꽃놀이 동안 그들의 예배는 계속되었습니다.

불꽃놀이가 끝나고 마침내 아멘, 소리가 났습니다.

"성님, 무슨 기도를 그렇게 길게 드렸소? 성님이 하도 신심 있게 기도를 드려서 나도 저절로 따라 했소."

집사할머니가 물었고 노할머니는 주름 가득한 눈을 들어 가느다랗게 입을 열었습니다.

"겁이 나서."

"믿는 사람이 겁이 다 뭔 말이요. 뭐가 그리 겁납디여?"

"하늘에다가 불질을 해댄디……"

"……"

"우리 하나님 놀라실까봐."

"예?"

"생각해보소. 저렇게 하늘에다가 대포를 쏴분디, 얼마나 놀라시겠는가. 더군다나 우리 왔다고 불질을 한단디."

그 동안 불꽃놀이를 본 적이 없으신가, 옆에 서 있던 보살할머니가 물었고 처음 본다는 답이 나왔습니다.

"허 참, 불꽃놀이 처음 보신다니께 그럴 수도 있겠지만, 하느님이 저 정도 불꽃놀이에 놀라시는 양반이요?"

“그, 그런가?”

“우리 부처님은 저런 것 수만 발을 한꺼번에 쏴도 눈 하나 끔쩍 안 하시는디.”

역만은 마을에 불난 것처럼 마음이 급해졌습니다. 어떡해서든지 종교끼리의 마찰을 막아야 했지요. 근데 딱히 입 안에 괴는 말이 없었습니다. 집사할머니는 마귀란 것을 만났을 때 아마 저런 얼굴이 되겠구나, 싶은 표정으로 보살할머니를 깊숙이 쏘아보았습니다.

“순 돌덩어리 우상이 그럼 뭔지 알어서 눈이나 깜빡한다요?”

“어이 동생, 무슨 말을 그렇게 해?”

그사이 일행은 한 걸음씩 멀어지기 시작했고 역만은 제발, 소리도 나오지 않았습니다. 뭔가 깊은 나락으로 떨어지는 것 같기만 했습니다.

“엊그저께, 절에서도 말을 함부로 한 것 참았는디, 오늘은 증말 못 참게 하는구만.”

“성님이 먼저 우리 하나님을 욕뢨잖소.”

“내가 무슨 욕을 봬. 저 성님이 그렇게 생각했다고 하니께 하느님 정도라믄 불꽃 정도에 놀란다는 것이 말이 안 된다, 이 말이었지.”

“하느님이 아니라 하나님이시라니께.”

삼도 청년회장 의무에 종교분쟁 조정이 있는지 없는지는 모르지만 강제조정 권리는 없는 게 확실했죠.

"어이, 나가 아무래도 믿음이 약해서 잘못 생각했는갑네."

노할머니의 겁먹은 목소리는 더욱 가늘어졌습니다. 집사할머니는 화살을 보살할머니에게서 노할머니에게로 돌렸습니다.

"성님 잘못이기는 하요. 우리 하나님이 워떤 분이신디 저런 가짜 대포에 놀라신단 말이요? 그러니께 우상종교한테서 그런 소리나 듣지."

역만은 손을 뻗어 보살할머니 팔을 붙들었고 제발, 제발, 제발, 이런 단어가 손을 통해 그쪽으로 흘러들어갔습니다.

"그렇지? 내가 잘못한 거지?"

"맞소. 하나님 무시죄요. 다시 기도합시다. 성님이 먼저 기도를 올리시오."

둘은 서로 머리를 맞대고 기도를 시작했죠. 보살할머니는 역만에게 팔을 잡혀 있어서 그러기도 하지만, 갑자기 상대가 땅바닥으로 꺼져버린 탓에 딱히 받아치기도 뭐했습니다.

전지전능하신 우리 주님을 나가 잘 몰라보고…… 저런 불질에도 놀라신다고 해서…… 이런 기도와, 화를 누르기 위한 나무관세음보살, 소리가 그런대로 어울리는 불협화음을 만들었죠.

그렇다면 나머지 일행은 어땠을까요. 다들 저만치 떨어진 채 짐보따리를 하나씩 짊어지고 있는 모습이었습니다. 잔뜩 시달린 얼굴이었죠. 보건복지부 노인문제 담당자가 보았다면 역만은 당장 구속감이었습니다. 그는 아이를 낳듯 끄응 이를 물었죠. 그러다 택시 타고 올 때 보았던 것이 번쩍, 떠올랐고 일을 저질러버리고 싶은 충동이 순간 생긴 것이죠. 아무렴요.

기도 끝나기를 기다린 그는 마지막 결전을 알리는 장수처럼 일행을 불러모았습니다. 흥을 잃어버린 일행은 다시 한번 모이는 데도 시간이 걸렸습니다. 그는 말했습니다.

"일 인당 삼만원씩 무조건 내시오. 그리고 나를 따라오시오. 인자부터는 오직 내 말만 들으시요이. 약속하신 대로."

일행은 별 대꾸 없이 주섬주섬 쌈짓돈을 꺼냈죠. 그가 일행을 데리고 간 곳이 어디일까요. 바로 극장식 나이트클럽이었습니다.

여기가 뭐 한 데냐, 극장이냐? 술집이냐? 역만은 화난 사람처럼 무조건 내 말 듣기로 했잖소, 입을 틀어막았고 남자들은 무표정으로 기대감을 감추었습니다.

이제 막 문을 연 시간이라 사람들은 많지 않았습니다. 역만은 일행을 맨 앞자리 테이블 쪽으로 길게 학익진을 짜듯이 배치했죠. 일행이 앉은 좌석 코앞에는 넓은 스테이지가 자리하고 있고 그 위 무대에는 밴드 노래하는 자리, 한켠에는 음악 틀어주는 디제이 자리, 그리고 그 사이사이 유리박스가 위치했는데 휘황찬란한 조명이 그것들을 한꺼번에 뒤덮고 있었습니다.

삼도노인회 회원들은 그래서 붉고 푸른 조명을 받아 평소와 다른 얼굴이 되었죠. 할머니들은 업소의 위용과 화려함에 눌렸는지 제비새끼처럼 늘씬하게 차려입은 젊은 웨이터들이 맥주와 안주를 가져다놓아도 다들 말없이 앉아 있기만 했습니다.

잔잔한 음악이 흐르는 동안 역만은 일행 앞에 서서, 오늘이 여행 마지막 밤, 피로와 여독, 여기는 관광특구, 노래와 술, 단합과 즐거움 따위의 단어를 적절히 배합하여 멘트를 했습니다. 그리고 팁 찔러준 보람이 제대로 나서, 바다를 사이에 두고 이웃해 있는 삼도에서 이곳 제주를 방문하신 노인회 회원 일행 여러분을 가슴 열고 뜨겁게 맞이한다는 디제이 멘트 또한 제때 나와주었죠. 일어서서 인사하는 회원들도 여럿이었고요.

그리고 오래지 않아 관광특구답게 사람들이 몰아닥쳤고, 제주의 깊고 뜨거운 밤은 시작되었습니다. 귀청을 찢어놓을 것 같은 음악이 쉬지를 않고 그리고 마침내 무대 위로 무희들이 등장했습니다. 붉은머리, 노랑머리, 갈색머리, 검정머리를 한 미녀들이 무대와 유리박스로 걸어가더니 늘씬하고 풍만한 몸을 드러내며 흔들기 시작한 것이죠. 옷인들 제대로 입었겠습니까. 좀 굵은 끈으로 민망한 곳을 가리는 표시만 했죠. 가슴은 금방이라도 튀어나오려고 출렁거리고 엉덩이 사이로 들어간 끈은 머잖아 끊어질 것만 같았습니다.

"에잉?"

"옴마야."

“뭐, 뭐시여 시방.”

할머니들의 반응은 이랬죠. 한마디로 놀라 자빠질 정도였습니다. 남자 회원들은 아무 말 없이 지그시 바라보고만 있었고요.

“저것들이 입은 거여, 벗은 거여?”

“오메 오메, 이것이 워쩐 일이여.”

“이 양반이요, 지금 워디 보고 있소?”

전면에 등장한 반라의 댄서들과 가장 앞자리의 할머니들은 아무래도 뒤섞이기 힘든 성질의 것이죠. 눈이 민망하고 늙은 남편이 멍하니 바라보는 것도 괴로운 할머니들은 세상 못 볼 것을 봤다는 투로 분연히 일어섰습니다. 역만이 비장한 눈빛으로 입을 열었습니다.

“지금 나가믄 벌금 백만원을 내야 합니다.”

“에잉?”

“오메, 백만원?”

“뭔 소리여.”

“그것이 여기 법이요. 아까침에 특구라고 말씀드렸잖소. 벌금 안 낼라믄 얼른 앉으시오.”

벌금 소리에 그들은 화들짝 놀라 앉았습니다. 그렇지만 어디 똑바로 눈 뜨고 쳐다보겠습니까? 눈 감은 이도 있고 돌리는 이도 있고 탁자만 바라보는 이도 있고 그랬죠. 역만은 한소리 더 했습니다.

“저거 안 보믄 저 아가씨들한테 십만원씩 돈을 물어줘야 합니
다. 돈 더 내실랍니까?”

“에잉?”

“저 뒤에 벌금 걷는 사람들 서 있잖어요.”

할머니들은 고개를 똑바로 했습니다.

“아주 좋아 죽네, 죽어.”

“안 보믄 벌금 내야 된다고 하잖는가.”

“눈깔 튀어나오겄소.”

“난들 보고 싶어서 보겄는가. 당신도 벌금 안 낼라믄 잘 보
소.”

부부쌍은 아무래도 이런 말이 오고가지 않을 수 없었죠. 그렇
게 해서 가장 적극적인 관객이 되었다고 합니다. 역만은 씨익
웃으며 테이블에 놓인 맥주 하나 끌어당겨 시원하게 한잔했습니
다. 제주의 마지막 밤은 그렇게 흘러갔다고 합니다.

아버지와 아들

"인제 혼자서 뭘 할라고 너무 애쓰지 마시오. 아들이 있는디."

"이놈아. 너도 너무 뎀비지 마라.

이 애비도 처음부터 이렇게 늙은 것은 아니여."

밤 깊어 찾아온 뜬것들이 마을회관 앞 팽나무나 김해 김씨 사당, 방파제 너머 돌 무너진 자리 따위를 아직 휙휙 날아다닐 시간인데도 박은 베개를 밀어내고 일어나 앉았다. 앉은 채 창밖을 한번 바라보는데 어둠의 층이 두꺼워 속짐작 안 되는 게 제 탓인 양 손바닥으로 주름진 눈자위를 쓱쓱 문질렀다. 댕. 벽시계가 한 번 울린다. 네시 반이라는 소리다.

농촌이라면 참새나 닭처럼 날개 달린 것이 새벽을 깨우지마는 육지와 멀리 떨어진 이곳 섬은 어부가 열어젖히는 게 오랜 풍경이다. 도미나 농어, 부시리나 삼치같이, 계절에 맞춰 섬엘 찾아오는 회유성 어종의 습관이 그것을 만든 것이다. 이것들은 특히 이른 새벽 동트기 시작하는 그 변화무쌍한 시간에 유독 움직임이 활발하고 입맛이 왕성하다. 그러니, 그것들에게 입을 대고 있는 입장에서는 부지런해지지 않을 수 없다. 오늘은 아홉 물에 초들물이 새벽 다섯시. 이렇게 맞아떨어지는 물때도 드물다. 밤하늘 별 씻고 내려온 바람도 시원하다.

"벌써 시간 됐소?"

인기척에 눈을 뜬 아내 강씨는 끄응, 일어서 부엌으로 나갔다. 이제 박은 간단한 요기를 하고 아들 용이와 함께 배 몰고 나가 참돔을 낚기만 하면 된다. 잘 물어야 할 텐데. 참갯지렁이도 넉넉히 파놓았고 바람도 자니 신사장 입 벌어질 정도는 낚겠지 싶다.

"오메, 저 괭이새끼가요."

아내 목소리다. 안 봐도 뻔하다. 고양이가 또 뭔가를 물어갔다는 소리이다. 부엌을 입식으로 바꾸면서 자그마한 창고 하나를 덧대어 짓고 그 뒤쪽으로 문을 냈는데 그리 들어온 모양이다. 어쨌든 요 괭이새끼가, 했다면 막 생선에 손대는 놈을 현장포착했다는 소리지만 지금처럼 저 괭이새끼가요, 한다면 이미 늦은 것이다.

"괭이가 뭐 물어갔는가?"

그러나 강씨는 제대로 듣지도 못하고 저 쳐죽일 놈의 괭이새끼가 여기를 워치게 올라갔을까, 아이고 아까워라, 떠난 짐승 욕으로 시작해서 혼잣말로 뒤를 받치다가, 아, 뭐 물고 갔냐니께, 박이 올린 목청을 듣고

"저 씨부랄 것이 양태 말려놓은 거 물어갔소."

대답을 알차게 해왔다. 욕이야 고양이한테 하는 것이지만 들리기는 내 귀에 들리는 것이어서 박은 한마디 해야 했다.

"기껏 잡아온 것을 워치게 간수했기에 괭이밥으로 줘버리는 거여."

"요기서 요렇게 해서 발톱으로 들망 끈을 끊었는갑다요. 어쩌냐, 이따가 믹국(미역국) 끓일라고 했는디."

강씨는 대답과 감탄을 동시에 했다. 고양이 새벽 참이 되어버린 양태는 그가 여러 날 전에 낚아놓았던, 세 뼘은 족히 될 크기로, 간하여 적당히 말렸다가 미역국을 끓이면 맛이 유별났다. 박은 끙, 소리를 내며 근래 들어 유난히 깊어진 주름 속으로 눈을 집어넣었다. 집어넣으며 용이 일어났는가? 했는데 대답은 좀 엉뚱하게 건너왔다.

광수 어메, 아직 괭이새끼 거기 있으믄 돌팍 같은 걸로 대가리를 확 좀 조사불소. 폴세(벌써) 가부렀네. 아이고 아깐 것. 괭이 없어져서 신간 편해졌다고 했등만 아직도 이렇게 설치고 댕긴단 말이요. 그것이 용케 저번에 안 잡힌 모양이네이. 잡히기는 고사하고 새끼까지 나서 줄줄이 달고 댕기등만. 엊그저께 텔레비전 나오기에는 아주 씨를 뽑은 것처럼 나오등만. 광수 어메도 봤소? 봤소, 갑식이 어메 다라이 이고 가는 것도 나오데.

고양이가 뒷집 광수네로 도망을 가면서 양쪽 집 여자들끼리 말을 붙여놓은 것이다. 물때가 워낙 좋아 그쪽도 남편이 돔 낚으러 나갈 모양이다. 박은 라디오처럼 그 말을 듣고 있다가 용이 깼냐고 다시 물었다.

아들이 그러는디 방송에 나오고 나서 한 이틀 전화에 시달렸다요. 뭔 말이요? 동물 보혼가 괭이 보혼가, 그런 사람들이 전화를 해서 막 따지드라요. 허이구야. 아주 즈그 자석들 때려죽인 것처럼 거품을 무는 것들도 있었다요. 벨일이네, 방송에서는 수술해서 도로 놔준다고 하등만 어찌 그랄까. 그 사람들 말로는 다 그짓말이고 어딘가 고양이 지름 내리는 디가 있다요. 고양이 지름이 관절염에 좋다잖어. 그 사람들뿐만 아니라 어디어디 읍이고 면에서 그 고양이 사냥꾼들 전화번호 좀 가르쳐달라는 전화도 숱하게 왔다요. 오메 우리 같은 디가 여럿인갑소이.

둘의 새살이 길어지고 있었다. 박은 담배로 입을 틀어막았다.

섬에 고양이가 너무 늘어나(쥐 때문에 일부러 늘린 것인데 쥐가 없어지고 나서 고양이는 사람들의 물건 쪽으로 눈길을 보냈던 것이다) 민원이 자자해지자 면사무소에서 이른바 고양이 사냥꾼을 불러 대거 포박시켜가게 한 적이 있었고 모 다큐멘터리 프로에서 취재를 해갔으며 그 방송이 며칠 전에 나온 것이다. 그리고 그 집 아들 광수는 면사무소 호적계 직원이다. 둘은 그 이야기를 하고 있는 것이다.

담배가 별 도움이 안 돼 박은 아들을 불렀다.

"용이, 안 일어났냐?"

도둑괭이라고 부르지 마라는 사람도 있었다요. 그러면 뭐라고 부르란다요? 찔거리(길) 괭이라고 부르란다요. 에이? 우리 광수한테 괭이가 당신 뭣을 훔쳤냐고 대보라고 했답디다. 하이구야. 아내는 여전히 대화중이고 건넌방에서는 기척이 없다.

"용이 안 일어나냐."

그는 발악을 하듯 소리를 질렀다. 호통이 나니 집도 움찔하고 부엌 쪽도 조용해졌다.

그사이 동쪽 하늘에는 붉은 기운이 돌기 시작했다. 누군가 서둘러 골목 내려가는 소리도 들린다. 광수 아버지일 것이다. 듣는 것만으로도 두 다리가 뒤따라 나가려고 한다. 내 손에 들어올 곗돈이 남한테로 날아가는 것만 같다.

바다를 향해 통통 튀어가는 마음을 몸으로 누르고 있자니 가뜩이나 불편스러운데 이윽고 미숫가루 두 그릇 앞에 두고 아들 얼굴을 대면하는 순간 눈 속에서 번쩍 풍랑이 일어나고 만다. 어미한테 등 떠밀려 나온 용이가 떨어지지 않는 눈꺼풀을 억지로 벌리며 쓰러질 듯 앉아 있는 것이다. 수면부족과 신경질과 숙취가 너무나 또렷해 한번 흔들어만 보아도 서 말 넉 되 쏟아질 것만 같다. 얼마나 마셨는지 숨 한번 내쉴 때마다 동네 술 다 모아둔 듯하다.

오늘 새벽에 돔 낚으러 가자고 그렇게 일렀구만 이 새끼가.

안 그래도 요즘 들어 유난히 정 안 가는 물건이다. 제발 말뚝도 박고 터도 좀 닦고 재주껏 명함이라도 하나 박고 살라고 빌고 빌었던 육지를 내버리고 바람처럼 들어온 게 한 달 전이다. 제대하고 몇몇 군데 떠돌던 뒤였다. 집 팔고 밭 팔아 나가도 시원치 않을 판국에 들어왔으니 눈에 넣는다고 안 아플 것이며 입에 넣는다고 달 것인가. 왜 왔냐니까 다 생각이 있단다. 세상모를 것이, 비록 아들이라 해도, 남 속이다. 그래서 욕이나, 비난 따위를 말로 안 친다면 박은 한 달 동안 아들한테 한마디도 안했다.

"잘한다, 이 자식아. 아주 떡이 됐구나. 너 몇 시에 들어왔냐."

도무지 잔잔한 목소리가 나오지 않는다. 대답도 바로 나왔다.

"한 세시쯤 됐을 거요……"

"얼씨구. 애비는 바닥(바다)에 나갈 준비 하느라 죽을 똥을 쌌는디 친구들하고 공이나 차고 술 처묵고 들어와? 오늘 새복에 돔 낚으러 가자고 나가 말했냐 안 했냐, 응?"

참돔을 낚으려면 철제 심을 댄 자그마한 그물로 얕은 바다 해초 사이 새우를 잡든지 간조대 뻘밭에서 이른바 홈무시라고 부르는 참갯지렁이를 파야 했다. 그런 미끼를 사서 쓰려면 워낙 비싸기도 하지만 몸을 써서 준비하는 게 오래 묵은 버릇이었다. 그물은 다 닳아서 못 쓰기에 참갯지렁이를 잡았는데 이게 또 일이 한 짐이다.

이 녀석들을 잡으려면 무거운 돌 다 들어낸 다음 한 사람은 호미질하고 남은 사람은 바가지로 물을 퍼내주어야 한다. 박은 어제 그 일을 혼자서 다 했다. 그 지렁이는 지금 냉장고에 있다. 호미질 바가지질 하느라 끙끙대는데 당신 아들 저쪽 예비군훈련장에서 공 찹디다, 이렇게 알려주는 이가 있었다. 그러니 아들놈에 대한 원망이 활짝 만개를 한다.

"신사장 오늘 들어온다고, 돔 낚으러 가야 한다고 그렇게 단단히 일렀건만 밤새 술 처묵고 나갈 때 다 돼서 들어와? 내가 너를 자식이라고 낳은 게 아주 발등을 찍어불고 싶다. 그냥 콱."

용이는 고개 숙인 채 습기 가득한 하품을 내놓다 말고 입가로 흐르는 침을 손바닥으로 훑어 닦았다. 미운 것이 더 미워진다.

"그래, 고작 술 처먹으러 집에 돌아왔냐?"

그 말에 용이는 고개 들어 아버지를 지그시 바라보았다. 눈곱과 붉은 기운이 범벅이 된 그 속에도 불만이 가득했다.

"원 놈의 집구석에서 너 같은 놈한테 술 주든."

"외삼촌 집에 있었소."

"외삼촌?"

"아이, 어찌하고 살고 있든? 내가 요새 통 못 가봤단 말이다."

남동생 이야기에 강씨는 둘 사이에 끼어드는데 목소리가 밝지 못했다.

"그냥, 그럭저럭 삽디다."

"그 등신 같은 새끼는 뭐 하러 만나러 갔냐."

"앗따."

아들과 아내가 동시에 말을 끊었다. 그러나 말은 오줌 누는 것과 같아 시작은 그럭저럭 참을 수 있으나 한번 나오기 시작하면 도중에 끊기가 보통 어려운 게 아니었다.

"그 자식 한번 봐봐라. 그때 새 배 질 때 얼마나 말렸냐. 근디. 죽어라 내 말 안 듣고 지 욕심대로 하더니 끝내 그렇게 된 거 봐라. 늘그막에 마누라도 가버리고, 꼴좋다. 그 자식 꼴 안 날라믄 너도 정신 똑바로 차려 이 자식아."

"외삼촌인들 그러고 싶어서 그랬겠소."

용이 목소리에 돌멩이 같은 것이 매달려 있다. 계속하면 반항하겠다는 것이다. 박은 이즈음에서 멸시형 잔소리를 끝내야 한다고 판단했다. 그렇다고 야단치던 아비 입장에서 어떻게 아무 일도 없었던 것처럼 곧바로 입을 다물겠는가. 그는 목소리를 낮췄다. 이를테면 교육형 잔소리로 정리를 하려는 것이다.

"이런 말 너도 들어봤을 거다."

"뭔디요."

"일찍 일어나는 새가 벌레를 먼저 먹는다는 말."

"……"

"모다 사람이고 뭐고 새처럼 부지런해야 뭐라도 먹을 것이 생긴다는 말이다."

“그럼, 그 벌레는요.”

“……”

“일찍 일어난 바람에 잡아먹히는 벌레는요.”

박은 윽, 했다. 지금은 말 그대로 교육인데, 피교육자가 이렇게 나올지는 생각지도 못했던 것이다. 그는 솟구쳐오르는 기운을 애써 눌렀으나 목소리마저 누르지는 못했다.

“이 새끼야, 그 벌레는 너처럼 새벽에 들어오는 놈이여. 밤새 술이나 퍼마시고 놀다가 집이라고 기어들어오는 너 같은 새끼다 이 말이여. 그런께 잡아먹히지.”

“그러믄 술 마시고 늦게 들어오는 새도 벌레를 잡아먹겄네요.”

이, 이 자식이. 박은 주먹에 불끈 힘이 들어갔다. 그 동안 내가 왜 자식교육을 제대로 안 시켰는가, 요즘 들어 그런 자책이 들곤 했는데, 그러면서 그는 교육이라는 게 의외로 어려운 것이구나, 싶기도 했다. 부아는 넘쳐나는데 대답이 궁했던 것이다.

“워디서 이런 것이 다 나왔을까.”

“오메, 뭔 소리요, 그것이 시방 뭔 소리다요, 야를 나 혼자 낳소?”

강씨는 이불보따리 이고 가다 느닷없이 뺨 얻어맞은 사람처럼 입 코 벌리고 맞대면을 해왔다. 박은 얼른 나가고 싶은 마음과 아들놈을 어떻게 확 해버리고 싶은 충동이 뒤섞여 어찌해야 좋을지를 모르겠다.

박은 죽일 맘이지만 용이는 죽을 맘이다. 돔 낚으러 가자는 말을 잊은 것은 아니다. 어제는 동네 축구부랑 공을 찼다. 여러 해 타향에 나가 있었던 탓에, 이곳에서의 새로운 정착을 위해서라도 관계 복원은 필수였다. 그러려면 선후배 모여 있는 곳에서 어울려야 했다.

늘 하던 뒤풀이도 했다. 진 편에서 추렴하여 치킨 놓고 술을 마셨다. 이긴 쪽에서는 이겼다고 현대 축구의 다양한 전술을 가르치려 들었다. 그러면 진 쪽에서는 그냥 있으면 공은 차는 것이다, 말고는 아무것도 모르는 골목축구팀이 돼버리기에 스리백과 포백의 사용은 상대 공격에 따라 변화하는 거라며 배움을 거부했다. 가르치고자 하는 쪽에서 상대가 누구인가보다는 유사시 공격에 적극 가담한 뒤 곧바로 최종 수비라인까지 달려올 수 있을 정도의 체력이 요구되는 것이라고 침을 놓자, 배우기를 거부하는 쪽에서는 그게 단순히 체력만이 문제가 아니고 각 선수들 간의 유기적인 결합과 공간 배치라고 침 맞은 곳에 침을 발랐다. 뭐 시끄럽기는 했지만 일주일마다 나타나는 자연스런 풍경이었다.

국가대표 개인별 보완해야 할 점을 샅샅이 검토하고 분석하다 말고 샛길로 빠져 프리미어리그에서 떼돈 버는 박지성의 무명

시절까지 사진첩 열어보느라 정신없을 때 용이는 일어났다. 여러 날째 미뤄온 일이 있었다.

그는 외삼촌을 찾아갔다. 어머니가 한숨 내쉬는 것도 자주 보아왔고 하루 종일 방에만 박혀 있다가 늦은 오후가 되어서야 사람 없는 방파제 쪽으로 산책만 나오는데 쓸쓸하기가 그지없더라는 말도 들었었다.

외삼촌은 빚갚음으로 배를 팔았고 숙모는 떠난 상태였다. 용이는 어렸을 때부터 외삼촌을 진정한 바다의 사나이로 밑줄 그어놓고 좋아했었다. 통이 컸던 외삼촌은 한때 섬에서 가장 큰 어선을 부렸다. 조타실이 삼층 높이에 있는 어선은 그 배가 유일했다.

미친 새끼가 겁도 없이 저렇게 큰 배를. 고기 잡을 생각은 안 하고 어디 왜적이랑 전쟁을 할라고 그란갑다, 저것이 다 빚 아니여?

진수식 고사자리에 다녀온 아버지는 평생을 아끼고 살자, 로 살아온 습성답게 처남을 그렇게 평가했지만 용이는 외삼촌의 판단이 옳다고 믿었다. 가까운 바다에서는 어장이 다 죽었으니 크고 성능 좋은 배가 아니면 승부가 나지 않는다, 가 그의 판단이었다.

그러나, 판단이란 늘 틀릴 수 있는 것이다. 언제 왔냐. 외삼촌은 좀 쓸쓸하게 웃으며 용이를 반겼다. 그는 외삼촌과 술잔을 기울이면서 밤을 보냈던 것이다.

　"새가 벌가지를 쪼사묵든 말든 말 좀 험하게 하지 마시요. 새
복부터 그리 막말로 잡도리를 하믄 애 입에서도 말이 좋게 나오
겄소?"
　"그게 못 할 말이여? 다 할 만하니께 하는 거여."
　"할 만한 말이라도 아 다르고 어 다른디 당신이 말마디를 좋
게 해야 아그들도 보고 배울 것 아니요."
　"그럼 뭐여. 아들 잘되라고 한마디 한 것 갖고 내가 시방 잘못
하고 있다 이 말이여?"
　"뜻이 잘못되다요 어디? 말을 좋게 하란 말이지. 메느리 늙은
것이 시엄씨 된다요."
　"이런 니기미."
　강씨는 남동생이 맘에 걸려 저절로 아들 편이 들어졌다. 박은
이빨로 말끝을 잘근 씹었다. 아들도 버거운데 마누라까지 가세
하면 어려워진다. 자르지 않더라도 더 이어가자니 욕밖에 없다.
성질대로 확 저어버리고 싶다. 우선 파르르 떨고 있는 밥상부터
걷어차고 맞아도 죽지 않을 만한 것으로 마누라랑 아들 입이나
한 방 맞춰버렸으면 꼭 좋겠다. 그러나 하필 오늘이 일년 삼백
육십오일 중에 신사장 오는 날이다. 계집 팬 날 장모 온다더
니…… 오늘만큼은 천하없어도 참고 일을 나가야 했다. 꼭 낚아

야 했다.

혼자서 나가버린다? 충분히 그럴 수도 있다. 그러나 혼자서는 충분한 양을 낚아낼 자신이 없다. 걱정 말라 큰소리쳐놨는데 빈손이면 어떡한단 말인가. 양식 돔을 줄 수는 없다. 신사장은 한눈에 양식과 자연산을 구분한다.

돔낚시는 사람이 많을수록 유리하다. 미끼 단 낚시가 하나보다는 둘, 둘보다는 셋이 내려가야 우연히 들른 참돔 무리를 묶어둘 수 있는 것이다. 더군다나 아들은 실력이 자신보다 나은데다 릴낚싯대가 있어 손낚시와 대낚시를 동시에 한다. 두 사람 몫을 하는 것이니 데리고 가면 세 사람이 낚시하는 셈이 되는 것이다.

그는 입을 한일자로 다물고 있다가 벌떡 일어섰다. 그리고 벽장 속에서 소주 페트병을 꺼내고 마개를 틀었다.

"술이 그렇게 좋으믄 좋다, 이 애비가 따라주마."

충동적으로 그렇게 했는데 자신이 순간 생각해봐도 그럴싸했다. 아들의 기를 꺾어놓기에는 지금 이 방법 이상이 없다. 그는 예전 머슴 밥그릇으로나 쓰였을, 지금은 쓰지 않는 커다란 사기그릇을 꺼냈다.

"오메, 뭐 하요?"

"당신은 가만히 있어."

그는 그릇에 술을 가득 따랐다. 페트병 삼분의 일이 쑥 줄어들었고 술은, 마치 갈증난 취객 냉수 따르듯 가득 담겼다. 배 한 척 띄워도 될 정도이다.

"자, 애비가 따라준 것이다."

숙취에 시달리는 사람한테 이렇게 주면 누가 마실 것인가. 박은 스스로도 술꾼으로 평생 살아왔기에 잘 알고 있다. 어느 누구라도 못 먹는다. 그는, 속으로는 니가 이래도? 하는 속셈이지만 겉으로는, 허물어진 백년대계를 새로 세우기 위해 충격요법을 쓸 수밖에 없는 이 애비 마음을 넌 같은 사내로서 이해할 것이다, 하는 비장한 얼굴을 했다. 용이는 흐린 눈을 들어 찰랑거리는 주발을 지그시 바라보았다.

"오메, 세상에. 아들 죽일라고 작정했소? 가뜩이나 술 퍼묵고 정신도 못 차리고 있는 것한테."

"당신은 잠자코 있으랑께. 이것은 사내들끼리 일이여."

박은 악을 썼다. 분위기 제압용으로 딱이다. 물론 강씨는 입을 다물었으나 사내들끼리 하는 짓에 무슨 아녀자가 끼겠어? 하는 표정보다는 오냐 어떻게 하는지 한번 보자, 하는 표정이었다.

"이 애비가 못나서 야단만 치고 술 한잔을 안 따라줬구나. 사과하는 의미에서 그 동안 못 따라준 거 한꺼번에 준 것이니 너도 한꺼번에 쭈욱 마셔라."

이제 아부지 잘못했소, 아부지 안타까운 마음을 헤아리지 못하고 속을 썩혔습니다요. 제가 잘못했으니 노여움 풀고 얼른 돔 낚으로 갑시다, 이러면 만사 오케이다.

그러나, 용이는 천천히 술잔을 들었다. 그리고는 제 어미를 한 번 힐끗 바라보고는 두 손으로 받쳐들고 고개 십오도 튼 다음 입을 댔다. 그게 좀 많은 양인가만 사흘 동안 사막을 가로질러 마침내 오아시스 발견한 나그네처럼 급하게 벌컥거렸다. 마지막 한 모금 넘어가는 순간 욕지기가 올랐으나 그는 거의 전기고문을 받으면서도 아군의 비밀을 지키는 결사대처럼 혼신의 힘으로 참아냈다. 그리고 꽉 막힌 목소리로 유언처럼 간신히 한마디 내뱉었다.

"아부지가, 그런 심정으로 따라주셨다니께, 나가, 억지로 참고, 묵었소."

"오메, 오메, 이걸 워째야 쓰냐, 세상에, 이걸 워째야 쓴다냐."

강씨는 초상난 사람처럼 땅바닥을 치며 비명에 가까운 탄식을 했고 박은 충격으로 눈알이 튀어나올 것만 같다. 아무 말도 안 나왔다. 심장만 벌떡거렸다. 이, 이 자식이, 정말로. 그러나 그런 말을 어떻게 하겠는가. 그래 한번 더 처묵어봐라, 묵고 죽어부러라, 이렇게 몰아쳤어야 했나? 그러면 안 마셨을 것 같기도 하다. 그러나 후회란 동트기 전에 해도 이미 늦은 법.

그러고 있는데 한바탕 몸서리를 치고 난 용이가 갑자기 무릎을 꿇는 게 아닌가. 박은 좀 혼란스러웠다. 아버지가 따라준 것이라서 거부하기 어려워 마셨으나 사실은 잘못했다, 이러려나 싶어

실눈을 뜨는데 아들은 스윽, 잔을 밀어놓고는 술병을 들었다.

"저도 솔직히, 진심으로 아부지한테 술 한잔 못 올렸습니다. 사과드리는 의미에서 한잔 올릴라요."

그러고는 콸콸 부어 반 정도 따른다. 박은 기가 막혔다. 이게 지금 해보자는 거지. 오냐 좋다. 그는 이를 악물었다가 천천히 내뱉었다.

"다 부어라."

"예?"

"내가 너한티 줬던 것처럼 끝까지 채우란 말이다."

"오메. 미쳤소? 이것이 시방 이 새북에 아부지하고 아들이 할 짓거리요?"

물론 할 짓이 아니지만, 세상이 어디 할 짓으로만 돌아가던가. 박은 갑자기 결연해지는 스스로를 느꼈다.

"정 그러시다면."

용이는 마저 채웠다. 박은 술잔을 들었다. 물론 밥 다음에 배운 게 술이었다. 맨손으로 노 젓고 다녔던 청년 시절에는 늘 이렇게 마셨다. 관록으로 치자면 아들 정도는 상대가 안 된다. 하지만 관록이 자랑거리인 것은 마셔온 총량이지 않는가. 지금은 두 홉짜리 한 병 정도 간신히 소화해내는 정도다. 그러니 무리라는 것을 잘 알지만 자존심이 들러붙어 떨어지지를 않았다. 더군다나 제가 먼저 시작하지 않았는가.

박은 눈도 감지 않고 술을 들이켰다. 첫 모금에 눈알이 땅기고 두 모금에 귀가 울리고 세 모금에 목이 뒤틀렸다. 위장이 화들짝 놀라 요동치고 곧바로 간이 쪼그라붙었다. 심장은 뛰고 콩팥은 긴장하고 췌장도 숨을 죽였다. 마침내 적잖은 그 술이 다 들어갔다. 박은 숨을 몰아쉬었다.

"참말로 염병들 하고 자빠졌네. 우리 집구석에 구신이 붙었는갑다요."

아닌게 아니라 둘은 약간 각도를 비튼 채 귀신처럼 눈을 홉뜬 상태였는데 하긴, 폭포처럼 쏟아져들어간 술이 제자리를 잡는 시간이 필요하기는 했다. 차마 상대 눈을 정면으로 보지는 못한 거고, 그래서 마치 상대방 그림자가 마음에 안 든다는 투다. 강 씨는 잔소리는 나중으로 미루고 냉장고에서 열무김치 국물부터 꺼냈다. 이번에는 붉은 국물이 말간 얼굴을 하고 가득 한 사발 놓였다.

"얼른 무시 이파리도 좀 씹어묵고 멀국도 좀 마셔부시오. 너도 싸게 묵어라."

"마시믄요."

"이것이 뱃속에서 알콜을 흡수한다드라."

박은 어차피 안주 삼아서라도 뭔가를 속에 넣고 싶었으나

"안 묵을라요."

"좀 묵으란 말이다. 알콜을 흡수한다고 안 하냐."

“흡수하믄, 그 알콜이 어디 가요? 노상 내 뱃속에 있지.”
아들 대꾸에 움찔했다. 허. 강씨는 어이가 없어 아들을 뚫어져라
바라보았다. 헛웃음을 짓는데 아이고 장한 내 아들, 이런 표정은
당연히 없다.
“됐냐? 그럼 가자.”
“좋소, 갑시다.”
“이래갖고 무슨 배를 간다고? 엥? 내 말 안 들리요?”
그러나 둘은 아무 대답 없이 몸을 일으켰다.
“이 염병할 인간들 좀 보소, 오메, 구신이 붙어도 무슨 미친놈
의 구신이 붙었다요.”

저 먼 동쪽 바다에서는 어느새 붉다 못해 벌겋게 타오른 기운
이 직선을 그리며 이편으로 날아오고 있다. 마을이고 선박이고
사람 머리카락이고 꼭짓점이 모두 붉게 반사가 되어 그 아래를
더욱 어둡게 하고 있다. 빛나는 헬멧 하나씩 쓰고 새벽의 용광
로 속으로 빨려들어가고 있는 듯하다.
“아부지, 괜찮소?”
먼저 내려가 돌아보는 용이에게
“니 걱정이나 해, 이놈아.”
박은 내쏘듯 대꾸를 하는데 해놓고 보니 말도 제대로 안 나왔
다. 어느새 혀가 꼬인 것이다. 혀만 꼬인 게 아니고 브이로 내려

가는 선착장 급한 비탈 밧줄에 매달린 몸도 꼬였다. 짐 하나 없는 손이지만(짐은 모두 용이가 들었다) 삼십 목 그물 짊어진 것처럼 무겁고 정신이 없다. 저 아래 수면이 앞뒤로 흔들리는 듯도 하고 무슨 불기운 같은 것이 머릿속을 마구 돌아다니는 것 같기도 하다.

역시 젊음이 좋기는 좋다. 용이는 억지로 밀어넣은 술이 옳게 작용을 해서 새로이 얼굴 붉어지는데 박은 골목을 채 벗어나기도 전에 피잉 돌며 두 다리가 휘청거리기 시작했던 것이다.

초들물이란, 썰물이 마무리되고 이제 막 밀물이 시작되는 때이다. 그러니 바닷물은 잔뜩 빠져 있는 상태이다. 어찌어찌 내려왔는데 좁고 불안정한 브이가 그 다음 단계로 기다리고 있다. 배가 부딪혀 찧는 것을 피하기 위해 닻 놓고 선착장과는 적당한 거리를 둔 채 밧줄을 묶는다. 그러기에 합판과 스티로폼으로 만든 브이를 타고 건너가야 하는 것이다. 노상 타고 다녔던, 자기 집 변소 다니는 것만큼이나 눈에 익고 몸에 밴 것인데도 박은 술기운으로 여의치가 않다.

그는 숨을 몰아쉬며 정신 한가운데 점 찍어 그것만을 바라보며 옮겨탔고 기우뚱거리다가 마침내 배에 올랐다. 고작 집에서 배에 오는 것만으로도 칠 미터 파도 뚫고 저 바다에서 돌아온 것만 같다. 이게 뭔 짓이고 뭔 꼴인가 싶다. 취한 놈은 원님도 피한다는 말이 맞기는 맞겠다. 괜히 건들어서 짧은 순간에 이렇게 역전이 되어버린 게 기가 막히다.

"근디 배가 걸어부렀소."

갸우뚱거리며 아래를 살피던 용이의 말이다. 뱃바닥이 뻘바닥에 닿아 있다는 소리이다. 워낙 작아, 줄줄이 묶어놓은 마을 배중 가장 안쪽에 자리하고 있어서 그랬고 유난히 물이 많이 나는날이라 그랬다. 그러나 박의 귀에는 '배가 걸어가부렀소'로 들렸다.

용이는 수동 펌프로 엔진실과 갑판, 물칸에 고인 물을 빨아올렸다. 가뜩이나 새벽노을을 받은 수면은 기름띠가 덧칠되면서오색찬란한 빛을 띤다. 그래도 배는 움직이지 않을 듯하다. 용이는 제 아버지를 바라봤다. 막 물이 들기 시작했으니 조금 기다려보자는 뜻이다. 박은 고개를 저었다.

"삿대로 밀든지, 닻줄을 댕기든지 어떻게든 나가자니껜."

힘 모아 내뱉었는데 그 말이 골을 후벼판 다음에야 빠져나갔다. 순간 아득해진다.

삿대로 밀어보기도 하고 갑판 좌우에 발 벌리고 꿀렁거리기도하던 용이는 한숨을 쉬며 발을 멈췄다. 바닥이 뻘이라 이러면빠져나갈 만한 공간이 만들어지기도 하는데, 자칫 배 뒤집힐 것같았기 때문이다.

박의 배는 마을에서 제일 작다. 섬에 있는 여러 마을 통틀어서도 가장 작다. 작은 거룻배에 경운기 엔진을 단 것이니 하늘이 너무 무거워 낮기가 한정 없고 바다가 너무 넓어 좁기가 끝이 없다. 더군다나 낡기는 또 얼마나 낡았나. 어느 한 군데 제 모습을 가지고 있는 곳이 없다. 갑판은 손가락으로 누르면 푹 들어갈 것 같고 격벽은 금방이라도 풀풀 바람 속으로 흩어질 것만 같다. 하다못해 밧줄도 보푸라기가 잔뜩 일었고 말뚝이니 기관실 외벽이니 모두 실금이 잔뜩 가서 누가 째려만 봐도 가라앉을 정도이다.

도시사람들 자가용이나 명함으로 상대 가늠하고 농촌사람들은 논밭과 집으로 주인을 짐작하듯, 섬은 배가 그 역할을 했다. 그래서 용이는 배가 불만이었다.

이 배가 탕탕거리며 지나가면 사람들이 무슨 구경난 듯 바라보곤 했는데, 저 배가 아직도 댕기네, 이런 소리라도 안 했으면 좋았을걸 싶어질 때가 왕왕 있었다. 관광객들이 보기 좋은 어선은 내버려두고 이 배를 향해 카메라를 들이대는 것도 맘이 편치 않다.

이슬에 젖은 채 시치미 뚝 떼고 있는 배는 늙어 움직이기 싫어하는 가축 같다. 용은 결국 첨벙, 물속으로 들어갔다. 물은 허벅지 정도이다. 박은 그 소리를 아스라이 들었다. 용이 내리는 것만으로도 배는 부력을 얻었고 힘껏 밀자 마지못해 뒤로 빠진다.

박이 대신 돌보고 있는 양식장으로 문어 실으러 온다는 신사장이 요즘 참돔 좀 문다며? 딸 내외가 손주들이랑 내려왔는데 고것이나 좀 먹였으면 좋겠어, 하며 묻는다기보다는 대놓고 잡아달라는 말을 해온 게 어제 오전이다.

신사장은 저 먼 항구에 제법 큰 수산물가공처리장과 사무실을 가지고 있다. 박은 그를 두 해 전 친구의 소개로 알게 되었다. 신사장은 마침 이 섬에서 장만한 문어양식장 관리인을 찾고 있었다. 특별히 정한 보수가 있는 것도 아니고 매출의 얼마를 약속받는 것도 아니지만 박은 저쪽에서 넌지시 말을 꺼낼 때 확 달려들어 그것을 물었다. 마을 가까운 곳에 자망 던져 반찬 정도 잡아내던 것을 접고 그 일을 맡아 하게 된 게 그때부터이다.

통발배에서 문어 사냥은 다음 먹이 주고 시설물 관리도 하는 게 그의 일이었는데 어쨌든 그것도 고마워 양식장 관리에 혼신의 힘을 기울였다. 아니 매달렸다. 이것을 살길로 친 것이다.

신사장이 들어오는 것은 곧 다가올 추석 대목을 보기 위해서이다. 그 동안 사모으고 키웠던 것들이 배 타고 육지로 가는 것이다. 양이 제법 된다. 지난 설에 맞춰 출하했을 때보다 웃돈다.

신사장은 이번 출하를 마치면 그 동안의 보수로 칸 두 개를 떼주겠다고 했다. 일찍이 약속되었던 것이지만 이제 내 양식장이 생기는 것은 생각만으로도 흐뭇하다. 그러나 그가 이 난리를 치면서 도미를 낚으러 가는 것은, 올 때마다 빠뜨리지 않고 뭐든지 한 보따리씩 이바지를 해왔던 것은, 무엇보다도 아들 때문이다.

그는 아들이 섬에서 사는 게 싫다. 어떻게든 육지로 다시 보내야 하는데, 의지할 만한 곳이 신사장이었다. 다행스러운 게 용이가 눈썰미 있고 행동이 재빠르다는 것이다. 생 어물 상태나 바다의 생리도 잘 안다.

사무실에는 경리도 있고 과장도 있고 부장도 있다고 하니, 말 그대로 회사 아닌가. 이번에는 부탁을 해볼 생각이다. 잘하면, 그곳 직원이 될 수도 있고, 더 잘하면 과장 부장 올라갈 수도 있을 것이고, 더더 잘하면, 배우고 익혀 생물 업종에서 사업을 할 수도 있을 거라는 판단이다. 그것은 아들놈이 마음에 들고 안 들고 하고는 상관이 없다. 들이대는 꼴을 보고 있자면 선산 팔아먹은 오촌 같을 때가 있지만 그래서 이르기를 불알과 자식은 짐스러운지 모른다고 했던 것이다.

용이는 가속기로 쓰는, 엔진과 낚싯줄로 연결된 삼치낚시를 나무판에서 떼어냈다. 탕탕탕, 가쁜 숨을 몰아내던 대동 십이 마력 경운기 엔진은 하이구, 숨을 토하며 턱턱거리다가 순간 시르 죽어간다. 얼른 다시 올렸지만 피시익, 그대로 꺼져버리고 만다. 섬 뒤쪽 포인트 찾아온 것만으로도 못 견디겠다는 투이다. 늙은 소 간신히 깨워 밭까지 데리고는 갔으나 도착과 동시에 드러눕는 꼴이다.

그는 사방을 둘러보았다. 포인트까지는 좀 남았다. 다시 시동을 걸까 싶지만 잘하면 저쪽까지 흘러갈 것 같기도 하다. 이게 선박 엔진과는 달리 손으로 돌려야 하기 때문에 귀찮기도 하고 시끄럽기도 하다.

아버지는 이물 쪽 귀퉁이에 닻줄 베고 잠이 들어 있다. 팔에 짓눌려 주름이 더 깊어져 있다. 사람은 잠이 들었을 때 가장 그 사람다운 느낌이 나는 법이고 아버지란 끊임없이 늙어가는 존재라는 게 영락없다.

배는 그럭저럭 원하는 곳으로 떠밀린다. 그곳에서 용이는 조심스럽게 아버지 얼굴을 들어 닻줄을 빼낸다. 대신 수건을 네모나게 접어 뒤통수에 받쳐준다. 뭐라고 중얼거리며 아버지는 몸을 뒤친다.

슬그머니 내린 닻이 팽팽해지며 배가 자리를 잡는다. 참갯지렁이를 꺼내 달기 좋을 만큼 가위로 자르고는 손낚시와 릴에 끼워 내린다. 낚시는 춤을 추며 저 깊은 곳으로 사라진다. 아버지 깨기 전에 담배 하나 붙여물고 빤다. 순간 독한 트림이 올라와 용이는 진저리를 친다. 자꾸 가라앉으려는 정신을 견뎌내고 여기까지 오느라 죽을 맛이었다.

이렇게 바득바득 자신을 데리고 낚시를 오고자 하는 이유를 그는 잘 안다. 아버지는 채는 속도가 느려졌다. 삼치나 부시리, 이런 큰 어류는 괜찮은데 입질이 예민한 도미는 그렇지를 못하다. 같이 낚시 오면 제가 두 배 넘게 잡는 이유이다.

신사장한테 잘 보이고 싶은 게 저 자신 때문이라는 것도 안다. 용이는 그것도 불만이다. 인연과 정 때문에 손해보는 이는 결코 사장이 못 된다는 것을 그는 육지에서 배웠다. 양식장 두 칸 떼어주겠다는 것도 의심스럽다. 그는 어선을 부리고 싶다. 요즘은 어선이 남아돌아 값도 싸졌다. 삼촌과 함께 갈칫배나 통발배를 하고 싶다. 그때 입질이 오고 그는 날렵하게 잡아챈다. 제법 무겁다.

맑은 기운이 가시고 밝고 푸른 기운이 세상에 생겨난다. 그런데 마음은 푸르게 변하지 않는다. 박은 펄펄 뛰는 참돔을 건져 신사장에게 건네준다. 신사장이 고개를 젓는다. 아니 왜? 나는 자네 아들이 마음에 안 드네. 제 자식이 뭘 잘못이라도. 자네 아들이 내 문어를 다 먹어치우지 않나. 아니 그게 무슨. 뭔가 이상하다. 뭔가 잘못되고 있다는 생각이 자꾸 든다.

순간 몸이 붕 뜬다. 저 아래 벌레가 꼬물꼬물 기어가고 있다. 그리고 저만치서 비틀거리며 다가오는 게 있다. 새다. 날지도 못할 정도로 술에 취한 새가 게슴츠레 눈을 뜨더니 툭툭 벌레를 잡아먹는다. 입속으로 쏙쏙 들어간다. 새는 끄윽 트림을 하고는 이쪽을 바라본다. 아들 얼굴이다.

솟아오른 몸이 순간 내팽개치듯 떨어지며 좌우 균형이 안 잡힌다. 갑자기 푸른 바다가 와락 달려들었고 그러다가 파란 하늘이 활짝 펼쳐진다. 박은 본능적으로 잡히는 대로 움켜쥔다. 그런데 허전하다. 축 늘어진 밧줄이다. 우당탕 구르다보니 이번에는 깎아지른 절벽 끝이 들어온다. 도대체 어디냐, 여기는.

"깨셨소?"

누가 있다. 짙푸른 절벽과 그의 눈 사이에 사람 얼굴 하나가 쑥 등장한다. 아들 용이다. 용이가 어깨를 누르고 있다.

"니가 웬일이냐?"

"뭔 소리요?"

"니 엄마는."

"집에 계시지요. 배가 바로 옆에서 지나가는 바람에 아부지 떨어질 뻔했소."

박은 고개를 들어 흔들어보기도 하고 동서남북 가늠을 해보기도 한다. 그리고 이곳이 마을 뒤 병풍처럼 바위가 둘러싼, 참돔 포인트라는 것을 깨닫는다. 저만치 커다란 낚싯배 하나가 흰 물보라를 만들며 맹렬히 달려가고 있다. 그것 때문에 이렇게 흔들렸던 것이다. 배는 아직도 마무리를 못 짓고 좌우로 요동을 치고 있다.

"허 참."

"배가 작으니께 이런 파도에도 그냥 뒤집어질라고 하잖소."

해가 한참이나 올라가 있다. 그는 면구스러웠다. 어쩌다 이렇게. 그는 속으로 중얼거린다.

"물 좀 주라."

얼음 심이 박힌 물병이 건너온다. 찬물이 속을 치고 들어가니 정신이 좀 든다.

"배가 작아서 너한테 뭐라고 하든?"

"아부지 혼자 주무셨으믄 그대로 빠질 뻔했당게요."

"……"

"……"

"그래도 이 배로 느그 형제들 다 키웠다. 무시하지 마라."

"무시하는 게 아니고, 위험해서 그러지라우."

그렇다면, 하는 심정으로 박은 담배 한 대를 문다. 그도 비위가 상해 가볍게 진저리를 친다.

"아부지."

"뭐."

"큰 배 한 척 안 갖고 싶소?"

"뭐 하게."

"요즘 해양수산부 감축 대상으로 나온 배들 쌔부렀잖애요."

"글쎄, 뭐 하게."

"이 배는 너무 낡었잖소. 올라타기가 다 미안합디다."

"……"

"아부지도 인자 기운이 옛날 같지 안 하신디 혹시 사고날까봐 그러요."

하긴 맞는 말이다. 아무리 빈속에, 적지 않은 양이라지만 이렇게 까무룩하니 정신 놓고 곯아떨어질 줄은 몰랐다. 박은 입맛을 다신다.

"큰 배 좋은지 누가 모르냐?"

"새 배 구하는 가장 빠른 방법이 있소."

"뭐냐."

"이 배를 은퇴시키는 것이요."

"뭐?"

"이 배를 가지고 있는 한, 큰 배는 안 생길 것이요."

"……"

"신사장이 양식장 칸을 떼어준다고 합시다. 사서 넣느니 직접 잡아서 넣는 게 더 낫잖소?"

"배 있으믄 너가 뱃일을 하게 돼서 안 돼."

"난 뱃일 할라요. 나중에는 양식장도 할 거고."

그래놓고 용이는 양쪽에서 연달아 두 마리를 낚아올린다. 한눈에 봐도 사십 센티미터는 넘어 보인다. 하긴 저 녀석은 예전부터 어복이 있는 놈이지, 싶다. 어릴 때부터 혼자서 뭔가를 잘도 낚아오곤 했었다.

"그게 뭐든지 간에 가장 잘할 수 있는 곳이 여깁디다. 동생들은 육지가 좋다니께 거기서 살라고 하고 나는 여기에서 어장을 제대로 한번 해볼라요."

"……"

"넘 밑에 들어가 눈치보면서 사느니 여기서 아부지 어무니 모
시고 내 사업 하면서 사는 것이 훨씬 낫소."

"모셔? 너 같은 것이?"

"아따."

"아주 따박따박 말은 잘도 한다."

"아부지 아들인디 어디 가겠소."

"이 자식이."

용이는 그 말 해놓고 저도 좀 그런지 배시시 웃는다.

"좀 물든?"

"물칸 보시오."

그는 느릿느릿 갑판 물칸을 들여다본다. 적잖은 참돔들이 헤
엄치고 있다. 뒤집어진 놈도 두엇 된다. 부레에 공기가 들어간
것으로 그냥 두면 죽는다. 그는 해왔던 대로, 그리고 이것은 너
도 모를 것이다 하는 생각으로, 주머니에서 이쑤시개를 꺼낸다.
항문 쪽을 지그시 찌르자 바람 빠지는 소리가 난다. 물속에 다
시 들어간 녀석은 위아래가 바로잡힌다. 보기에 좋다. 어찌 되었
든 이 정도면 신사장한테 체면치레는 하고도 남을 정도다.

"어쨌든 애썼다."

"아부지가 따라주신 술이 약이 됐소."

"뭐?"

"고기 낚는 거야 뭐 힘든답니까. 나는 아부지 잠든 모습이 짠합디다."

이것은 또 뭔 소린가 싶다.

"인제 혼자서 뭘 할라고 너무 애쓰지 마시오. 아들이 있는디."

"아들?"

"예."

"아들이라는 놈이 그래, 애비가 한마디 하믄 한마디도 안 지고 뎀비냐? 뭐, 일찍 일어난 벌레? 에라이 이 새끼야."

"너무 뭐라 좀 하지 마시오. 나도 어디 가서는 어른 대접 받으요."

"이놈아. 너도 너무 뎀비지 마라. 이 애비도 처음부터 이렇게 늙은 것은 아니여."

순간 용이가 낚싯줄을 힘껏 잡아챈다. 또 한 마리 올라온다. 박도 자신의 채비를 풀어내기 시작한다. 푸른 바다 작은 배 한 척. 거기서 낚시는 한동안 계속된다.

일찍 일어난 벌레는요?

김명환

문학평론가, 서울대 영문과 교수

1

　한창훈의 『나는 여기가 좋다』를 들여다보면 심상치 않은 점이 눈에 띈다. 표제작인 「나는 여기가 좋다」의 주인공 선장은 「섬에서 자전거 타기」에 다시 등장하며, 마지막 단편인 「아버지와 아들」에서는 직접 나오지는 않지만 아들 용이의 삼촌으로 언급되고 있다. 연작소설집도 아닌 터에 하나의 인물이 여러 단편에 거푸 등장한다는 사실을 무심하게 지나칠 수 없는 노릇이고, 나아가 한창훈 문학에 관심을 가져온 독자라면 이것이 작가의 작품세계에 차오르는 새로운 기운의 징조는 아닌지 생각해볼 만하다.

한창훈 하면 바다가 떠오르고 바다를 생활의 터전으로 살아가는 가난한 사람들이 떠오른다. 그런데 「나는 여기가 좋다」의 주인공이 처한 곤경을 보노라면 이제 한창훈의 가난한 민초들은 더이상 자신에게 익숙한 삶을 그대로 이어나갈 수 없는 단계에 이르러 있다. 물론 이런 고난은 그의 초기 작품에서도 쉽게 찾을 수 있고, 가까이는 『청춘가를 불러요』(한겨레출판, 2005)에 실린 「해는 뜨고 해는 지고」의 주인공 성근의 한심한 처지 — 오십대 중반에 섬 주민으로 살다 아내에게 이혼당하고 새장가를 생각하는 와중에 딸의 카드빚과 돈 요구로 가족이 해체되다시피한다 — 에서도 잘 그려진다.

「나는 여기가 좋다」의 주인공의 상황은 절박하다. 아내가 섬생활이 싫다고 아예 달아난 것은 아니지만, 섬을 벗어나 뭍으로 가지 않으면 더이상 함께 살 수 없다는 단호한 태도를 보이기 때문이다. 주인공에게 아내의 최후통첩은 그야말로 물고기더러 물 밖에 나와 살라는 강요와 다를 바 없지만, 아내의 입장은 또 충분히 이해할 수 있다. 섬생활의 답답함과 지긋지긋함은 그렇다 치더라도, 남편은 자기 소유의 배와 바다에만 매달리다가 희망이라고는 도통 찾기 힘든 빈털터리 막바지 인생이 되고 말았던 것이다. 고집스레 큰 배를 샀다가 지난 몇 년간 어장이 죽어 고기가 잡히지 않아 "놀면 손해가, 움직이면 손해가 되었다가 가지고 있으면 있을수록 손해"(12쪽)가 되는 상황에서 끝내 배를 팔지 않을 수 없었고, 아내는 남편이 따르든 말든 뭍으로 나가겠다고 선언한 것이다.

아내는 스무 살 나이에 만선을 해낸 멋진 소년 선장이었던 남편이 아니라면 이 좁아터진 섬에서 결코 시집가지 않았을 것임을 인정하지만, 이제 어장은 황폐화되고 말았고 세상 또한 온통 달라졌음을 남편에게 깨우치려고 든다.

"영화 아부지. 당신 아직 안 늙었소."
"안 늙어서 그래, 뭘 하라고."
"요즘은 환갑도 너무 젊어 잔치 안 하잖소. 근디 인제 오십이요. 당신 근력이믄 육지 가서 뭘 못 하겠소."
"나보고 노가다 하라 그 말인가?"
"나도 당신이 노가다 같은 것 하믄 싫지만, 그렇지만, 노가다라도 해볼 생각을 해야지. 이 섬에서 뭘로 산다고 미련을 못 버리요."(26쪽)

주인공은 아내가 "당신은 육지를 무서워하고 있소"(32쪽)라고 정곡을 찔러들어오자 자신이 "바다가 좋아서가 아니라 여기를 벗어나는 게 무섭고 싫은 것일 게다"(34쪽)라는 점을 내심 인정한다. 그만큼 그는 아직 노동으로 다져진 튼튼한 몸을 가진 사람이지만, 육지에서는 차 운전도 할 줄 모를 만큼 새로운 일을 배우기에는 너무 늦었다. 「해는 뜨고 해는 지고」의 아내와 달리 이 작품의 아내는 남편의 가장 약한 구석을 사정없이 파고들어 꼬집고, 그만큼 남편은 예전의 바다생활을 접어야 함을 뼈아프게 느낀다.

「나는 여기가 좋다」의 주인공은 「섬에서 자전거 타기」에서 아내가 뭍으로 떠난 이후의 모습으로 다시 그려진다. 그는 자살을 하려고 섬으로 찾아와 배를 태워달라는 어떤 여인에게, 그 대가로 아내가 만들어놓고 갔지만 차마 손을 대지 못해 묵은 반찬들을 좀 치워달라고 부탁한다. 여인은 섬에 근무하는 해군 사병 하나가 실연을 못 견디고 바다로 뛰어내려 자살하는 장면을 직접 목격하고 난 후 죽음을 포기하게 되지만, 주인공은 잠깐 그녀와 동반자살의 충동을 느낄 지경이었다. 그만큼 "여기가 공동묘지라도 된다는 거요? 나는 죽자사자 살아가는 곳이 당신들한테는 고작 죽을 곳이요?"(187쪽)라며 주인공이 내뱉는 말은, 외지인들이 섬에 찾아와 목숨을 끊으려 하는 일이 잦다는 사실을 환기시키는 동시에 정상적인 생활인이 아니라 짙은 좌절과 낙담에 빠진 폐인의 목소리를 들려준다.

이 소설집에서 가장 인상적인 작품은 마지막에 수록된 「아버지와 아들」이다. 「섬에서 자전거 타기」는 끝 모를 절망을 날것으로 드러내면서도 그 절망의 생생함이 다소 작위적인 사건 전개로 인해 훼손되고 있다는 인상을 준다. 반면에 「아버지와 아들」

은 섬에 사는 이들이 삶의 희망을 발견하는 과정이 어설픈 구석 없이 신선하게 다가온다. 소설집 끝에 배치한 것 자체가 계산된 뜻을 담고 있다고 생각되지만, 주목할 점은 앞선 두 단편의 주인공인 선장이 간접적으로 언급될 뿐임에도 불구하고 주요 인물로 배치되어 있다는 사실이다.

주인공 박은 동네에서도 가장 작은 배를 가진 빈한한 살림에 아들 용이를 어떻게 해서든 '뱃일'을 시키지 않으려고 애쓴다. 박은 신사장의 문어양식장 관리인으로 일하지만 그 일자리 자체보다는 신사장에게 잘 보여 아들에게 좋은 자리를 하나 마련해주는 것이 진짜 속셈이다. 실제로 그는 신사장이 경영하는 수산물가공처리장에 아들 취직을 부탁할 작정이고, 아들이 "눈썰미 있고 행동이 재빠르다는 것"과 "생 어물 상태나 바다의 생리도 잘 안다"(259쪽)는 것이 강점이라는 타산도 이미 서 있다.

서울서 내려온 피붙이들에게 자연산 돔 맛을 보여주고 싶다는 사장의 부탁을 받고 낚시솜씨가 뛰어난 아들과 함께 새벽같이 돔낚시 갈 계획을 세웠던 박은 만취되어 귀가한 아들 때문에 억장이 무너질 지경이다. 용이는 배를 팔아치우고 아내도 떠나버린 삼촌과 함께 밤늦게까지 술잔을 기울였던 것이다. 아버지는 아들이 육지에 정착하기를 소원했고, 그것을 위해서라면 "집 팔고 밭 팔아 나가도 시원치 않을 판국"(242쪽)에 도로 섬으로 기어들어온 자식에 대해 속이 상할 대로 상해 있다. 그런 아버지

가 아들에게 "교육형 잔소리"를 하는 장면은 희극적인 것이지만
그리 간단하지도 않다.

　　"이런 말 너도 들어봤을 거다."
　　"뭔디요."
　　"일찍 일어나는 새가 벌레를 먼저 먹는다는 말."
　　"……"
　　"모다 사람이고 뭐고 새처럼 부지런해야 뭐라도 먹을 것이 생
긴다는 말이다."
　　"그럼, 그 벌레는요."
　　"……"
　　"일찍 일어난 바람에 잡아먹히는 벌레는요."
　　박은 윽, 했다. 지금은 말 그대로 교육인데, 피교육자가 이렇게
나올지는 생각지도 못했던 것이다. 그는 솟구쳐오르는 기운을 애
써 눌렀으나 목소리마저 누르지는 못했다.
　　"이 새끼야, 그 벌레는 너처럼 새벽에 들어오는 놈이여. 밤새
술이나 퍼마시고 놀다가 집이라고 기어들어오는 너 같은 새끼다
이 말이여. 그런께 잡아먹히지."
　　"그러믄 술 마시고 늦게 들어오는 새도 벌레를 잡아먹겠네요."
(244~245쪽)

이처럼 아버지에게 대드는 용이는 어제 동네 선후배들과 어울려 공을 찼다. 그것은 "여러 해 타향에 나가 있었던 탓에, 이곳에서의 새로운 정착을 위해서라도 관계 복원은 필수"(246쪽)였기 때문이었고, 모임이 끝난 후에는 "진정한 바다의 사나이로 밑줄 그어놓고"(247쪽) 존경하던 삼촌을 찾아갔던 것이다. 용이가 겪은 뭍의 경험은 작품에서 생략되어 있지만, 그는 고향인 섬과 바다에 뿌리를 내리려고 마음을 굳힌 상태이고, 그것은 아버지가 가장 원하지 않는 일이다.

상황 자체는 살벌한 세대갈등으로 이어질 가능성을 안고 있지만, 아내 강씨의 존재에다가 작가 특유의 맛깔스러운 사투리 대화체가 세 가족의 근본적인 선량함을 드러내는 동시에 부자간의 충돌을 감싸면서 파국적 전개를 막고 있다. 남동생이 마음에 걸려 한숨이 절로 나오던 강씨는 술 마신 아들 편에 서고, 고립무원이 된 박은 아침상이라도 걷어차고 싶지만 신사장에게 자연산 돔을 제대로 잡아주려면 아들 손이 꼭 필요한 상황이라 이러지도 저러지도 못한다. 결국 아들 기를 꺾을 셈으로 큰 사기그릇에 소주를 가득 부어주는데, 만취한 가운데도 아들은 한 번에 그릇을 비운 후 아버지에게 술을 올리겠다고 나서고 이번에는 박이 오기가 발동해서 가득 부어달라고 한 후 자신도 단숨에 마셔버린다.

술에 취한 부자는 썰물 때라 뻘바닥에 닿아 있는, "섬에 있는 여러 마을 통틀어서도 가장 작다"(256쪽)는 박의 배를 간신히 끌어내 바다로 나간다. 아껴 살자는 말 한마디를 신조로 평생을 살아온 박은 무리하게 마신 술 탓에 쓰러져 잠들어버리고, 용이 혼자 돔낚시를 하게 된다. 용이는 아버지가 신사장에게 잘 보이고 싶은 게 자신 때문이라는 것을 잘 알고 있다. 그러나 육지 경험을 통해 "인연과 정 때문에 손해보는 이는 결코 사장이 못 된다"(261쪽)는 걸 속속들이 깨달은 그는 신사장에게 아무런 기대도 없다. 한참 지나 정신을 차린 박과 벌써 돔을 제법 여러 마리 낚은 아들 사이에는 화해의 분위기가 슬슬 돋아난다.

"인제 혼자서 뭘 할라고 너무 애쓰지 마시오. 아들이 있는디."
"아들?"
"예."
"아들이라는 놈이 그래, 애비가 한마디 하믄 한마디도 안 지고 뎀비냐? 뭐, 일찍 일어난 벌레? 에라이 이 새끼야."
"너무 뭐라 좀 하지 마시오. 나도 어디 가서는 어른 대접 받으요."
"이놈아. 너도 너무 뎀비지 마라. 이 애비도 처음부터 이렇게 늙은 것은 아니여."(266쪽)

용이가 입에 올린 '일찍 일어난 벌레'가 사람살이의 흐름을 바꿔놓을 새로운 철학이라고 말하기는 아직 이르다. 그러나 이 선하지만 평범한 인물들의 생생한 언어 속에 드러나는 야무진 기운은 결코 만만치가 않은 것이다.

논지에서 다소 벗어나는 것이지만, 용이라는 이름이 소설집 『가던 새 본다』(창비, 1998)의 「우리가 산다는 것은」의 주인공 이름과 같다는 점도 참고할 만하다. 후자의 용이는 청춘의 방황기를 벗어나지 못한 덜 익은 젊은이인데, 친구인 화자가 찾아왔을 때 벌이는 행태는 한심스러운 백수의 전형이다. 딱히 미워하기도 어려운 철부지 용이의 행각은 그 자체로도 소설 읽는 재미가 쏠쏠하지만, 작품의 초점은 그런 아들과 아들 친구를 속 깊은 애정으로 대하면서도 필요할 때는 단숨에 아들을 제압할 줄 아는 어머니에게 맞춰져 있었다. 그런 용이가 「아버지와 아들」에서는 스스로 다부진 생활인으로 바뀔 참인 것이다. 그리고 그 생활인은 아버지 박처럼 현실에 순응하기에 바쁜 것이 아니라, '일찍 일어난 새'라는 세간의 주류적 가치를 마음속에서 이미 걷어차버린 사람이다.

2

한창훈은 고집스러운 소설가다. 그의 작품세계는 처음부터 지금까지 한결같다. 물론 어떤 작가든 다채로운 실험의 외중에도 변하지 않는 개성이 유지되게 마련이니 한창훈만 유독 예외적이라고 할 수는 없을지 모른다. 하지만 그의 작품을 통독해보면 몇 가지 주요한 모티프를 등단 이후 한시도 놓지 않고 있음을 쉽게 알 수 있다. 경박한 유행 풍조가 불길처럼 일어났다 거품처럼 꺼지곤 하는 문학 세태에 비추어 이것은 믿음직한 매력임에 틀림없다. 그러나 한편으로 답답한 면도 없지 않다. 까놓고 말하자면, 그 동안 한창훈은 잘 다져진 문학적 역량을 가지고 있음에도 불구하고 변화하는 현실이 던지는 예술적 도전에 민감하게 맞서기보다는 자신만의 세계를 즐기는 데 치우쳐왔다는 혐의도 있다. 그러나 이 작품집에서는 자신의 한계를 허물어뜨리는 괄목할 움틀거림이 엿보인다.

이런 기운은 인간의 사랑과 성적 욕망을 다룬 단편들에서도 확인된다. 『가던 새 본다』의 「숭어」「바람 아래」를 읽거나 『세상의 끝으로 간 사람』(문학동네, 2001)의 「지상에 남은 마지막 밤」「세상의 끝으로 간 사람」「먼 곳에서 온 사람」을 들여다보면 한창훈 특유의 감칠맛나는 장면들이 가득하지만, 어딘가 기우뚱하고 어설픈 구석이 주는 개운치 않은 뒷맛도 있다. 그러나 『청춘가를 불러요』의 표제작이 노인들의 성적 욕망을 실감나고 여유 있게 다루어내는 성취를 보여주었듯이, 이 작품집의 「밤눈」과 「올 라인 네코」는 이전 작품의 연장선상에 있으면서도 훨씬 정련된 작품이 아닌가 한다.

「올 라인 네코」는 2004년에 시행된 성매매방지특별법을 배경으로 한 희극적 작품이다. 다분히 낭만적인 작품 마무리를 평면적이라고 비판할 독자도 없지 않을 것이다. 그러나 작품의 구체적인 결을 살펴보면 그것은 오독이다. 작가는 고립된 섬이라는 독특한 환경에서 성매매방지특별법이 어떤 결과를 낳는지 흥미롭게 보여준다. 가령 다방 종업원이 티켓을 끊어 나가는 것도 불법이 되고 커피 배달은 이십 분까지만 합법이 되자, "법이 강하면 법망 피하는 술책도 다양해지는 법"(78쪽)이어서 어떤 취객은 이십 분마다 커피를 배달시키는 식으로 다방 종업원을 붙잡아둔다. 그 결과 술상 옆에 마시지 않은 커피가 수북이 쌓이는 어이없는 장면이 연출되기도 한다.

더구나 고립된 섬바닥을 담당하는 파출소장은 특별법이 시행되자, 법의 취지를 살리기보다는 유흥업소 여종업원들과 잠재적 성매수자인 남성들을 겁먹게 함으로써 자신의 통제력을 키우는 일에만 관심을 둔다. 다방 종업원인 미정은 항구에서 섬으로 밀려왔을 때 악착같이 돈을 벌어 이천만원에 달하는 빚을 갚고 섬을 벗어나리라 굳게 결심한 상태였다. 그렇다고 미정이 함부로 몸을 팔지는 않는다. 우선 이 좁은 섬에서는 어떤 사내와 잠을 잤다는 소문이 나는 순간 사람들의 입방아와 시선에 견디기 힘들어진다. 그보다 더 중요한 이유는, 남자들의 호주머니를 털기 위해 무슨 짓을 해도 좋지만, 소문이 나는 순간 "입도(入島)제품 보증기간이 그 순간 끝나기 마련"(77쪽)이어서 돈벌이에도 난관이 생기기 때문이다.

미정은 뱃사람 용철의 편집증에 가까운 구애에 시달리다 마침내 그와 결혼을 약속하고 "항구에서 살았던 사내랑 헤어지고 닳아걸었던 몸"(88쪽)을 그에게 맡긴다. 그러나 새벽에 혼자 여관을 빠져나오다가 하필 파출소장과 마주치는 바람에 성매매 혐의를 뒤집어쓰고 만다. 결국 전화를 받고 달려온 용철이 증거 제시용으로 소장 앞에서 자신의 부모와 미정의 어머니에게 약혼을 알리는 전화를 하고 나서야 소장은 두 사람의 동침이 성매매가 아님을 인정하고 풀어주고, 용철의 화끈한 행동에 미정은 마침내 "저를 붙들고 있는 여러 족쇄들"(99쪽)이 사라지는 듯한 안도감을 느낀다. 이 동화적인 행복한 결말이 조금도 억지스러워 보이지 않음은 파출소장으로 상징되는 공적 권위의 억압적 자의성과 한심한 실상이 그만큼 실감나게 그려져 있기 때문일 것이다.

「밤눈」 역시 혼외의 남녀관계에서 벌어지는 짧고 뜨거운 사랑이라는 소재 면에서는 상투적이기까지 하다. 그러나 세파를 헤쳐나가는 일에 거침없고 "사내 다루는 수완이 남다른"(43쪽) 식당 여주인이 화자인 손님에게 고백하는 연애담은 생활의 엄중함과 절박함이 깔려 있기에 남다르다. 첫 결혼에서 아들 하나와 함께 돈 한푼 못 받고 이혼한 여인은 살기 위해 술집을 내서 악착같이 벌지 않을 수 없었고, 그 과정에서 타지로 전근 온 샌님 같은 유부남과 이 년 남짓한 뜨거운 사랑을 한다. 두 사람(화자까지 포함하면 세 사람이다)은 어린 시절의 빈궁을 잘 이해하기에 더욱 진한 정서적 유대를 맺고 있다. 먹을 것이 없어 겨울 내내 생고구마 말린 '빼깽이'를 먹던 일, 오빠가 영양실조로 쓰러지자 아버지가 남의 개를 훔쳐와 잡아먹었다가 추적해온 사람들에게 경을 치던 일, 또 겨울날에 소복이 내리는 눈을 배고픈 눈길로 바라보며 '밥눈'이라고 불렀던 쓰라린 기억이 배경으로 자리잡고 있는 것이다. 자신이 사랑한 남자를 두고 "그 사람이 하던 말이 그렇게나 좋았단 말이요"(50쪽)라는 주인공의 감정이 조금 더 독자의 피부에 와 닿게 그려질 수 있었다는 아쉬움은 있지만, 상투적인 상황 설정을 두려워하지 않고 밀고 나가는 작가의 힘이 여실하게 느껴진다.

3

이제까지 살펴본 작품들의 밑바닥에 깔린 새로운 기운을 제대로 북돋우기 위해 생각해볼 것은 무엇일까. 바다와 함께 바다를 생계의 터전으로 삼은 이들을 그리는 한창훈의 작품 경향은 무엇보다도 문학적 스승인 이문구의 「해벽」(1972)을 연상시키고 또 같은 해에 발표된 천승세의 「낙월도」나 희곡 「만선滿船」

(1964)과도 이어진다. 아니 더 앞선 세대인 김정한의 문단 복귀작 「모래톱 이야기」(1966) 역시 (바다를 낀 어민 이야기는 아닐지언정) 한창훈 문학을 제대로 자리매김하기 위해서는 상기할 필요가 있으며, 어촌과 어민을 여실하게 그려낸 백시종의 작품—「해구」(1967), 「망망대해」(1974), 「들끓는 바다」(1975) 등—도 빠뜨릴 수 없다. 더 가깝게는 원명희의 『높새 부는 바다』(창비, 1991)도 떠오르며, 일본 계급문학의 대표작인 고바야시 다키지의 『게공선』(1929)이 일본에서 재출간되어 독자의 관심을 끈다는 소식과 함께 우리나라에서도 최근에 재번역·출간되었음을 언급할 만하다. 지난해 출간된 김형경의 『꽃피는 고래』(창비, 2008) 또한 미성년 주인공의 성장소설이라는 성격이 크지만 이런 문학사적 큰 그림 속에 넣어 함께 생각해봐도 좋겠다.

한창훈은 90년대에 등단했지만 소위 '90년대 소설'의 상투형과는 공유하는 바가 별로 없으면서도 90년대 이후 나온 작가다운 개성 있는 세계를 구축하고 있다. 그 한 요소로서 작품에서 방랑하는 젊은이 혹은 소설가의 형상이 거듭 등장하는 것을 들수 있다. 딱히 소설가는 아니더라도 뿌리를 내리지 못하고 떠도는 젊은이의 모습은 한창훈의 출세작인 『홍합』(한겨레출판, 1998)의 문기사부터 따지면 손에 꼽기가 어려울 만큼 많다. 이 계열의 인물들은 소설가의 자화상이라는 측면도 있지만, 말과 글로 딱 집어 드러낼 수 없는 삶의 신비와 수수께끼에 대한 작가의 집념과 맞닿아 있기도 하다.

그러나 이제까지 이 유형의 인물들이 작품에 충분히 녹아들어 성공을 거두었다고 말하기는 다소 어렵다. 가령 『가던 새 본다』의 「1996 겨울」에서 "소설을 쓰지 못하는 증세"로 괴롭힘을 당하는 젊은 작가의 모습은 그다지 구체적이지 못하고, 그 바람에 김승옥의 「서울 1964년 겨울」에 대한 '다시쓰기'로서의 예술적 시도에 아쉬움이 남고 만다. 그러나 이번에는 사정이 좀 다르다. 숨겨진 이야기, 말할 수 없었지만 말해야만 할 것에 대한 강렬한 작가적 관심 덕분에 소설쓰기에 대한 성찰이나 유비가 작품 여기저기에 치밀한 운산을 통해 자리잡고 있다. 앞서 말했듯이 「밤눈」의 여인이 자신이 사랑한 사람의 이야기에 빠져들었다는 고백도 그냥 넘기기 힘들고, 「가장 가벼운 생」의 주인공 손노인의 숨겨왔던 개인사를 들어주는 화자도 은연중 작가(혹은 민중의 삶에 대한 기록자이자 증인) 역할을 한다. 장성한 아들을 평생 처음 만나고 자신의 가족사를 화자에게 고백한 후 잠든 손노인을 잠자리로 옮기면서, 화자는 노인의 가벼운 몸에서 "오래도록 담아왔던 어떤 말의 무게"(167쪽)가 빠져나간 듯이 느끼는 예리한 감수성을 드러낸다. 과거에는 다소 겉돌던 소설가적 인물이 이렇게 점차 작품 내에서 탄탄하게 자기 자리를 찾는 듯하다.

소설가적 등장인물의 발전 외에도, 한창훈 문학이 가꿔온 새로운 기운을 잘 벋어나가게 하기 위해서 아마도 두 가지 정도를 더 주문해야 할 것이다. 하나는 인간이 초래한 바다의 변화에 대한 더 나아간 천착이고, 다른 하나는 섬과 섬생활의 문학적 의미에 대한 예술적 고민과 실험이다. 그의 작품에서 어장이 죽어 고기가 잡히지 않고 엎친 데 덮치기로 경제 여건이 변해 주인공들이 난관에 빠진다는 이야기는 너무도 낯익은 것이지만, 왜 어떻게 바다가 오염되었고 어장이 죽었는지에 대한 심층적인 탐구는 뜻밖에도 드물다. 이런 약점은 등장인물의 역경을 마치 어쩔 수 없는 인간의 숙명처럼 느껴지게 하는 부작용을 낳을 수 있다. 예를 들어『홍합』에서 홍합 가공과정과 그에 참여하는 다양한 일꾼들에 대한 상세하고 풍성한 묘사가 가져다준 활기와 감동이 바다의 오염과 어자원 남획에 대한 문학적 성찰에서도 어김없이 살아나야 용이 같은 젊은이의 삶을 핍진하게 그려낼 수 있지 않을까 싶다.

한창훈은 섬이라는 지리적 조건과 그곳에 사는 사람살이에 대해 관심이 지극하다. 그러나 때로 섬이라는 삶의 여건이 화자나 주인공(그리고 작가)의 주관적 내면의 투사물로 전도된 듯한 느낌을 주는 경우가 있다. 그에 따라 주관성에의 자기 함몰이 낳는 황폐한 허무의 정조가 압도적인 만큼 자연도 있는 그대로의 모습, 즉 생태계를 이루는 온갖 생물들의 생명력과 인간의 노동이 작용하는 터전으로서의 자연으로 표출되지 못하는 경우도 드물지 않은 듯하다. 대표적인 예가 장편소설『섬, 나는 세상 끝을 산다』(창비, 2003)라고 생각되며 한창훈의 애독자로서 이 점을 가장 안타깝게 느껴왔다. 그러나 몇 년 만에 출간되는 이 작품집에서는 작품 설정상 그같은 경향이 재발할 가능성이 높을 때에도 깔끔한 예술적 제어력이 발휘되고 있다. 그렇기에 섬과 그 주민들에 대한 끈질긴 문학적 탐구가 '지방색' 문학의 좁은 울타리라는 함정으로 미끄러지지 않고, 우리 시대 문학의 사명을 어엿하게 감당하는 성과를 낳을 것이라는 기대가 크지 않을 수 없다.

작가의 말

내가 어떤 사람을 기억하는 것은 마음이나 말보다도 나와 주고받았던 태도나 자세이다. 그것이 술잔 들어 호명하게 하거나 밑줄 그어 접어놓게 한다(요즘 현실이 불편한 것은 삶에 대한 사람들의 자세가 무너지고 있기 때문으로 나는 본다).

이렇게 세상에 내놓는 내 소설들이 또 그러할 것이다. 원고를 정리하면서 지난 몇 년간 이런 태도로 세상을 읽고 만나왔구나, 생각했다. 자세 유지가 쉽지 않다. 하지만 망가지지는 말아야겠다. 최후에 남는 것도 결국 태도나 자세 아니겠는가.

책 만드느라 고생하신 분들과 해설 써주신 김명환 선배께 감사드린다.

한창훈

| 수록작품 발표지면 |

나는 여기가 좋다 ······ 『창작과비평』 2005년 가을

밤눈 ······ 『현대문학』 2005년 12월

올 라인 네코 ······ 『실천문학』 2005년 여름

바람이 전하는 말 ······ 『해양과 문학』 2006년 여름

가장 가벼운 생 ······ 『문예중앙』 2004년 여름

섬에서 자전거 타기 ······ 『현대문학』 2007년 1월

삼도노인회 제주 여행기 ······ 문장 웹진 2007년 6월

아버지와 아들 ······ 『문학사상』 2006년 10월

문학동네 소설집
나는 여기가 좋다
ⓒ 한창훈 2009

1판 1쇄 │ 2009년 1월 28일
1판 8쇄 │ 2023년 11월 24일

지은이 한창훈
책임편집 조연주 서현아 강건모
디자인 엄혜리 유현아 | 저작권 박지영 형소진 최은진 서연주 오서영
마케팅 정민호 서지화 한민아 이민경 안남영 왕지경 황승현 김혜원 김하연 김예진
브랜딩 함유지 함근아 고보미 박민재 김희숙 박다솔 조다현 정승민 배진성
제작 강신은 김동욱 이순호 | 제작처 (주)상지사 P&B

펴낸곳 (주)문학동네 | 펴낸이 김소영
출판등록 1993년 10월 22일 제2003-000045호
주소 10881 경기도 파주시 회동길 210
전자우편 editor@munhak.com | 대표전화 031)955-8888 | 팩스 031)955-8855
문의전화 031) 955-3576(마케팅) 031) 955-2675(편집)
문학동네카페 http://cafe.naver.com/mhdn
인스타그램 @munhakdongne 트위터 @munhakdongne
북클럽문학동네 http://bookclubmunhak.com

ISBN 978-89-546-0761-2 03810

* 이 책의 판권은 지은이와 문학동네에 있습니다.
  이 책 내용의 전부 또는 일부를 재사용하려면 반드시 양측의 서면 동의를 받아야 합니다.

잘못된 책은 구입하신 서점에서 교환해드립니다.
기타 교환 문의: 031) 955-2661, 3580

www.munhak.com